# 茶余酒后

## 话名士

郭大章 —— 著

图书在版编目（CIP）数据

茶余酒后话名士 / 郭大章著 . — 哈尔滨：哈尔滨出版社 , 2021.5
 ISBN 978-7-5484-5816-6

Ⅰ . ①茶… Ⅱ . ①郭… Ⅲ . ①散文集 – 中国 – 当代 Ⅳ . ① I267

中国版本图书馆 CIP 数据核字（2021）第 017708 号

**书　　名：茶余酒后话名士**
**CHAYU-JIUHOU HUA MINGSHI**

作　　者：郭大章　著
责任编辑：赵宏佳　孙　迪
责任审校：李　战
特约编辑：李　路　唐婷婷
装帧设计：秦　强

出版发行：哈尔滨出版社（Harbin Publishing House）
社　　址：哈尔滨市香坊区泰山路 82-9 号　邮编：150090
经　　销：全国新华书店
印　　刷：三河市华晨印务有限公司
网　　址：www.hrbcbs.com　www.mifengniao.com
E-mail：hrbcbs@yeah.net
编辑版权热线：（0451）87900271　87900272
销售热线：（0451）87900202　87900203

开　　本：880mm×1230mm　1/32　印张：7.625　字数：175 千字
版　　次：2021 年 5 月第 1 版
印　　次：2021 年 5 月第 1 次印刷
书　　号：ISBN 978-7-5484-5816-6
定　　价：69.80 元

凡购本社图书发现印装错误，请与本社印制部联系调换。
服务热线：（0451）87900278

# 目录 Contents

| | |
|---|---|
| 不问苍生问鬼神 | 001 |
| 秋水长天的怀念 | 016 |
| 怆然涕下的绝唱 | 025 |
| 永远的杜甫 | 037 |
| 望断天涯路 | 063 |
| 独钓寒江雪 | 080 |
| 吹尽狂沙始到金 | 093 |
| 何当共剪西窗烛 | 109 |
| 梧桐深院锁清秋 | 120 |
| 为柳永正名 | 132 |
| 明月楼高休独倚 | 141 |
| 独立苍茫醉不归 | 152 |
| 夜读苏东坡 | 166 |
| 夜阑卧听风吹雨 | 194 |

| 落日楼头登临意 | 208 |
| 浩然正气动天地 | 220 |
| 雨花台随想 | 230 |

## 不问苍生问鬼神

他是中国古代文人中怀才不遇的典型,以至于后世的文人在仕途不顺的时候,总是会用他来安慰自己那受伤的灵魂。他是中国古代文人中英年早逝的典型,以至于我们在提到他短暂而坎坷的一生的时候,总是会为那三十三个年华而黯然神伤。晚唐著名诗人李商隐曾用一首诗道尽了他一生的悲情遭遇,更是道出了千百年来的知识分子为他鸣不平的真诚心声:

宣室求贤访逐臣,贾生才调更无伦。
可怜夜半虚前席,不问苍生问鬼神。

贾谊,西汉时期著名的思想家和文学家,由于当过长沙王太傅,故世称贾长沙。公元前 200 年,贾谊出生在河南洛阳市东。古代任何一个有成就的文人都是经过了刻苦学习的,贾谊也不例外,他从小就博览群书,先秦诸子百家的书籍无所不读。贾谊在少年时就跟随战国末期大思想家荀况的弟子张苍学习,并成为其最得意的门生。张苍这个人非常博学多才,是大名鼎鼎的李斯和韩非子的同门师兄弟,曾任秦朝的御史,后来担任过西汉的丞相。贾谊还酷爱文学,尤其喜欢战国末期伟大诗人屈原的作品，在其十八岁的时候就因为能撰著文章而闻名河南，可以说贾谊是少年时期即有才名。

当时的河南郡守是秦朝时丞相李斯的同乡兼学生，他了解到贾谊是一个学问渊博的年轻人，于是就把贾谊招到了自己的门下，并且对其很是器重和喜爱。这个河南郡守是李斯的学生，自然是很有学问的，贾谊在他门下学习也颇有收获。同时，这个河南郡守在治理河南期间成绩卓著，社会十分安定，治评为天下第一。这些其实也对贾谊以后的治国之才有一定的影响。

自从垓下之战中项羽乌江自刎后，刘邦在楚汉之争中笑到了最后，建立了历史上的西汉王朝，是为汉高祖。刘邦是我国历史上少有的几个出生卑微而且阴险毒辣的皇帝之一，在夺得天下之后，为了巩固自己的统治地位，以叛乱的罪名先后诛灭了帮他打得天下的有功之臣，制造了历史上一桩桩冤死的血案。淮阴侯韩信和梁王彭越先后成了历史上著名的冤死将军了。曾受胯下之辱的韩信是我国历史上一位著名的军事将领，我们甚至可以说在当时他是唯一一个能够和楚霸王项羽抗衡的军事将领。韩信在西汉建立的过程中起了极大的作用，可以说整个汉家江山九成是他一个人打下来的，但是很可惜他遇到了刘邦。功高震主！当刘邦得到天下之后，自然会要了他的脑袋。据说韩信是被勒死的，很可悲的一种死法，如此不可一世的英雄，竟然死得如此凄惨，西楚霸王项羽泉下有知的话，不知是否可以含笑九泉了。刘邦是以谋反的罪名杀韩信的。到底韩信谋反不谋反，我们现在也不得而知了，有人说有，有人说没有，说有的人可以举出若干的例子，说没有的只有一条，那就是韩信如果真要造反，他早就反了，而且反了刘邦还拿他没办法。彭越是和韩信齐名的汉初三大名将之一，在楚汉之争中率师抄敌粮道，使得项羽疲于应付，拖住了项羽的部队，致使其兵败垓下，为刘邦取得天下可谓立下了汗马功劳。刘邦以谋反的罪名将其发配到蜀地，但是在路上碰到了刘邦的妻子吕雉。吕雉是什么人啊！她就是大名鼎鼎的吕后。吕雉在历史上的阴险毒辣和刘邦相比有过之而无不及，阴险如刘邦者都要怕她三分。我们的彭越大将军真的是天真得可以，他碰到吕雉之后觉得自己遇到了知音，就一五一十地把自己的遭遇说给吕雉听了。吕雉当时就不动声色地把彭越带了回来，并骂刘邦怎么这样放虎归山，于是刘邦就把彭越杀了。彭越死得很惨，被剁成了肉泥。据说现在长江一带有一种叫蟛的小虾就是彭越的冤魂附在其上形成的。建国之后屠杀开国元勋这种事在中国历史上很是普遍，但残忍如刘邦者确实还是不多见。

古之帝王被人山呼万岁，但其终究还是要死的。公元前195年，刘邦驾鹤西去了。吕雉的阴险毒辣在刘邦逝世时显得尤其明显，如果我们一定要选出历史上最为残忍的女性的话，吕雉绝对是当之无愧的不二人选。刘邦逝世之后，时年十六岁的刘盈即位，是为汉惠帝。此时的吕雉为太后。刘盈年幼仁弱，而且他之所以能顺利地当上皇帝其实也是吕雉的功劳，朝政大权于是旁落在了吕雉手中。吕雉为了铲除异己，开始了她那惨无人道的屠杀。吕雉的狠毒表现在她不仅诛杀有功的大臣，而且还对刘邦的子孙后代痛下杀手。刘邦一共有八个儿子，而这其中只有刘盈一个人是吕雉亲生的。吕雉掌权后，先后把刘邦的儿子一个一个地设计整死。总体来说，刘邦的八个儿子中，直接或间接死于吕雉之手的有四人，另有一人病死后被吕雉绝了子孙，而没有受到损伤的只有三人而已。这些都还不算，吕雉还砍断了刘邦宠爱的戚夫人的手脚，挖其眼珠烧其耳朵，给她吃哑药致使其变哑，并且还把她置于厕中，任由她哀号哭叫，是为"人彘"酷刑。这种酷刑之残忍真是无法形容，而且是吕雉独家发明来对付戚夫人的。所谓"彘"就是猪，而"人彘"就是指把人变成猪的一种酷刑：把人的四肢剁掉，然后挖出眼睛，用铜注进耳朵使其失聪，用哑药灌进喉咙并且割去舌头破坏其声带，使其不能言语，然后扔到厕所里。其实单从这一种酷刑的发明就可以看出吕雉有多狠毒了，其他的也用不着我在这里陈述。

刘盈因为不满吕雉的残忍，于是弃理朝政。公元前188年，当了七年皇帝的刘盈因为过度忧郁而病逝。吕雉立刘恭为帝，是为前少帝，吕雉开始临朝行使皇帝职权，所以吕雉也为我国皇后专政的第一人。刘恭因其生母为吕雉所杀，于是对吕雉颇有怨言。公元前184年，吕雉杀死刘恭，立刘弘为后少帝，吕雉照旧朝临天下。是人就是要走向死亡的，这是自然规律。公元前180年，吕雉病重而死。在吕雉病死后接下来的政变中，吕姓一族被大臣们尽数诛杀，连吕雉的亲生子刘盈一支也被捎带着赶尽杀绝。这或许就是天理循环吧！

吕雉病死后，右丞相陈平等诸臣迎立了刘邦的第四个儿子刘恒为帝，是为汉文帝。刘恒也是当初没有被吕雉迫害的三个儿子之一。刘恒在西汉历史上算是一个有道明君，在他执政时期，西汉逐渐走向了繁荣昌盛。后世将他执政的这一时期和他的儿子汉景帝刘启执政时期一起称为"文景之治"。"文景之治"也是中国历史上少有的几个盛世局面。

刘恒即位的第二年，也就是公元前179年，贾谊的老师河南郡守吴公被征召到了中央政府，任命为廷尉。廷尉是一个什么职位呢？廷尉其实就相当于当时的最高司法长官。这个河南郡守没有忘记他的得意门生，于是就向汉文帝推荐说：我的徒弟贾谊颇通诸子百家之书，是个年轻有为的人才。这样，汉文帝就把贾谊也召到了中央政府，任命为博士。从此，贾谊走进了政治舞台。当时贾谊正值二十一岁，在所有的博士中，他是最年轻的。当时的博士和现在的博士可不同，当时的博士是一种备皇帝咨询的官员。其实说穿了就是为皇帝老爷出谋划策。我们说贾谊有一种足以为帝王师的才就是这个意思。为皇帝支招，这于古代的读书人来说是何等的荣耀！贾谊以二十余岁的年龄就做到了这点，实为后世文人所羡慕。

汉文帝在治理国家遇到问题的时候，就常常提出来让博士们议论，许多老先生一时讲不出什么来，但是贾谊与众不同，因为他学识渊博而且敢想敢说，因此对汉文帝提出咨询的问题对答如流滔滔不绝，说得有理有据。其他博士们都认为贾谊说出了自己想说而说不出来的看法，非常佩服他的才能。贾谊的非凡才能使汉文帝非常高兴，于是在一年之中就把他破格提拔为太中大夫。这太中大夫其实就是一种比博士更为高级的议论政事的官员。由此，贾谊也更为广泛地参与到了政治中去。

此时，西汉已经建立二十多年了，政局已经大体稳定。为了巩固西汉王朝的统治，贾谊向汉文帝提出了一系列建议，进行改革。如贾谊在公元前178年曾针对西汉初年长期战争造成经济凋敝米价昂贵等问题作了一篇著名的政论文章《论积贮疏》。贾谊指出当时社会上出现的弃农经商的现象对统治者不利，是背本趋末，主张实行重农抑商的政策，发展农业生产，加强粮食贮备，预防饥荒，以达到安定百姓治平天下巩固西汉王朝统治的目的。汉文帝采纳了贾谊的建议，下令鼓励农业生产，这对恢复经济和建立封建统治的经济基础起了积极作用，但是站在历史的角度来看，重农抑商作为封建统治者长期的既定政策，限制了商品经济的发展，越往后它的消极作用就越明显。同时，贾谊还帮助汉文帝修改和订立了许多政策法令，这其中包括遣送列侯离开京城回到自己封地的措施。贾谊的这些政策和法令的实行，并不是一帆风顺的，而是有阻力的。例如在遣送列侯回到自己的封地去的时候，就遇到了很多困难，很多功臣不愿离开京师。当时丞相陈平已死，功劳最大、权位最重的是绛侯周勃，汉文帝就让周勃带了个头，免除了他的丞相职务，让他回到了自己的封地。这样一来，列侯们陆陆续续地离开京师。由于这个建议是贾谊提出的，这就难免得罪了这些功臣元老而遭到他们的忌恨。

贾谊初到中央政权，在短短的时间里就施展了自己的才华，被汉文帝破格提拔，真可谓一帆风顺少年得志。汉文帝刘恒看到贾谊是一个很有见识和年轻有为的青年，对他十分赏识，于是准备委以重任，提出了让贾谊担任更高的公卿职位的想法，并把这个意思交给大臣们讨论。但汉文帝哪曾想到，自己的这个建议不但没有成功反而还遇到了重重的阻力。

显而易见，这些强大的阻力首先来自功臣显贵们，如绛侯周勃和颍阴侯灌婴等。周勃原是以织苇薄为生的小手工业者，同时还兼做吹鼓手，而灌婴原是贩布的小商人。他们跟随刘邦东征西讨，战功显赫，是西汉王朝的开国功臣，后来在除掉吕雉势力和帮助汉文帝刘恒即位上也是再立新功。他们封侯拜相，位高权重，但他们又是一些没有什么文化的"大老粗"，尤其是周勃，更是以"钝椎少文"出名。到了汉文帝的时候，他们已经年老体衰，但是他们自恃功高，思想守旧，胸襟狭隘，所以当贾谊这样学识渊博而又有革新思想的年轻知识分子在朝廷崭露头角时，这些老臣显贵一方面因为贾谊年纪轻资历浅而看不起他，另一方面又因贾谊才华出众而心怀妒忌。让贾谊当个博士和太中大夫之类只议论议论朝政而没有什么实权的官职，他们还能容忍，而一旦要让贾谊升到公卿之位委以重任，和这些显贵平起平坐，他们就难以忍受了。他们就众口一词地攻击贾谊：这个洛阳人，小小年纪，学识浅薄，一心只想着权力，要把国家的许多大事搞乱了！当时汉文帝即位不久，而周勃和灌婴这些人都是先帝的旧臣，权重势大，所以文帝虽爱贾谊的才能，但也不能违背权贵的意愿而进一步提拔他。

其实当时横亘在贾谊面前的除了这些元老显贵之外还有一个更加不可逾越的障碍，这就是文帝的宠臣邓通。邓通本是一个没有任何本事的人，完全是由于一个极其荒唐的原因而得宠于文帝。原来文帝这人挺迷信，有一次他做了一个奇怪的梦，梦到自己要上天而怎么也上不去，这时有一个"黄头郎"从后面推了他一把，于是就飘飘然上天了。文帝一觉醒来，非常高兴，就到了渐台这个地方，暗中寻找这个推他上天的"黄头郎"。刚好碰见了一个正在划船的头戴黄帽的年轻人，穿着容貌很像梦中推他上天的人，文帝就把他叫来，问他叫什么名字，那人回答说叫邓通。文帝很是高兴，就叫他随侍左右，经常同他一起玩耍，而且还封他为上大夫，赐给他巨额的金钱。当时贾谊恰好和邓通一起随侍文帝，地位也相当，但贾谊非常讨厌这个没有任何才能而受文帝宠爱的佞臣，就常常在文帝面前讥讽他。邓通也在文帝面前说贾谊的坏话，使得文帝逐渐疏远了贾谊。这算个什么事啊！真是莫名其妙。但这样的事在中国历史上还真的有很多。荒唐！让人愤怒的荒唐！

贾谊就生活在这外有大臣攻击，内有邓通进谗的境地之中，不但不能施展他的才能和抱负，连在西汉朝廷中的立足之地也没有了。其结果自然是贾谊被贬谪出京师，到长沙国去当长沙王的太傅。湖南长沙地处南方，离京师长安有数千里之遥，当时的交通尚不发达，这一路长途跋涉，历尽千辛万苦自不必说，更使贾谊郁闷的是心中的悲愤。贾谊有满肚子的学问，有远大的抱负，本想辅佐文帝干一番大事业，可如今受谗被贬，遇到这样的挫折，使他深感孤独和失望。贾谊心里想到，周勃和灌婴这些大臣攻击他都还算不了什么，因为他们毕竟是功臣宿将，为西汉王朝出过大力。最使贾谊难以忍受的是邓通这样的无耻之徒，他邓通有何德有何能？只不过是一个善于阿谀奉承的小人而已，自己恰恰是因为文帝听信了这样的奸诈小人的谗言而遭贬，贾谊是无论如何也咽不下这口怨气的。此时的贾谊想到了著名的爱国诗人屈原，屈原当初也是遭到佞臣权贵的谗毁而被贬谪出楚国都城，最后投汨罗江而死的。他想到自己的遭遇与屈原极其相似，就更加怀念屈原了。贾谊南行途中经过湘江时，望着滚滚江水，思绪联翩，于是写下了那首著名的《吊屈原赋》以表达对屈原的崇敬之情，并抒发了自己的怨愤之情。

  恭承嘉惠兮，俟罪长沙。侧闻屈原兮，自沉汨罗。造讬湘流兮，敬吊先生。遭世罔极兮，乃殒厥身。呜呼哀哉！逢时不祥。……

屈原当初自沉汨罗，唤醒了一代又一代中国文人那高贵的灵魂，找到了一个让所有文人雅士都能够栖身的精神避难所。屈原之于汨罗，陶渊明之于南山，这一切一切大自然的山水似乎从一开始就承载了中国文人那不屈的灵魂。

长沙国是西汉时期湖南历史上出现的第一个诸侯封国，也是当时唯一的一个非刘姓的异姓王国，而且从来是安分守法的王国。西汉王朝的开国功臣吴芮被封为第一任长沙王。贾谊到长沙时，正是吴芮的后代长沙靖王吴著在位。贾谊来此当长沙王太傅，事情不多，从而就有足够的时间来研究学问。湖南长沙虽远离都城长安，但贾谊仍以天下事为己任，对朝廷的经济政治大事，都给予了极大的关注，只要一遇有机会，就上疏文帝提出自己的看法和建议，帮助治理国家。真正是提前千年就做到了北宋范仲淹的处江湖之远则忧其君啊！

　　就在贾谊被贬谪到长沙的同一年，亦即公元前177年，周勃也回到了自己的封地绛县（今山西绛县）。周勃怕人害他，于是就在郡守郡尉巡视到绛县时，常常披甲带兵持兵器出迎。于是在第二年，有人就因此而诬告周勃想谋反。历朝历代以来，谋反都是统治者最不能容忍的事情，因为这直接威胁到了自己的统治地位。文帝刘恒一听，顿时勃然大怒，就把这个案子批给了廷尉来办理。廷尉把周勃逮捕到长安，关在监狱里，受尽了狱卒的凌辱。虽然最终因为文帝的母亲薄太后为其辩护而得到了赦免，但也遭到了极大的创伤。贾谊在长沙得知此事，为周勃愤愤不平，就给文帝上疏，说了一番君主应该以廉耻礼仪对待大臣的道理。这实际上是间接对文帝提出了批评。想当初，这个周勃也是排挤贾谊出朝廷的一个重要力量，这时候有难，贾谊不但不责怪他，还帮他说话，此等胸襟真的是难能可贵。汉文帝觉得贾谊说得对，于是采纳了他的建议。从此以后，凡是大臣有重罪都让他自杀，而不再逮捕入狱受到刑罚。

　　总的来说汉文帝刘恒在中国历史上也算得上是一个有道明君了，但不知道怎么回事，他就是对那个邓通爱护有加，加官进爵不算，还把蜀郡的一个严道铜山赐给了他，允许他自己铸造钱币，因此在当时"邓氏钱"遍布天下。这样做怎么可以呢？这样不就是相当于现在私人可以制造人民币了吗？于国于民都是极为不利的，会造成币制混乱，甚至导致天下大乱。贾谊在长沙心忧天下，于是上书给文帝，建议下令禁止。我们现在也不知道文帝究竟哪根筋出问题了，不管怎么说他就是不听，依然对邓通是宠爱有加，再加上铜山又是他自己赐给邓通并允许他铸钱的，现在怎么会禁止呢？这件事情就这样不了了之了，具体带来了什么后果，我们现在也不得而知了，只知道经过这件事之后，邓通对贾谊是更加忌恨了，恨不能立即置贾谊于死地。

时间过得真快。不知不觉间贾谊来长沙已经三年了。炽热的群山在慢慢冷凝，西方滚滚而下的夕阳燃烧着他一天中最后的战火，悄悄隐匿了。浊黄而苍白。风在山尖上打了个尖利的唿哨，放肆地扬起一望无垠的黄土，然后扬长而去。黄土漫天飞舞，最后静静沉淀，好似上天给予的最严厉的惩罚，日复一日，年复一年地丰实着这片古老的土地。好美的黄昏！贾谊这天闲来无事，自己一个人在房里消磨着时光，突然一只鹏鸟飞进了他的住房。鹏鸟就是猫头鹰，当时的人们认为这是一种不吉利的鸟。贾谊当时谪居长沙，本来心情就郁闷，再加上长沙地湿，自以为寿命不长，如今猫头鹰进宅，更使他伤感不已。仔细盯着这只猫头鹰，贾谊开始构思酝酿，紧接着就提笔写下了那篇著名的《鹏鸟赋》。贾谊在这篇文章中对世界万物的变化和人间世事的沧桑作了一番感叹，同时也借此来宽慰自己。此时此地，贾谊的思想感情是十分复杂的。

其实说句实话，贾谊还是蛮讨汉文帝喜欢的，只是迫于一些具体的形势，只得把其贬谪到长沙去了。公元前173年，文帝十分想念贾谊，于是就一纸诏书把他从长沙召回了长安。贾谊到长安后，文帝在未央宫祭神的宣室接见了他。当时祭祀刚完，祭神的肉还摆在供桌上。文帝对鬼神的事感到有不少疑问，就问贾谊。贾谊是怎么回答的，我们现在具体也不得而知了，只知贾谊关于鬼神的见解，使得文帝感到特别新鲜，听得很是出神，甚至在席地而坐的时候都要凑到贾谊跟前，一直谈到半夜方止。事后，文帝感叹不已地说：我好久没有见到贾生了，自以为学问赶上了他，现在听了他的谈话，还是不及他啊！其实这次回朝，贾谊并没有得到重用，而是被问及一些莫名其妙的关于鬼神之类的话。满腹报国之才，在半夜三更的时候谈论鬼神，这是怎么一件可笑而且可气的事！难怪李商隐会在自己的诗里进行如此辛辣的嘲讽。

贾谊这次回到长安，朝廷上的人事已经有了很大的变化，原来曾压制过贾谊的灌婴已死，周勃在遭到冤狱被赦免后回到了绛县封地，不再过问朝中政事。但是，文帝还是没有对贾谊委以重任，只是把他分派到梁怀王那里去当太傅。究其原因，还是由于邓通这样的小人仍在文帝身边，贾谊又多次得罪过这个文帝的宠臣，这就成了贾谊施展其政治抱负的一个不可逾越的障碍。可悲啊。小人当道，奸佞横行。

梁怀王刘揖，又名刘胜，是文帝最为喜爱的小儿子。文帝任命贾谊为梁怀王太傅，实际上也算是对他的一种重视，虽然这还谈不上升迁。不过，对于贾谊来说，他所关心的似乎不是自己职务上的升降，而是国家的政治形势。在当时，西汉王朝的政治局势基本是稳定的，但其实也面临着两个矛盾：一个是中央政权同地方诸侯王之间的矛盾，一个是西汉王朝同北方匈奴政权之间的矛盾。这两个矛盾的尖锐化，在当时已初见端倪。贾谊透过当时政治局势的表面稳定，看到了其中潜伏着严重的危机，对此深为关切和忧虑。他接连多次上疏文帝，向文帝敲警钟。这其中最为著名的，是在公元前173年他从长沙回到长安后所上的《陈政事疏》一文。

贾谊指出危害西汉王朝政治安定的首要因素，是诸侯王的存在以及他们企图叛乱的阴谋，而诸侯王的叛乱，并不取决于是疏是亲，而是取决于形势和他们力量的强弱。因此，贾谊得出的结论是：疏者必危，亲者必乱。这样从"形势"角度来解释诸侯王反叛与否，是贾谊的独到见解。针对这些问题，贾谊向文帝提出了自己的对策。贾谊根据"大都强者先反"的历史教训，提出了"众建诸侯而少其力"的方针。也就是说在原有的诸侯王的封地上分封更多的诸侯，从而分散削弱他们的力量。贾谊建议：诸侯王死后，他的封地应该分割为若干块，分封给他的几个儿子。这样，可以让诸侯王的子孙们放心，他们知道会按制度受到分封，就不会反叛朝廷了。诸侯王的封地，一代一代分割下去，越分越少，直到"地尽而止"，力量也就越来越削弱下去了，这就叫做"割地定制"。这样做的结果，就能使国内的形势安定，诸侯再也不敢有异心了，国家也就能得到治理了。贾谊在文章里面除了论述了地方诸侯王的问题外，还对其他政治问题以及经济军事等问题都提出了自己的看法。贾谊的治国之才在这篇著名的政论文中得到了极大的体现，毛泽东曾评价说贾谊的这篇文章是西汉一代最好的政论文，可见贾谊治国能力之强实属难得。

就在贾谊作此文的这年，淮南王刘长阴谋叛乱，文帝把他流放到今四川中部地区，刘长在途中畏罪自杀。这之后，文帝把刘长的四个儿子分封为列侯。贾谊担心文帝接着还要把刘长的几个儿子由列侯进封为王，于是上书文帝进行劝告：淮南王反叛朝廷，全国谁都知道他的罪恶,现在尊奉罪人的儿子,只能招致全国人的非议,淮南王的儿子成人之后,断然不会忘记他们父亲之仇,淮南这个地方虽然很小,但四子一心,力量集中起来还是足够庞大的,现在让他们占有土地和人口,积蓄资财,这真可以说是为虎添翼呀!希望陛下慎重。虽然文帝最终并没有采纳贾谊的意见,但这些论断集中体现了贾谊的才华,在后世有着巨大的影响。

公元前169年,梁怀王刘揖坠马而死,贾谊觉得自己身为太傅而没有尽到相应的责任,所以深深自责而且经常哭泣,显得十分悲伤和忧郁。尽管如此,贾谊还是时时以国事为重,为文帝出谋划策。因为梁怀王刘揖没有儿子,按照规矩他的封国就要撤销。贾谊觉得,如果这样做,将对整个政治局势不利,还不如加强文帝的两个儿子淮阳王刘武和代王刘参的地位。为此,贾谊建议为梁怀王刘揖立继承人,或者让代王刘参迁到梁国来,以扩大梁国和淮阳国的封地。这样一来,如果一旦国家有事,两国足以能够控制。文帝听了贾谊的建议,因代王封地极其重要,没有加以变动,于是迁淮阳王刘武为梁王。从后来景帝时期"七国之乱"中梁王刘武坚决抵御的作用来看,贾谊的这个建议确实称得上是深谋远虑了。公元前154年,刘邦的侄子吴王刘濞串通了其余六个诸侯国发动了一次联合叛乱,史称"七国之乱"。景帝任命历史上著名军事将领周亚夫为将,只用了几个月的时间,就平定了这次叛乱。

我们可以这样说,贾谊的进步主张,不仅在文帝时期起了重要作用,更难能可贵的是对整个西汉王朝的长治久安都起到了相当重要的作用。在景帝时期,晁错提出"削藩"政策,其实就是贾谊主张的继续。到了武帝刘彻时期实行"推恩令",允许诸侯王将其封地分为若干块,分给自己的子弟，从而实际上分散和削弱了诸侯王的力量，这更是贾谊提出的"众建诸侯而少其力"方针的全面实施了。可以说汉武帝刘彻之所以能够成为中国历史上最伟大的几个皇帝之一，在他统治时期西汉出现了全盛的景况，都和贾谊有着不可分割的联系。

公元前 168 年，贾谊在极度忧郁中离开了这个世界，时年三十三岁。贾谊是为忠诚而死的，贾谊是为责任而死的，贾谊更是为国家而死的。贾谊带着一腔难酬的壮志如落叶一样飘落了，给后世的知识分子空留一个英雄末路的背影。贾谊的英年早逝是各种各样原因造成的，但这其中俨然是一种文人的责任占据其主要。在我们这个有着几千年悠久历史的文明古国，文人作为一个特殊的群体总是时刻和国家的命运紧密联系在一起的，他们宁愿舍弃自己的生命去维护国家的利益，在他们身上具备着一种兼济天下的责任，这是一种大胸怀、一种大境界，而贾谊就是其中的一个重要代表。贾谊的英雄末路为后世的文人带来了一个极大的遗憾，在贾谊身上，他们看到了自己的身影，看到了自己的前世，看到了自己内在的极度苦痛和悲哀。时运不济，命途多舛，一个又一个文人重复着贾谊的道路，继续着贾谊的理想，张扬着贾谊的品格。

寂寞而弯曲的山路无休止地延长，一切都沉没在古远的苍凉与辽阔之间，面对着这些青山绿水，眼前总是飘荡着一些往事。我赶紧闭上眼睛，但是我错了：闭上的也仅仅是眼睛而已，往事是闭不住的。贾谊的身影已经渐行渐远，但似乎又越来越近。贾谊还在那遥远的地方独自品味着寂寞，贾谊还在那遥远的地方独自体会着苦闷。如果时光能够倒流，我愿意回到那遥远的千年以前，陪着贾谊一起承受这份苦痛，经历这份磨难，品味这份孤独。时光已逝，岁月已老，贾谊永远停驻在了那个不平凡的年代。夕阳已经西斜,天边最后一道微光很快碎开了,贾谊的身影嵌在了遥远的地平线上,只能独自归去,独自归隐在历史的尘埃中。

## 秋水长天的怀念

初唐，都城长安，天色昏暗，风烟迷茫。一位少年在送别朋友的时候写下了这么几句诗：

> 城阙辅三秦，风烟望五津。
> 与君离别意，同是宦游人。
> 海内存知己，天涯若比邻。
> 无为在歧路，儿女共沾巾。

目送朋友消失在漫漫长路的尽头之后，这位少年潇洒地转身离去。他做梦也没想到自己信手拈来的诗句在几千年后的今天仍然为人们广为传诵，成为千千万万送别者们的赠别佳言。这位少年就是被誉为"神童"的"初唐四杰"之冠——王勃。

王勃，字子安，绛州龙门人。祖父王通，隋末著名学者，著作甚多。从祖王绩则是隋末唐初对唐代诗歌有开创之功的著名诗人。出身于这样的家庭，自幼聪颖好学的王勃早已是才华横溢了。王勃九岁时就对颜师古《汉书注》纠错，并写出了《指瑕》十卷。十二岁到长安师从名医曹元学习《周易章句》和《黄帝素问难经》。同为"初唐四杰"

之一的杨炯称他:"时师百年之学,旬日兼之;昔人千载之机,立谈可见。"虽然有所夸大,但也足见少年王勃的才情。

　　唐朝建立之初,国力空前强盛,初唐统治者发动了对外战争,安定了北方边疆,但这些对外战争也滋长了他们的侵略野心。他们自恃国大兵强,企图加害弱小的邻国,由此带来了很多政治上的弊端。664年仲秋,右相刘祥道视察关内,年方十四岁的王勃上书刘右相,其中第一条就是抨击唐王朝的侵略政策,反对讨伐高丽,真实地反映了人民的不满情绪。刘祥道看后非常惊异,赞王勃为"神童",并上表举荐。随后王勃应举及第,受到吏部员外郎皇甫常伯的赏识,拜为朝散郎,任沛王府修撰。未及弱冠之年的王勃,在沛王府深得沛王的喜爱,这也是王勃一生中最得意的时候。然而正当他做着以文章经纬天地的美梦时,出其不意的打击却降临到这个天才少年的头上。

　　中国古代文人通常是以自己出众的文字为自己博得一官半职,然而也通常会因为自己的文字为自己带来祸患劫难。读中国文化史,我们会发现一个奇怪的现象,大多数在文学上有非凡成就的文人,他们都或多或少地经历了被朝廷贬谪流放的生活。政治的失意,往往会带来文学的繁荣。在我们几千年的历史文明中,这真是一种奇怪的景象。

　　古代的皇宫是一个权力场,更是一个产生奇怪爱好的地方,江山坐稳了,没什么事儿干,就得找点儿爱好来消磨时间了,要不然生活在皇宫里岂不是要被闷死?当时的皇宫风行斗鸡的游戏,诸王间也经常以斗鸡来取乐。有一天,适逢沛王李贤与英王李哲斗鸡。在这样的风习下,双方僚属当然都要前来为自己的主子助威。王勃年轻气盛加上才高得志,就开玩笑地写了一篇《檄英王鸡》来为沛王之鸡加油助兴。因为王勃在当时已经有了一定的影响,这篇檄文也起到了预期的效果,把个英王气得吐血，进而致使兄弟二人闹得反目成仇。沛王的气是出了，自己也是名满京师了，然而在当时的特定环境中，王勃的这一玩笑就开大了，他的这一玩笑不仅没为自己招来沛王的赏赐，反而为自己招来了无情的打击，以致影响了他的一生。

　　唐朝一开国，诸王之间争夺皇位互相攻讦的斗争就没有停止过。唐太宗李世民就是在玄武门之变中杀了其兄李建成和其弟李元吉获得政权的。唐高宗李治也曾经历过类似的事件，对此特别敏感，所以他在看到王勃的这篇游戏之作后，认为是在挑拨诸王之间的关系，大为不满，立即下诏废除了王勃的官职，并于当天就把他逐出了沛王府。神童王勃凭着自己的才情和苦心经营刚刚打通的仕途，就这样毁于一旦了。

　　少年王勃经过这样的打击，心情是凄怆悲苦的。669年，王勃带着满腹的愁怨离开了长安，南下蜀地，开始了他将近三年的蜀中漫游。巴山蜀水这片古老而凄凉的土地，以他宽广的胸怀接纳了一代又一代失意的文人，此时的王勃也罢，后来的杜甫、刘禹锡也罢，都在这片古老的土地上度过了他们一生中的艰难时期。巴蜀大地以它特有的方式抚慰着这一颗颗受伤的心灵，成就着那一篇篇动人的华章。仕途的挫折，生活的体验，山川的感召，王勃在蜀地写下了许多抒发自己情怀的诗文。这些诗文，显现了少年王勃对命运的感叹和对故乡的思念。

　　在蜀期间，朝中曾先后征召过王勃。可能是命运对王勃的打击太大，他每次都称病辞谢。672年，王勃由蜀地返回长安，时裴行俭闻王勃文名数次招用，但王勃这次却不知道什么原因，耻以文才受召，还作文述志，结果触怒了裴行俭，被怒斥为"才名有之，爵禄盖寡"。大概此时的王勃也已经对仕途不抱什么希望了，要不然也不会这么坚决地表达自己的意愿了。

王勃是一个孝子,对父亲非常关心,总是担心父亲的身体有毛病,当初学医也是为了尽孝道。王勃听朋友陆季友说虢州多药草,为了父亲的健康,他就想办法做了虢州参军。这一年是673年,这也是王勃第二次走上仕途,而这次走上仕途的初衷是为了父亲,但王勃做梦也没想到自己在第二次仕途上遭受的打击比第一次还要沉重,甚至还连累了他的父亲。才华出众的文人往往都比较恃才傲物,尤其是年轻的文人,王勃也不例外,他在虢州参军任上与同僚的关系搞得很僵。当时有个叫曹达的官奴犯了死罪,王勃不知道为什么把他藏到了自己府内,后来又害怕此事泄露出去,就私下把曹达杀了。这件事情很快被发现,王勃也因此被判死刑而入狱,后又巧遇大赦,免除了死刑。但王勃的父亲王福畤却因为此事而从雍州司户参军的位置上被贬为交趾县令。古代的交趾是个什么地方呢?交趾就是现在的越南北部地区,越南古称交趾国。从靠近都城的繁华之地一下子贬到了千里之外的蛮荒之地,这种心理落差是很难接受的。王勃的心里很难受,本来是为父亲好,现在却因为自己连累了父亲。这次打击对王勃来说实在是太沉重了。

不过,王勃没有像第一次那样寄情于山川烟霞,而是更珍惜这次劫后余生。第二年朝廷虽然恢复了王勃原职,但他决计弃官为民而不就任。在短短的一年多时间里,王勃先后完成了祖父王通《续书》所阙十六篇的补阙,刊成二十五卷,撰写了《周易发挥》五卷等作品,同时还创作了大量诗文。这个时期是王勃一生中创作最丰富的时期,政治上的劫后余生却给中国文化带来了一笔巨大的财富。

675年春天,王勃从龙门老家南下,前往交趾看望父亲。两地远隔千山万水，路途遥远，王勃一路上风餐露宿，途经洛阳和扬州等地，于这年的九月初到达江西南昌。中国文学史应该永远记住这一年，这一年诞生了一篇流传千古的名篇。

南昌，古称洪州，始建于汉高祖五年，地处长江中下游，鄱阳湖西南岸，环境优美，山环水绕，风光绮丽，具有悠久的历史和深厚的文化底蕴，素有"物华天宝，人杰地灵"的美誉，是我国著名的历史文化名城。

王勃到南昌的这一年，恰逢滕王阁新修完毕。滕王阁始建于唐永徽四年即653年，为唐高祖李渊之子李元婴任洪州都督时所创建。因李元婴在贞观年间曾被封为滕王，故此阁以"滕王"一名冠之。滕王阁位于南昌西北部沿江路赣江东岸，登阁纵览，春风秋月尽收眼底，西侧赣江浩浩荡荡，远处长天万里，西山横翠，南浦飞云，长桥卧波，令人心旷神怡。

这一年，滕王阁迎来了它历史上最尊贵的客人——初唐四杰之一的王勃。可以这样说，滕王阁之所以享有如此巨大的名声，很大程度上归功于王勃写于此地的千古名文《滕王阁序》。从此，序以阁而闻名，阁以序而著称，滕王阁与湖南岳阳楼、湖北黄鹤楼一起并称为江南三大名楼。

这一年的重阳节，滕王阁新修完毕之后，南昌都督阎伯屿于此大摆宴席，邀请远近文人雅士为滕王阁题诗作序。王勃看望父亲的途中刚好路过此地，自然也是其中宾客。阎伯屿有个女婿名吴子章，文章写得颇好，很受阎伯屿喜欢。阎伯屿有意在此盛会之上显示女婿的文才，便提前让其写就了一篇《滕王阁序》，待到宴会上再亮出来，以为即兴之作。宴会之上，觥筹交错，文人墨客们各自称赞，其乐融融。

宴会进行之中，都督阎伯屿果然拿出文房四宝，送到一个个宾客面前，请在座的写《滕王阁序》。众宾客其实都知道阎伯屿的真实目的是为了显耀自己女婿的才华，而并非真心诚意请宾客作序，所以都一一辞谢。我有时真的很为中国的文人感到悲哀，他们平时看上去都很清高，但真正需要他们清高的时候却没有几个人能清高得起来。所以中国古代的大部分文人都湮没于历史烟尘之中，唯有少数一些真正具有骨气的文人，才历经千年被人们所记住。文才与骨气在世俗权力面前显得是那么的不堪一击。但也正因为如此，才显现出这少数人的伟大，如此时的王勃。我们说此时的王勃年轻气盛也罢，不谙世事也罢，甚或是恃才傲物也罢，总之此时的王勃没有和其他文人一样沉沦。他接过阎伯屿的纸笔，略作沉吟，一挥而就，由此诞生了千古流传的《滕王阁序》。我们现在真得感谢阎伯屿的假意谦虚，更得感谢王勃的少不经事。要不是这样，我们的文学史上就会少了这荡气回肠的经典美文，就会少了这意境阔大的神来之笔，就会少了这流传千古赴会作文的一段佳话。

时年二十几岁的王勃毫不推辞，凝神肃立了一会儿，忽地卷起袖口，用力握起笔杆，饱蘸墨汁，当众挥毫疾书，惹得都督阎伯屿老大不高兴，觉得王勃扰乱了他的计划，转身拂袖而去。然而阎伯屿又心存疑虑，想看看这个不知天高地厚的少年到底有什么本事，便派人悄悄去看王勃写了些什么。王勃微作沉吟提笔便写："豫章故郡，洪都新府。"阎伯屿暗暗耻笑："不过是老生常谈。"又听说写道："星分翼轸，地接衡庐。"阎伯屿沉默了。当他听到王勃写出"落霞与孤鹜齐飞，秋水共长天一色"的时候，阎伯屿再也坐不住了，当时就拍案而起叹服道："此真天才，当垂不朽！"《唐才子传》里这样记载："勃欣然对客操觚，顷刻而就，文不加点，满座大惊。"然而当阎伯屿为王勃的才华所叹服时却出了一点儿意外，阎伯屿的女婿吴子章说此为旧文并非新作，并称三岁孩童都能背诵，而且当众一字不漏地背了出来。王勃笑曰："贵婿之记忆能与杨修曹植媲美。不过请问这篇旧文之后有诗吗？"吴子章答："无诗。"于是王勃再挥毫写诗八句：

滕王高阁临江渚，佩玉鸣鸾罢歌舞。
画栋朝飞南浦云，珠帘暮卷西山雨。
闲云潭影日悠悠，物换星移几度秋。
阁中帝子今何在？槛外长江空自流。

写罢，满座皆惊。王勃问："是新作，还是旧作？"吴子章大惭而退。从此，王勃和他的《滕王阁序》名震海内。我们叹服于王勃即席赋文的才华的同时也叹服于都督阎伯屿的慧眼识英。此时的阎伯屿是一个真正的文人，他没有动用他的权力埋没这篇千古奇文，而是由衷地赞赏王勃的才华，并给予了王勃高度的评价。在王勃逼人的才华面前，在真正的美文面前，阎伯屿做回了一个真正的文人。

王勃的《滕王阁序》是经久不衰的，是他留给我们后世巨大的精神财富。从王勃身上我们不仅见识到了文字的华美，更见识到了文人品格的独立。而王勃在探望父亲途中于南昌阎都督宴上即席赋《滕王阁序》的佳话，实乃中国文学史上最为动人的故事。

才华横溢到王勃这般地步，实属难得，这么长一篇《滕王阁序》他硬是文不加点一气呵成。我们现在再来读《滕王阁序》竟也不得不惊叹王勃的才华：

渔舟唱晚,响穷彭蠡之滨;雁阵惊寒,声断衡阳之浦。
　　关山难越,谁悲失路之人?萍水相逢,尽是他乡之客。
　　老当益壮,宁移白首之心?穷且益坚,不坠青云之志。
　　孟尝高洁,空余报国之情;阮籍猖狂,岂效穷途之哭?

　　华美的词藻,悲愤的心情,深邃的思想,高远的志向。这一切的一切都从王勃的文字之中自然流出,不饰任何雕琢,带给几千年后的我们以深深的震撼。过往荒唐的岁月,曾经莫名的打击,昔日满腔报国的热情,时下黯然的神伤和未来美好的向往一起涌上王勃心头,这个二十几岁的青年泪洒笔端:

　　时运不齐,命途多舛。冯唐易老,李广难封。……
　　勃,三尺微命,一介书生。无路请缨,等终军之弱冠;有怀投笔,慕宗悫之长风。

　　王勃是幸运的,几千年后的今天我们仍然以他为荣,灿若群星的中华文化一直有他的一席之地。王勃又是不幸的,满腹经纶却无法施展,饱含壮烈的报国之志却投效无门。我们今天应该记住王勃,记住这个满眼忧愁但又充满坚定信念的年轻文人,这个让我们现在读来扼腕叹息又赞叹不已的悲情汉子。
　　王勃在滕王阁大宴后继续南下,于这年十一月初到达岭南都督府所在地南海。第二年秋由广州渡海赴交趾,于途中不幸溺水身亡,年仅二十七岁。
　　王勃的一生太短暂了,短暂得我们都不愿意相信这是真的。难道上天真的就这么残忍吗？天妒英才！相信再也找不到一个合适的词语来概括此时的感受了。

黑沉沉的天幕下，仍能望见远处的山峦。夜色中，它们似乎磨去了苍老和峰棱，隐隐地，透出些许柔和的线条，一浪一浪，竟如绿沉沉的水波，直奔天际而去。每当我一个人独处时，我总会想起那个孤独的背影：一条小船，一袭青衫，一把折扇，一双装满忧愁的眼睛……

为什么？走得最急的总是最美的时光，生命和梦想都是最美的，美的东西太玄妙，不可捉摸，飘忽易逝。夜阑人静之际，这孤独的背影又飘来，在苍凉的荒原上驰骋，留下如钩残月下悲凉的影子。心中的驿站建起无数，它却没有逗留的闲心，向远方走去，走出一路信念，一路坚毅。

平静的海面，残阳如血，落霞，孤鹜，秋水，长天。王勃走了，带着满腹的愁怨，留给了世人无限的怅惘。

## 怆然涕下的绝唱

射洪地处四川盆地中部，涪江中游，是我国悠久的历史文化名城。在射洪市北二十三公里的金华镇涪江之滨有一座金华山。涪江烟波浩渺，由北向南滚滚而来。山上林木蓊郁，古柏苍天。行走在山中时，山中虽无尘雨，却有空翠湿人衣的感觉。山水在此相依，显得十分清幽秀丽。因此被誉为：天下无双景，人间第一山。唐代大诗人杜甫晚年居蜀，曾扶杖前来，写下了那首著名的《野望》一诗来描写山中胜景：

  金华山北涪水西，仲冬风日始凄凄。
  山连越巂蟠三蜀，水散巴渝下五溪。
  独鹤不如何事舞，饥乌似欲向人啼。
  射洪春酒寒仍绿，极目伤神谁为携。

金华山的前山为金华道观，始建于梁天监年间（502年），后山则是开初唐一代诗风的著名诗人陈子昂少时的读书台。林木苍翠，深幽静谧。置身其中，只觉得神清气爽，内心无比惬意。静静漫步林间，仿佛听到了一个苍劲的声音隐隐传来：

匈奴犹未灭,魏绛复从戎。
怅别三河道,言追六郡雄。
雁山横代北,狐塞接云中。
勿使燕然上,唯留汉将功。

陈子昂,字伯玉,梓州射洪(今四川射洪)人,初唐政治家和文学家,因曾任右拾遗,被后世称为陈拾遗。陈子昂在文学上的成就是巨大的,他开创了初唐一代诗风,因此被认为是唐诗之祖。陈子昂生于661年,为唐高宗李治时期,此时的大唐建国已经数十年了,经历了将近四百年分裂动荡的中国也终于实现了统一。江山易主,太平盛世,然而初唐的文风仍然沿袭六朝的风格,绮靡纤弱无关痛痒,极尽铺陈之能事,只见文字之美,不见思想抱负。唐初诗文此时虽然经过了初唐四杰的披荆斩棘渐创新路,但是靡靡之气仍重,整个诗风还是笼罩在南朝追求形式美的装饰风格中,并没有开创一个新的领域。相比日益繁荣的政治和经济,初唐的文学显得和当时的时代特征不合。于是,历史最终选择了才情四溢的陈子昂来完成这一伟大使命。陈子昂胸怀大志,主张文以载道,写诗作文当如屈原、阮籍这样有真性情的古人高士,抒肺腑之言,发金石之声,掷地有声,振人心胸。陈子昂经过自己的努力,以复古的名义完成了唐诗的创新。可以说,没有陈子昂的不懈努力,就没有我们今天引以为傲的唐代诗歌,他为以后唐诗的健康发展奠定了坚实的基础。陈子昂的《感遇》三十八首就是他向词藻华丽而内容空洞的诗风宣战的典型代表:

兰若生春夏,芊蔚何青青。

幽独空林色，朱蕤冒紫茎。

迟迟白日晚，袅袅秋风生。

岁华尽摇落，芳意竟何成。

    作为一个现实主义诗人，陈子昂无疑是成功的，然而作为一位政治家，陈子昂无疑是失败的。从他走上仕途开始，从政十五年，官位未显，仕途坎坷，其间经历了两次从军，两次贬官，两次下狱直至最终惨死狱中。陈子昂的一生是坎坷的，是曲折的，更是悲壮的。

    陈子昂出生于富贵之家，祖上曾世代为官，到了他父亲陈元敬这一辈时，已经财冠于世了。陈元敬这个人还不坏，有些乐善好施。唐朝初年，由于连年战乱，水旱虫灾，陈子昂的家乡田亩荒芜，饿殍遍野，陈元敬于是拿出一万担小米赈济灾民。陈子昂也因受父辈影响，从小就行侠仗义，轻财好施。陈家世代豪杰，家风自然有些尚武轻文。何况当时正值唐朝建立之初，社会上流行这样一种说法："宁为百夫长，胜作一书生。"因此陈子昂直到十八岁了，都还不识几个字。少年陈子昂就如野马般四处游荡，过着一种游侠的生活。在尚武的唐朝，陈子昂从小就习武，但是武艺不高，然而他却有着一种与生俱来的傲骨和凛然正气。陈子昂身上有着侠客的情怀，路遇不平往往拔刀相助，在他不到十八岁时，在家乡就赢得了劫富济贫的美名。

    这里我先叙述一个小故事来说说陈子昂的侠客气：陈子昂曾经与一个劫匪比剑，劫匪的允诺是，如果陈子昂赢了，他就把所劫来的钱财物归原主。劫匪是个职业杀手，陈子昂最多不过算是个业余侠客，如果真比起来，陈子昂取胜的把握并不大。于是在一个荒凉的树林里，劫匪先拔出了剑。陈子昂也开始拔剑，所不同的是他拔剑的动作非常缓慢而沉稳。他气宇轩昂，毫无畏惧，而武功比他高出许多的劫匪看着他拔剑的动作，看着他的剑反射出来的寒光，看着他的剑一点一点地露出锋芒。劫匪心里开始发毛，开始恐惧，他怀疑面前这位意气风发的少年是不是一位身藏不露的武林高手。就在陈子昂剑锋出鞘的那一瞬间，劫匪扑通一下跪倒在陈子昂的面前承认自己输了，愿意把劫来的财物全部归还，并发誓永生不再做劫匪。这是一个故事，我们甚至可以怀疑这个故事的真实性，但这也从侧面体现了陈子昂的侠客风骨，而且这种风骨直接影响了陈子昂后来的诗歌风格。

　　陈子昂十八岁了，这在古代不算一个小的年龄了。这时的陈子昂弃武从文，闭门谢客，发奋读书，树立了兼济天下的远大政治抱负。陈子昂是一个天才，在不到两年的时间里，就把四书五经诸子百家烂熟于胸。此时的陈子昂开始出发了，向着那个遥远的梦想出发了。在陈子昂二十岁的时候，他拒绝了父母为自己举行的盛大的弱冠礼，简单地收拾了一下行装，向着一个陌生的地方出发了。那个陌生的地方就是当时的都城长安。他要到那个地方去实现自己那兼济天下的理想。他要去考状元。繁华的长安静静地立在那里，等待着陈子昂的到来。

　　长安，陈子昂来了。年少轻狂的陈子昂来了。

　　在家乡射洪，陈子昂是一个名人，是一个侠客，是一个才子。在唐都长安，陈子昂什么也不是。这里有太多的名人，太多的侠客，太多的才子。陈子昂和古代许多怀揣梦想的读书人一样，把自己的诗文装进信封，企图得到长安名流达士的赏识和认可。但是事与愿违，陈子昂一次又一次地失望而归。阳光如此美好而温暖，陈子昂一个人孤零零地走在长安繁华的街头，心里有着说不完的烦恼和忧伤。

　　陈子昂走着走着，发现一位老者在街边的十字路口叫卖他的胡琴：

"上好的胡琴，知音者快来买呀！"陈子昂慢慢走过去，看看这把琴确实是好琴，便对老者说："老伯，我想要买这把琴，您老出个价吧。"老者把陈子昂打量了一番后说："先生果真想买这把琴吗？我看先生举止不俗，定非等闲之辈。别人买此琴不能少于三千钱，先生若买就两千钱吧。只要这把琴能够寻到真正知音之人，得以物尽其用，老朽也就心安了。"一把琴两千钱在当时也算是天价了，陈子昂却毫不犹豫地将琴买了下来。围观的人见这位书生花这么多钱买了一把琴，都觉得这琴和人都有些不同寻常！陈子昂看看众人说："在下陈子昂，略通琴技，明天我要在寓所宣德里为大家演奏，敬请各位莅临。"

这件事很快就在长安传开了，第二天一大早，很多人都来听陈子昂弹琴，其中不乏文人墨客和各界名流。陈子昂抱着琴缓缓出场，对观众抱拳一揖道："感谢各位捧场，但我陈子昂弹琴是假，摔琴是真！"话音刚落，陈子昂就将琴高高举起当众往地上一摔，立刻弦断琴碎，把众人惊得是目瞪口呆！陈子昂朗声笑道："我陈子昂自幼刻苦读书，经史子集烂熟于心，诗词歌赋长文短句，件件做得用心之志，但我却处处遭人冷遇。今日借摔琴之机让众位读一读我的诗文，这才是我的真正目的。"陈子昂说罢，从箱子里取出诗词文稿，分发给在场的众人。在场的一些名流看了陈子昂的诗文后，个个感叹不已，这一首首诗一篇篇文章果然字字珠玑，精美绝伦！于是，陈子昂的名字和他的锦绣诗文便在京城长安传开了！从此，陈子昂的住所每日来访者络绎不绝。后来陈子昂的诗名传到了朝廷里，使得这位才华出众的诗人终于得到了重用。

这就是著名的伯玉毁琴的故事。陈子昂以自己特殊的方式让朝廷知道了自己。在让朝廷知道自己的同时，也让自己走上了一条充满悲壮苍凉的不归路。

　　陈子昂在自己二十四岁时中了进士。遗憾的是他并没有像他当初说的要中状元，甚至连榜眼和探花也没有中。但好歹陈子昂还是中了。要不然我们现在就无法知道陈子昂那一生悲惨的仕途了。中了进士的陈子昂官拜麟台正字，开始了他那悲惨的岁月。

　　中了进士，陈子昂很是高兴，准备大展宏图实现自己远大的政治抱负了。然而，陈子昂当时面对的是强大得不能再强大的武氏集团。当初回眸一笑百媚生的武媚娘已经不再妩媚，幽暗阴森的大明宫里只有一位集狠毒与仁慈于一身的女皇武则天。武则天对陈子昂这样的青年才俊既赏识又忌恨，赏识他时就破格提拔他，忌恨他时就毫不留情地打击他。陈子昂就在这样的境遇中度过了自己艰难的仕途。

　　武则天这个中国历史上唯一的一个女皇帝，对于她的功绩，我们不好评说，那是历史学家的事。我们这里要说的是她对于陈子昂的所作所为。武则天曾经是一个尊重人才尊重知识，起用贤士以振兴国威的女皇，颇有唐太宗的风度。长寿二年（693 年）重阳节，武则天命朝廷学士随行游龙门并要求学士们赋诗，从中选出诗魁予以重奖。此时的陈子昂虽然官职低微，但诗名颇盛，受女皇重视也一同随行。此行武则天收到约三十首诗篇，她挑选了其中自己宠爱的侄儿武三思和尚书监丞宋之问以及麟台正字陈子昂等人的诗交给上官婉儿命她一首一首地念，然后再一起评议。上官婉儿首先念的是武三思的诗，接下来一首是尚书监丞大学士宋之问的《谒龙门》诗：

　　　　佛像千尊起，恩沫万家园。
　　　　福如两山松，寿比洛河源。

大诗人张九龄闻毕称赞：情真意切，乃好诗中的好诗。张若虚也说：韵律优美，定可再夺诗冠。张九龄和张若虚可都是唐朝著名的诗人。张九龄的《望月怀远》一诗广为人们所知，其中有这样一个名句：海上生明月，天涯共此时。张若虚的《春江花月夜》更是被誉为唐诗中的精品：春江潮水连海平，海上明月共潮生。

上官婉儿最后展开了陈子昂的诗稿，展开后不禁大惊失色，手捧诗稿面露难色。武则天实在看不下去了就直接催促，上官婉儿才壮着胆子念完陈子昂的《感遇》诗：

圣人不利己，忧济在元元。
黄屋非尧意，瑶台安可论。
吾闻西方化，清净道弥敦。
奈何穷金玉，雕刻以为尊。
云构山林尽，瑶图珠翠烦。
鬼工尚未可，人力安能存。
夸愚适增累，矜智道逾昏。

原来，此时的武则天过分尊崇佛教，广建寺庙，劳民伤财。陈子昂对此深为不满，故以此诗警喻，直抒胸臆，言辞刚烈。好一个不畏强权的陈伯玉，好一个锋芒毕露的陈子昂。古代文人身上那种刚烈清高的骨气再一次让我们肃然起敬。诗一念完，全场的气氛顿时紧张起来。武则天环视众臣后，面带微笑向狄仁杰问道：狄爱卿，这三首诗，你有何看法？

狄仁杰乃是一位断案如神的清官，也是一位刚正不阿的贤相，沉思片刻直率地说:"……陈学士直言广建佛寺耗财之时弊,为民请命,心系朝廷,字字铿锵,真乃时代强音也!"

武则天听后点头称赞:陈爱卿《感遇》诗紧扣时政,正视现实,忠言直谏,不趋炎附势,不溢美娇情,今日之诗魁当陈爱卿莫属。说完武则天还亲自赐给她一条龙珠玉带并当众降旨,擢升陈子昂为右拾遗。

这是武则天对陈子昂赏识重用的一面,当然还有其对陈子昂进行残酷打击的一面。武则天是一个皇帝,而且是一个女皇帝。她有着皇帝的无尽权力和思考方式,还有着女人的复杂心思和处世原则。中国是一个男权社会,这一点根深蒂固。男人当皇帝统治国家还算正常,一个女人当皇帝来统治国家,这一点怎么都无法让人接受。即便武则天的皇帝当得比历史上很多男人都强。但在武则天当政期间还是出现了大量的反对派。武则天为了维护自己的统治,就大力起用酷吏开始残酷镇压反对派,对李唐宗室大开杀戒,血雨腥风,可谓杀气腾腾,天下莫敢出言。历史总是在这样的残酷镇压和血流成河中慢慢向前发展的。现在看来,真是让人万分感慨。

陈子昂是一个文人,是一个正直的文人,更是一个侠肝义胆的文人。所以他对于武则天的做法就不满了,这一不满他就直言敢谏。武则天对此大为恼火。武则天这一恼火,她的侄子武三思就不干了,于是就设计陷害陈子昂,陈子昂也因此身陷牢狱。古代的文人啊!你们一次一次地以言获罪!你们一次一次地正视淋漓的鲜血!你们一次一次地直面惨淡的人生!这样的事件我们现在是看得太多了,多得有点让我们不忍看下去了。忠奸怎能两立。历史总是重演。

陈子昂出狱了。出狱后的陈子昂依然改不了他骨子里那股豪侠气概。关了那么久依然没有关掉他身上的凛然正气。其实武则天的内心深处是很赏识陈子昂的，只是陈子昂太过于锋利，他的做事方式总是让武则天接受不了。于是，武则天就想杀杀他的锐气。陈子昂依然是那个陈子昂，他出狱后依然关心国家大事，依然提出一些逆耳的忠言。武则天对此采取的措施是不搭理他，不管陈子昂提什么意见，都不采用。但是武则天又不想废掉他，于是陈子昂就成了一个摆设、一个花瓶。

堂堂七尺男儿，满腔报国热情，被架空了的陈子昂不得不感叹英雄末路了。陈子昂站在长安街头静静地想：在朝廷既然已经无所作为了，那就出去走走吧！或许还能走出一条属于自己的道路。

武则天通天元年（696年），契丹出现灾荒，遍地饥民，李尽忠和孙万荣等叛乱，攻陷营州。武则天派遣建安王武攸宜率军征讨，陈子昂在武攸宜幕府担任参谋，随军出征。武攸宜为人轻率而且没有什么谋略。于次年（697年）兵败，先头部队被契丹铁骑践踏得落花流水，胆小怕事的武攸宜竟然把部队驻扎在河北蓟县，不敢前进。情况紧急，身为参军的陈子昂挺身而出，毫不留情地指责武攸宜畏首畏尾，视军国大事为儿戏，并请求武攸宜给他一万精兵充当先驱以击敌。武攸宜是一个刚愎自用的家伙，他拒绝了陈子昂的请求。稍后陈子昂又向武攸宜进言，武攸宜不但不听反而把陈子昂降为军曹。这对陈子昂来说无疑是一个巨大的打击，这个打击让陈子昂几乎绝望。这样，在武攸宜的军队里陈子昂几乎又成了一个摆设。陈子昂不明白，他只是想好好地报效国家，好好地为国家尽自己应该尽的职责，他不图什么赏赐，可是为什么总是得到这样的结果呢？

那是一个秋高气爽的日子，心情沉重的陈子昂独自一人默默登上了古老而沧桑的幽州台。当他登临幽州台的那一刻，一直以来压抑在胸中的情感像潮水一样奔涌而出。陈子昂静静地观望,上下五千年,纵横几万里,面对着浩淼的苍穹,不见了当年求贤若渴的燕昭王,只有他一个人孤独的身影踯躅徘徊在这破败的幽州台上。古代那些明君贤士早已逝去,空留下一些历史的陈迹供人凭吊。天地依旧是原来的天地,幽州台依旧是原来的幽州台,然而人却已经是面目全非了!陈子昂想到自己已逝的青春和难酬的壮志,内心涌起一阵绝望的孤独。没人理会。没人同情。无法抚平的惆怅在陈子昂内心不住地翻涌,终于化作两行热泪……

前不见古人,后不见来者。
念天地之悠悠,独怆然而涕下!

这是一个仰天长叹的末路英雄的泪水!这是一个骨气刚健的知识分子的泪水!这是一个壮志难酬的文人侠客的泪水!所有的悲伤,所有的寂寞,所有的渴望,全都融进了这两行泪水,顺着古老的幽州台滚滚而下。正是有了这样的泪水,中国的知识分子才有了人生的坐标。正是有了这样的泪水,中国的文化历史才有了无穷的魅力。

眼里满含泪水,陈子昂终于长长地出了一口气,神情异常悲凉。那是超脱了时空的英雄气概,那是挟带着深沉的人生感伤,那是孕育着博大的历史情怀。陈子昂在萧瑟的秋风中稳静地站立,神色忧伤,长须飘飘。那一刻,我想到了两个词:苍凉!悲壮!

苍凉的人生,悲壮的仕途,动人的绝唱。

此次从军幽州,陈子昂算是把武攸宜这个武则天身边的红人得罪到家了,结果也就可想而知了。圣历元年(698年),接近不惑的陈子昂以父亲年老多病为由，辞官还乡，过着隐居山林的日子。陈子昂选择了放弃，他彻底绝望了，他受的伤太深了，他努力奋斗过，他拼命追求过，但他无法改变这个世界，于是他只能选择独善其身。

本想学陶渊明寄情山水，采菊东篱，在大自然的怀抱中度此余生，但树欲静而风不止，在此期间，射洪县令段简受武三思的指使，对陈子昂进行残酷的迫害，罗织罪名把陈子昂投进了监狱。这一次，陈子昂进去之后就再也没有出来。段简在狱中对陈子昂进行了非人的折磨，以致陈子昂最终惨死狱中。时年四十二岁。一代英才就这样被迫害致死了，真是天理何在啊！

这里还有一个传说：陈子昂被段简关押的消息传到了武则天那里，武则天因特别喜爱陈子昂的才华，就从宫中派了两位女将军火速赶到四川射洪，命令段简释放陈子昂。当两位女将军奉诏来到射洪县境内涪江对岸时，突然乌天黑地，大雨倾盆，涪江河水暴涨，没法渡河。两位女将军焦急万分，但是一点儿办法也没有。几天过后，洪水终于退去了。女将军过河打听陈子昂的消息，才知陈子昂已在狱中被段简折磨致死了。她们听到这个不幸的消息，悲痛万分，想到自己难以回朝复命，于是两人就投江自尽了。射洪人民为了纪念这两位女将军，纷纷捐款请来能工巧匠，在女将军投江的山崖上，刻下了她们身穿铠甲腰系佩剑的英武形象，并把这儿取名为"将军碑"。直到现在，"将军碑"还立于金华山山脚下的涪江边上。我到射洪的时候，看到山崖上那英武的形象，总是会想到那含冤而死的陈子昂，也总是会想到那个在幽州台上泪流满面的悲情男人。

在金华山陈子昂读书台的院子里，还有一块臭石。相传为当时的射洪县令段简所变，只要一敲击石头就会散发出一股难闻的臭气来。

段简变石头，一看就知道是假的，是后人逞恶扬善的心理慰藉而已，就像秦桧跪于岳飞墓前一样。

历史总会记住那些具有丰功伟绩的人，不管再过去多少年，历史总会记住他们。历史的悲剧时刻提醒着我们，历史的悲剧也一定会带给我们以巨大的震撼。但是为什么这些历史悲剧总会重演呢？五千年的中国历史，总是在这样一些血泪中交织着前进，在这样一些痛苦中缓慢地发展。陈子昂走了，留下了无尽的苦楚和遗憾，留下了一腔未能施展的抱负，留下了一堆真假难辨的传奇。

涪江静静地流淌，日夜不息。一代又一代的人们到涪江来寻找陈子昂的踪迹，蓦然回首，原来陈子昂一直活在自己心中。掬一捧涪江水，带一阵松涛声，我们在射洪追寻着古人的脚步。沿着涪江安静地走着，陈子昂的身影一直陪伴在左右，怎么也挥之不去。夜色已深，天空星星点点。现在的涪江边上已是万家灯火霓虹闪烁，但是我总是觉得在这一片璀璨的灯火之中，陈子昂一直在那遥远的夜空，凝视着这灯火中的人们，眼里饱含着渴望和期待。想到这里，我不禁抬头看了看遥远的夜空，那里高远深邃，透出许多神秘。

陈子昂那幽怨的眼神，我们真的读懂了吗……

## 永远的杜甫

江水静静地流淌,天空澄澈而高远,远山模糊而沉寂。好一道苍凉的夔门秋色。在一个秋高气爽的日子,我登临夔门,眼前是漫山遍野的红叶,脚下是滚滚东逝的长江。迎着萧瑟的秋风,我不禁想,这就是当年杜甫登高的地方啊!年迈的杜甫拖着虚弱的病体登高望远。三峡壮阔气氛悲凉,苍劲的江风吹得面颊生疼,两岸茂密的树林中不时传来猿猴的悲鸣,一些不知名的鸟雀盘旋在天空不知道该飞往哪里,无边的落叶扑扑簌簌飘落满地,浊浪排空的长江带着无尽的悲凉滚滚而来,想起自己艰难的岁月和坎坷的征途,不禁悲从中来:

> 风急天高猿啸哀,渚清沙白鸟飞回。
> 无边落木萧萧下,不尽长江滚滚来。
> 万里悲秋常作客,百年多病独登台。
> 艰难苦恨繁霜鬓,潦倒新停浊酒杯。

杜甫,唐代伟大的现实主义诗人,被后世誉为"诗圣",一生创作诗歌无数,给我们留下了宝贵的文化遗产和太多让人潸然泪下的故事。唐玄宗先天元年(712年)正月,杜甫出生在河南巩县南窑湾村。

这一年，唐玄宗正式登基，由此开始了中国历史上著名的"开元盛世"，唐朝的发展到了一个鼎盛时期。这是一个群星灿烂、诗人辈出的时代。这一年，李白十一岁，王维十一岁，高适十岁，岑参也即将出生。

杜甫出生在一个极具诗书传统的仕宦家庭，祖父杜审言是与宋之问齐名的初唐著名诗人，被认为是五言律诗的奠基者。杜甫曾说过："诗是吾家事。"他是把诗歌作为家族的一项重要传统来继承的，可见祖父杜审言对其影响之大。杜甫的父亲杜闲官做得不大，也没有多少名气，而母亲崔氏在杜甫出生几年后就去世了，所以杜甫很小就寄养在东都洛阳的姑母家。姑母对杜甫百般呵护关怀备至，小时候杜甫和姑母的儿子同时染上了重病，姑母为了照顾杜甫而牺牲了自己的儿子。年幼时的这场重病对杜甫的影响很大，后来杜甫身体一直不好其实和小时候这场病也有莫大的关联。杜甫很小就开始了读书写字不断思考，随着年龄逐渐增长，杜甫开始与洛阳的文人有了来往，他的诗歌和文章开始引起了人们的注意。杜甫有着远大的抱负和追求，他觉得自己应该出去闯荡，去结交那些有学问有见识的前辈文人，为祖国作出自己应有的贡献。

带着这样远大的政治抱负，杜甫开始了从731年到740年在吴越和齐赵两次长期的漫游。漫游是那个特殊的时代大多数诗人都有过的经历。漫游可以扩充知识和丰富生活阅历，同时，漫游往往又是实现政治目的的一种手段。古代的读书人都有着很高的济世热情，想走上仕途为国为民干一番事业。在杜甫生活的时代，想要走上仕途，要么得到达官贵人的推荐直接得到官职，要么通过科举考试获得官职。但是在唐朝有这么一个风气，那就是即使是走科举考试的道路，也要得到朝廷重要人物的推荐，否则是无法参加或者通过考试的。因此，漫游就成了当时的青年文人结交名流权贵，实现其政治目的的一个重要手段。

在这种情况下，二十岁的杜甫开始了他的漫游生涯。杜甫首先选择了江南一带的吴越作为自己漫游的第一站。这次江南漫游，大大丰富了杜甫的知识和阅历，为他以后的创作打下了坚实的基础。唐玄宗开元二十三年（735年），为了参加当年的科举考试，时年二十四岁的杜甫从江南回到了故乡河南巩县。但可惜的是，这次考试杜甫落榜了。落榜了的杜甫再一次开始了他的漫游生活，这一次漫游的地方他选择了齐赵之间，也就是现在的山东和河北南部地区。杜甫带着愉快的心情走啊走啊，走过春夏秋冬，走过阴晴圆缺。这一日，杜甫来到了山东境内，见到了巍峨的泰山，感慨万千，于是一口气登上了泰山。站在泰山山巅，杜甫豪气干云情难自禁，写下了气势雄伟的《望岳》一诗：

岱宗夫如何？齐鲁青未了。
造化钟神秀，阴阳割昏晓。
荡胸生层云，决眦入归鸟。
会当凌绝顶，一览众山小。

这首诗意境开阔，语言精辟，富有哲理，抒发了青年杜甫远大的胸襟抱负。辽阔无边的齐鲁大地，郁郁苍苍的泰山风光，高远伟大的宽广胸怀。杜甫站在日观峰上极目远眺，他看到了凋敝的农村，战乱的荒芜，这在繁荣的开元盛世下是极其隐蔽的，年轻的杜甫目光深邃犀利，隐约形成了他对整个社会的深层见解。

唐玄宗开元二十九年（741年），杜甫结束了漫游回到了自己的家乡，在洛阳附近的首阳山陆浑山庄居住。在陆浑山庄，杜甫成亲了，妻子是司农少卿杨怡的女儿。结婚后，杜甫和妻子情深意笃相敬如宾，在此后漫长的岁月里，不管生活怎样艰难，妻子一直给予着他最温暖的关怀和强有力的支持。陆浑山庄离东都洛阳比较近，杜甫时不时地到洛阳去拜访洛阳的名士诗人，希望能在政治上找到出路。

唐玄宗天宝三年（744年）春夏之交，中国文学史上最伟大的两个诗人李白和杜甫相遇在了洛阳。当是时，李白四十四岁，杜甫三十三岁。当年李白满怀信心和希望来到长安，得到了唐玄宗亲切的接见，并封他为供奉翰林。供奉翰林是一个没有实权形同虚设的职位，这和李白的期望相去甚远。政治抱负得不到施展，再加上性格狂傲，李白在朝中的处境越来越困难，心情越来越压抑，整日纵酒狂歌。这一喝酒就容易醉，醉了就容易发泄心中的郁闷，因此被一些别有用心的小人抓住了辫子，在唐玄宗面前肆意诋毁。于是，唐玄宗下诏，让李白离开长安。李白带着极其郁闷的心情离开了都城长安来到了东都洛阳，没想到在洛阳遇到了杜甫。从此成就了中国文学史上最为动人的一段佳话。杜甫和李白两个人一见如故相见恨晚，于是决定一起出去漫游。

唐玄宗天宝三年（744年）秋天，杜甫和李白乘着一叶轻舟，开始了他们的漫游。他们走着走着，走到梁宋一代的时候，唐朝另一位著名的边塞诗人高适也加进了他们的行列。高适是河北景县一带人，因创作了杰出的边塞诗《燕歌行》而在诗坛名声大振。此时这三人在一起同吃同住，共同吟诗作文，共同感伤国事，过着一段自由快乐的日子。天宝四年（745年）初，高适到南方漫游，杜甫和李白一起北上山东济南。李白到了紫极宫，杜甫去拜见当时的北海太守。这年秋天，杜甫到了兖州,李白也特意赶来兖州与杜甫会合,两人再一次在一起开怀畅饮同被而眠。虽然两个人整天都痛饮狂歌,但内心深处力求在政治上大展宏图的愿望一直没有熄灭。杜甫决定到长安去求取功名,而李白也要到南方去实现自己的愿望,于是两人就在城东石门道别。但杜甫怎么也想不到,这一次分别以后,就再也没有见到李白了。

唐都长安可谓当时世界上规模最大最为繁华的城市。杜甫初到长安,见到这么一幅充满浪漫气息的图景,意气风发壮志满怀。带着满腹的学问和才华,怀着极大的自信和热情,杜甫于天宝六年(747年)参加了朝廷举行的制举考试。当时的唐玄宗为了网罗人才,下诏说天下的读书人都可以到京城来参加选拔考试。但是当时的宰相李林甫用心险恶,害怕参加考试的读书人不肯受他控制而揭露他的恶行,于是玩弄阴谋控制考官,最后竟然让参加考试的所有考生都落选了。这在古代的科举考试中也算是独一无二的了。最后李林甫还厚颜无耻地对唐玄宗说:"野无遗贤。"意思是说,人才都已经被收罗到朝廷中了,民间再也没有遗漏的人才了。让我百思不得其解的是,唐玄宗竟然相信了李林甫的鬼话。

其实从这件事上就可以看出,当时的唐玄宗已经昏庸无度,唐王朝已经极其腐朽黑暗了。唐玄宗早年是一个励精图治、有所作为的皇帝,他任人唯贤,善于纳谏,任用姚崇、宋璟、张九龄等人为相,开创了"开元盛世"的繁盛局面。但后来逐渐沉迷于声色,迷信道教,重用李林甫等小人,导致政治越来越混乱,唐王朝也逐渐走向危机。

杜甫开始慢慢感觉到了唐朝这种令人窒息的黑暗。在这次全国考生落选的千古奇闻中,杜甫作为直接受害者逐渐感觉到了朝政腐败、民生凋敝,而且自己十分赞赏的张九龄、李适之等人一个一个被排挤出朝廷，也在杜甫心里投下了沉重的阴影。

杜甫到长安后，结识了一些有权势的人，希望能得到他们的推荐，但都没有什么结果。这其中还包括杜甫的熟人，时任尚书左丞的韦济。此后几年，杜甫一直在长安寻找得到推荐的机会，但仍然没有什么回报。这时，杜甫的父亲已经去世，杜甫又没有其他什么经济来源，他的生活越来越贫困，只好采集一些草药在长安街市上出售，甚至低声下气地到一些贵族豪门中去当门客维持生计。在这种情况下，杜甫决定直接投献文章给唐玄宗，以求一线生机。唐朝在武则天时期设立了一种人才推荐制度，求取官职的人可以将自己的文章投到一个地方，然后由有关官员报送皇帝。杜甫投了一次文章，没有什么回音，后来又投了一次，终于得到了唐玄宗的赞赏，让杜甫到集贤院参加由宰相主持的考试。一个人再有才华，生不逢时，那就是一种痛苦。很不幸，杜甫就带有这种痛苦。参加完考试的杜甫满怀信心地等待着朝廷的任命，但是时间一天天过去，仍然没有传来任何消息。

杜甫的生活越来越艰苦，那年秋天，长安一直下着雨，杜甫住在简陋的屋子里，墙角和床脚都长满了青苔，他又冷又饿，还得了疟疾，忽冷忽热，卧病在床不能动弹，这样一直持续了一百多天。经过此次，本来身体就不是很好的杜甫已经变得十分虚弱了。除夕来临，杜甫一个人困守长安一事无成，甚至连生活都没有着落，只能把这满腔的忧愁付诸酒中，烂醉如泥。

仕途的挫折，生活的贫困，杜甫对社会的观察越来越细致，思考越来越深刻。天宝十年（751年）的一天，杜甫路过咸阳桥，看见远征军队正在告别亲人，时值寒冬腊月，送别的亲人哭声震天，场面十分凄惨，杜甫抑制不住内心的悲痛和愤怒，写下了著名的长诗《兵车行》：

> 车辚辚,马萧萧,行人弓箭各在腰。
> ……
> 君不见青海头,古来白骨无人收。
> 新鬼烦冤旧鬼哭,天阴雨湿声啾啾。

此后不久,杜甫又创作了组诗《前出塞九首》。这组诗通过一个兵士十年从军的遭遇和感受,反映了远征将士们的痛苦,讽刺了唐玄宗的好大喜功,暴露了不义战争的罪恶。杜甫的这些诗歌充满着对战争的控诉,对生命的关爱。杜甫对人类的仁爱胸怀超越了国界和民族的局限,达到了无垠的境界。

面对日益腐朽的唐朝政治,唐玄宗天宝十二年(753年)春天,杜甫创作了著名的《丽人行》一诗,诗中对杨国忠兄妹奢侈淫乱的生活作了揭露和讽刺,并且把讽刺的锋芒直接指向了唐玄宗和杨贵妃。

杨贵妃本名杨玉环,是蜀州一个小官的女儿。唐玄宗开元二十三年(735年),杨玉环嫁给了唐玄宗的儿子寿王李瑁为妃,后来唐玄宗自己看上了她,就于天宝三年(744年)召她进宫,先是做女道士掩人耳目,后来于第二年正式册封为贵妃。当时唐玄宗已经六十岁,而杨玉环才二十六岁。从此,唐玄宗就沉溺于杨贵妃的美色之中,不理政事,把所有的朝政都交给了李林甫,任由李林甫胡作非为。唐代大诗人白居易曾有这么一句诗描述了唐玄宗的荒淫:"春宵苦短日高起,从此君王不早朝。"唐玄宗对杨贵妃的宠爱更是离谱。杨贵妃爱吃鲜荔枝,唐玄宗就派人从几千里外的岭南用快马送到京城,为了让荔枝保持新鲜,每到一个驿站换一次快马,像传递紧急军情一样,以至于沿途跑死了不少马匹。唐代著名诗人杜牧还写下了一首诗来讽刺此事:"长安回望绣成堆，山顶千门次第开。一骑红尘妃子笑，无人知是荔枝来。"不仅如此，杨贵妃的家人也一个个都得到了封赏，从此把持朝政。李林甫死后，杨贵妃的从兄杨国忠为右相，开始了他的独断专权。

天宝十二年（753年）三月三日，杨贵妃的三个姐姐和杨国忠到了长安东南的曲江边上游春饮宴，场面极度奢华。杜甫的《丽人行》正是通过对这次春游的描写揭露了黑暗的唐朝现实。

唐玄宗天宝十三年（754年），杜甫得到自己多年老朋友苏源明的资助，在长安城南十五里的下杜添置了住房，杜陵和少陵都在这一带，所以杜甫常常自称"少陵野老"。找到住房后，杜甫就到洛阳把自己的家人接了过来，此时他已有两个儿子，大儿子宗文五岁，小儿子宗武还不满一周岁。家人的到来让杜甫暂时忘掉了多年的郁闷，但也严重加大了他的经济负担，生活更见窘迫了。杜甫想，在萧萧劲吹的寒风中，恐怕很难支持到冬天，自己已经有了白发，事业无成，一家人缺吃少穿，想想自己的命运和处境，不禁感伤落泪。生活如此艰难，在长安是待不下去了，待到秋雨一停，杜甫就带着家人到了奉先县（今陕西蒲城）投靠亲戚。把家人安置妥当后，杜甫再一次来到了长安等待时机。

唐玄宗天宝十四年（755年）十月，这对杜甫来说是一个相当重要的时日。此时，杜甫终于被任命为河西（今陕西合阳）县尉。县尉是一个什么样的差事呢？实际上就是主管地方治安的低级官吏，干的就是抓人打人的杂事。这与杜甫的理想相去甚远，而且杜甫也不愿意做逢迎上级和鞭打百姓的事，哪怕自己生活困难命运艰苦，他也不能违背自己的良心做事，因此杜甫毅然决然地拒绝了这个任命。不久，杜甫被改任为右卫率府兵曹参军，这是一个级别更低的职位，职责是看守兵器管理钥匙，简单点说就相当于仓库保管员。这个职位虽然低下，但杜甫觉得至少不会违背自己的良知，于是就接受了。

自己有了第一份工作，杜甫想到该去探望一下家人了，于是在这年的十一月初，杜甫离开长安直奔奉先。杜甫是在一个冬天的半夜从长安出发的，寒风呼啸，树木凋零，冷得连手指都是僵硬的，甚至无法系上断开的衣带。天色微明，杜甫路过骊山，唐玄宗正和他的杨贵妃住在山上的宫殿里，骊山云蒸雾罩，华清池热气腾腾，达官贵人寻欢作乐。杜甫心里难过至极。这些所有的奢华之物，都是穷苦老百姓的血汗做成的，都是官府用残暴的手段强行从民间征收而来的，现在被这些整天无所事事的达官贵人们白白糟蹋了，而贫苦百姓现在甚至连生活都成问题，这到底是一个什么世道啊！杜甫想到这里悲愤难平，大声疾呼："朱门酒肉臭，路有冻死骨。"

带着强烈的悲愤，杜甫一路颠簸，终于回到了奉先的亲戚家。杜甫满怀期待地打开了木门，但是眼前的一幕足以让杜甫晕死过去。简陋的屋内，一家人正在那里号啕大哭，原来杜甫的小儿子已经活活饿死了。杜甫无法抑制心中巨大的悲痛，感情的潮水终于一泻千里，痛哭流涕。为什么？这到底是为什么？自己的家庭是世代官宦，生来就享有特权，可以不交租税，不服徭役，现在的生活都是如此的艰难，那些一般的贫苦老百姓的境况不知道有多悲惨了。多少贫苦农民失去了自己的土地，被迫流亡！多少防守边关的将士咬紧牙关，在生死的边缘上挣扎！想到这些，杜甫无法平静，他痛苦不堪，于是含着血泪，饱蘸笔墨，用悲愤异常的心情写下了反映当时社会真实情况的长篇史诗《自京赴奉先县咏怀五百字》。

杜甫的思想成熟了，那些裘马轻狂的生活已经变得很遥远，他已从那个时代的狂热中清醒过来，已从所谓的大唐盛世中清醒过来，他看到了这个社会处处存在的矛盾和处处潜伏的危机，他更加同情那些生活在艰难困苦中的老百姓。在这首诗中，杜甫记叙了经过骊山时的见闻和家庭的不幸遭遇，同时还抒发了自己的抱负。杜甫有着忧国忧民的品质，他一方面能从自己一家的不幸遭遇推想到天下百姓的悲惨境遇，一方面有着儒家的仁爱精神和兼济天下的理想，不管自己的生活有多么悲惨，他始终相信，只要活着就有希望实现自己的理想，让天下的百姓过上安宁幸福的生活。这是一种怎样伟大的抱负啊！这是一种怎样坚强的决心啊！这是一种怎样无私的奉献啊！这又是一种怎样揪心的疼痛啊！

就在杜甫到奉先探望家人的时候，爆发了唐王朝由盛而衰的标志性叛乱——安史之乱。唐玄宗天宝十四年（755年）十一月，身为平卢和范阳以及河东三镇节度使的安禄山，以讨伐杨国忠为名，率领十五万兵马在范阳（今北京西南）起兵叛乱。史称"安史之乱"。这场叛乱一直持续了七年多，给百姓带来了巨大的灾难。

安禄山发动叛乱后，一路过关斩将所向披靡，只用了三十三天就攻陷了东都洛阳。于是安禄山在洛阳称帝，国号大燕。不久之后，安禄山又攻占了潼关。在此万分危急的时刻，唐玄宗带着杨贵妃一家偷偷逃离了长安，弃百姓的死活于不顾。太子李亨留在了关中主持军事，安抚百姓。天宝十五年（756年）七月十三日，李亨在没有得到唐玄宗明确诏意的情况下，于宁夏灵武即位，改元至德，是为唐肃宗。

安史之乱爆发的时候，杜甫正在奉先县。杜甫返回长安后，见到形势严峻，就带着妻儿老小开始逃亡。逃亡路途的艰险自不必说。经过一路惊险，杜甫来到了今陕西富县羌村。在这里，杜甫听说了唐肃宗在灵武即位的消息，于是带着报效国家的信念告别家人，只身北上，想去投奔唐肃宗。没想到在途中被叛军掳掠而去，押解到了已经沦陷的长安。由于杜甫官职很小，政治上没有什么地位，名气不大，服装破旧，相貌平平，所以并没有被严格监视，还算比较自由。杜甫见到长安的破败景象和种种人间惨剧，感慨万千，在此期间写下了不少反映现实的作品。

拘禁长安的杜甫和家人隔绝，不知道他们是生是死，十分悲伤和痛苦。安史之乱是国家民族的大灾难，不仅造成了杜甫一家的离散，同样也给千千万万个家庭带来了不幸和痛苦。唐肃宗至德二年（757年）春天，花开鸟鸣春意盎然，但是长安仍然一片荒芜破败，战争仍然在继续。杜甫感伤国事，担心家人，更牵挂天下的百姓，于是提笔挥就千古名诗《春望》：

> 国破山河在，城春草木深。
> 感时花溅泪，恨别鸟惊心。
> 烽火连三月，家书抵万金。
> 白头搔更短，浑欲不胜簪。

就在这年春天，整个局势朝着有利于唐朝的方向发展了。安禄山被部下杀死。而在此时，唐朝的军队也打了几个胜仗，唐肃宗已经到了凤翔，离长安越来越近了。于是一些被关押的官员纷纷逃离洛阳和长安，准备去投奔唐肃宗。

杜甫历经千难万险，晓行夜宿，终于来到了凤翔，见到了唐肃宗。见到唐肃宗的时候，杜甫脚穿麻鞋，衣服破旧，一副狼狈不堪的样子。

杜甫不畏艰险来投奔唐肃宗，表现出强烈的爱国热忱。唐肃宗任命杜甫为左拾遗，是一个级别不高的谏官，可以接近皇帝，参与议论朝政，同时还有推荐人才的责任。一生悲苦的杜甫对此感激涕零，表示一定不负皇恩，认真做好自己的工作，但杜甫才担任左拾遗没多久，就差点儿遭到杀身之祸。唐肃宗因为受人挑拨罢免了当时的宰相房琯，杜甫觉得房琯在当时算是一个正直和有才能之士，对朝廷做了很大的贡献，罢免他不是很妥当，于是上书为房琯打抱不平。唐肃宗勃然大怒，你杜甫算个啥啊！竟敢跟我对着干。于是欲给杜甫定罪。虽然最终免除了杜甫的罪责，但是从此以后唐肃宗就对杜甫几乎是不理不睬了。因此杜甫想要在唐肃宗的朝廷里实现自己的远大抱负基本是不可能了。虽然我们现在看来杜甫的遭遇属于正常的情况，因为古代正直的文人几乎都是这个下场，但是杜甫自己当时还是相当的郁闷，甚至流露出要隐居山林的愿望。在这个时候，杜甫异常思念家人，于是向唐肃宗请假探亲。

　　回家的路上，到处都是残破的山河和悲惨的百姓，杜甫感到心情无比沉重，悲愤的情感仿佛铺满了山野。傍晚时分，杜甫终于回到了羌村的家中。夕阳就要落山了，天边布满了层层红云，黯淡的阳光无力地照着荒芜的大地。村子里的鸟雀啼叫不止，似乎在为杜甫的回来高兴不已。妻子见到杜甫，喜出望外，觉得身逢乱世，丈夫居然能够活着回来，真的是天大的恩赐。短暂的相聚之后，杜甫回到了现实中，想到自己年事已高但是还在为了生计而苟且地活着，满腔的报国热情得不到施展，痛苦异常，于是在羌村探亲期间，他写下了著名的《羌村三首》和《北征》来抒发自己的情感和志向。在诗歌中，杜甫表现出收复长安的强烈愿望，是杜甫最为重要的作品之一，被评论家看作是能体现杜甫"平生大本领"的文章。

唐肃宗至德二年（757年）九月，唐朝郭子仪等人率军收复了长安，进驻到洛阳。唐肃宗终于回到了长安，逃亡在四川的唐玄宗也回到了长安。得知消息的杜甫带着家人高高兴兴地回到了长安，继续担任左拾遗一职。杜甫工作相当认真，有时候连觉都不睡，头脑里始终想着怎样才能为百姓做一些好事。回到长安的唐肃宗首先关心的是如何维护自己的统治，于是开始排除异己，一些正直的人士开始遭到贬谪。率军收复河南等地的宰相张镐被贬谪。房琯被贬谪为远州刺史。杜甫因为与房琯关系密切，被看作是房琯的同党，于乾元元年（758年）六月被贬谪为华州（今陕西省渭南市华州区）司功参军，主要管理当地的礼仪庆典和学校教育等事务。这期间，杜甫经常往来于洛阳和华州之间。而就在此时，局势又开始变得复杂起来。就在郭子仪等人久攻不下安庆绪的时候，史思明又开始起兵救援安庆绪，使得广大地区再一次陷入了混乱之中。就在杜甫从洛阳回华州途中，他亲眼见到了在战乱之中老百姓遭到的苦难，于此期间写下了著名的组诗"三吏三别"。

杜甫路过河南新安的时候，看到官吏正在按照征兵名册点名，而且征的都是一些达不到年龄的少年去守卫洛阳。傍晚时分，队伍开拔了，苍茫的暮色中，悲惨的哭声回荡在山峰之间，杜甫感伤至极，于是就写下了"三吏"中的《新安吏》一诗。从河南新安往西，在一天黄昏时分，杜甫来到了石壕村，投宿在一对善良的老夫妻家中，他们热情地接待了杜甫。到了深夜，杜甫被一阵猛烈的打门声惊醒，原来是官吏连夜强行抓壮丁来了。老头子连忙翻墙准备逃走，老婆婆则为官吏打开了房门，然而却遭到了官吏的粗暴呵斥。老婆婆向官吏哭诉，说自己三个儿子都在外面为朝廷打仗，两个儿子已经战死了，家中的男子就只剩下还在吃奶的孙子了。老婆婆还说愿意跟随官兵一起回去给他们做饭，请求他们放过自己家里的男丁。老婆婆被带走了，深夜一片死一般的沉寂。杜甫难掩悲愤，如实地记下了这次见闻，那就是"三吏"中的《石壕吏》一诗。杜甫继续上路，等他赶到潼关的时候，看到了唐军正在修筑城池。杜甫于是把在潼关的见闻也写进了自己诗歌，那就是"三吏"中的《潼关吏》一诗。

杜甫的"三别"也是对当时残酷现实的反映，给予了老百姓以极大的同情。《新婚别》表达了一个刚成亲的新娘子送别丈夫上前线的痛苦之情。一对新婚夫妇刚刚成亲的第二天，新郎就被征调到前线去打仗去了，新娘为新郎送行，眼里饱含泪水地控诉了战争给老百姓带来的苦难，表达了生离死别的巨大痛苦和无奈。《垂老别》写的是一个暮年从军的老人，他的子孙已经全部在战争中牺牲了，现在没有办法，他也丢掉了拐杖穿上了盔甲上前线打战，于是痛苦地和老伴告别，老伴疾病缠身，无法站立，只好卧倒在路边为他送行。这是一种怎样的惨状啊！我在叙述的时候已经是泪水涟涟了。《无家别》写的是一个溃败的士兵侥幸逃回了家乡，但是不久又被征调服役，因为战乱中已经家破人亡，没有亲人告别，所以叫做"无家别"。

杜甫的"三吏三别"组诗通过细致的观察和描写，形象地描绘了安史之乱中底层百姓的生活状况，真实地展示了安史之乱给整个民族和国家造成的巨大苦难，暴露了唐王朝对待人民的残暴行为，如实地描绘了那个灾难深重的离乱时代的整体面貌，因而被称为是反映"安史之乱"的"史诗"。

杜甫从洛阳回到华州后，关中大旱，造成了严重灾荒，灾民到处逃难，流离失所。此时的杜甫在华州的生活十分艰难，现实又是如此令他失望，司功参军的职务也不能做什么实质性的工作，更谈不上实现自己的远大政治抱负了。于是杜甫辞去了华州司功参军的职务，开始了他常年漂泊不定的悲惨生活。

杜甫首先到了秦州（今甘肃天水）一带，因为这一带雨水比较充足，收成应该不成问题。辞官来到秦州，杜甫彻底摆脱了公务的羁绊，闲暇时间多了，有了更多的机会去观察大自然和社会中的各种人事，在此期间写下了一些咏物诗。秦州是个边防重镇，邻近吐蕃，杜甫在此深感寂寞，因而更加思念远在异乡的亲人和朋友。于是也创作了一些诗来表达对他们的思念之情：

露从今夜白，月是故乡明。

有弟皆分散，无家问死生。

在杜甫的这些朋友中，他尤其怀念李白。自从十四年前在兖州分别后，杜甫就再也没有见过李白了，不知道李白过得怎样。其时李白在离开兖州之后，就开始了长期的漫游。安史之乱爆发后，李白为了逃避战乱，到了江南，最后上了庐山，后出任了李璘的幕府。本以为可以施展政治抱负的李白却不幸掉进了政治的旋涡。随着李璘兵败被杀，李白也因"附逆"罪名进狱，后来被流放边远的夜郎（今贵州遵义）一带。杜甫在秦州知道了李白被流放，非常担忧，连续几个夜晚做梦都梦见了李白，于是创作了诗歌《梦李白二首》和《天末怀李白》。杜甫在诗中这样说：

凉风起天末，君子意如何。

鸿雁几时到，江湖秋水多。

文章憎命达，魑魅喜人过。

应共冤魂语，投诗赠汨罗。

　　杜甫在秦州待了大约三个月的时间，时间并不算长，但是在此期间创作了八十多首诗，成为了他创作生涯中的一个新的高峰期。此时的杜甫再次身陷贫病交加的困境。正在这个时候，同谷县（今甘肃成县）的县宰来信邀请杜甫到他那里去，这对于此时的杜甫来说无异于救命稻草一样，于是在一个深秋的夜晚，杜甫开始了赶往同谷的旅途。可气的是，当杜甫到了同谷后，那个县宰并没有兑现自己的诺言，没有帮助杜甫，于是杜甫一家的生活更加困难。在同谷住了个把月的时间，实在是无法生活下去，于是决定离开同谷到成都去。此时的杜甫想到成都是有一定的道理的。安史之乱爆发后，长安和洛阳等大城市都遭到了巨大的破坏和影响，而成都偏于西南一隅，因而远离战火，老百姓的生活较为稳定。再加上成都为蜀中要害，自古物产丰富，有"天府之国"的美誉，所以成了离乱时代人们向往的地方。

　　蜀道难，难于上青天。可想而知杜甫是经历了多大的困难才到达成都的。到达成都之后，杜甫暂时住在成都西郊的草堂寺。此时，杜甫的朋友高适正被贬谪在四川彭州任刺史，得知杜甫来到了成都，专门遣人给他送来了粮食，邻居也送来了自家种的蔬菜。杜甫一家总算是暂时安定了下来。到达成都的第二年也就是上元元年（760年）春天，杜甫准备自己盖房子，他在成都草堂寺以西的浣花溪边选定了房址。这里环境非常优美，溪水长流，林潭幽美，无数蜻蜓在空中自由地翻飞，一只只水鸟在溪边飞上飞下……经过亲友的资助和自己的努力，杜甫的草堂终于搭成了。杜甫非常高兴,觉得自己终于有了新居,不用再像鸟儿一样到处漂泊了。杜甫在浣花溪草堂一共住了三年多时间,创作了二百六十多首诗,成都草堂时期是杜甫创作上大丰收的时期。在此期间,由于生活比较安定,心境比较闲适,这些诗大多是吟咏自然的,透露出难得的好心情:

> 黄四娘家花满蹊,千朵万朵压枝低。
> 留连戏蝶时时舞,自在娇莺恰恰啼。

当然这其中也有反映现实的沉郁悲凉的作品。浣花溪并不总是风和日丽,四季如春,有时也会遭遇狂风暴雨的袭击。上元二年(761年)八月的一个傍晚,风雨交加,狂风吹掉了茅屋顶上的一些茅草,茅草被飞卷过江,散落在江边,高的挂在树枝上,低的飘落在低洼的水塘里。南村的孩子公然抱着茅草跑进了竹林中,丝毫不理会自己声嘶力竭的喊叫。拄着藜杖回来,空自叹息一阵。过了一会儿,风停了,乌云密布,整个天空都变成了墨黑,天色一下子阴暗下来。接着连绵不断地下起了雨,雨漏进茅屋里面,床头被淋得湿透。床上的棉被用了多年,又破又烂,现在被雨淋湿,冷得跟铁一样。儿子的睡相很不好,把被子也给蹬破了。秋夜漫长,大雨不断,何时才能等到天明呢!整夜无眠,杜甫想到普天之下还有千千万万和自己一样甚至比自己还要困难的人们在生存的边缘线上挣扎,他们是多么需要温暖和庇护啊!想着想着,杜甫不禁悲从中来,于是结合当时境况联系现实,创作出了那首著名的长诗《茅屋为秋风所破歌》。在诗的结尾,杜甫忽开异境,设想大庇天下寒士的万间广厦出现,把个人的困苦丢在了一边,体现出了杜甫难得的博大胸襟和忧国忧民的政治理想：

　　安得广厦千万间，大庇天下寒士俱欢颜，风雨不动安如山。
　　呜呼！何时眼前突兀见此屋，吾庐独破受冻死亦足！

　　杜甫与邻居村民的关系也很融洽，时常在一起饮酒。虽然浣花溪草堂在成都郊外，但仍然不时有客人来拜访杜甫，杜甫也非常高兴：

　　舍南舍北皆春水，但见群鸥日日来。
　　花径不曾缘客扫，蓬门今始为君开。
　　盘飧市远无兼味，樽酒家贫只旧醅。
　　肯与邻翁相对饮，隔篱呼取尽余杯。

　　美丽迷人的自然风光，纯朴友好的风俗人情，让杜甫心情格外地舒适愉快，他多病的身体也渐渐好起来。成都是三国时期蜀国的都城，历史古迹很多。杜甫在没事的时候就经常去游览古迹，凭吊先贤，而且写下了许多诗。这其中最著名的要数他在游览武侯祠时写下的《蜀相》了：

　　丞相祠堂何处寻？锦官城外柏森森。
　　映阶碧草自春色，隔叶黄鹂空好音。
　　三顾频烦天下计，两朝开济老臣心。
　　出师未捷身先死，长使英雄泪满襟。

杜甫怀着无限崇敬的心情歌颂了诸葛亮的丰功伟绩，对其在北伐途中病逝，未能完成统一大业的结局感到痛惜。杜甫由诸葛亮想到了自己。自己有着远大的政治抱负，然而无从实现，尤其是诸葛亮的大业未成一病不起最能够引起杜甫的共鸣，杜甫不禁伤心落泪。往事越千年，历史已发展。但是为什么遭遇却总是那么的相似？一代一代的中国文人满怀报国热情，总是终其一生也难实现自己那可怜的报国梦。怀才不遇，壮志难酬。一个中国历史上永恒的话题！

宝应元年（762年）四月，唐玄宗在宫中病逝，唐肃宗的病情也开始加重，于是让太子李豫监国，改元宝应。不久之后，唐肃宗逝世，李豫即位，是为唐代宗。唐代宗初年，成都爆发了叛乱，社会混乱不堪，于是杜甫动身前往梓州（今四川三台）避乱。在梓州时，杜甫专程前往附近的射洪凭吊初唐时期著名诗人陈子昂。这个时候，唐军在交战中节节胜利，收复了很多失地，历时八年的安史之乱最终于唐代宗广德元年（763年）平息。胜利的消息传到梓州，杜甫欣喜若狂，老泪纵横，吟出了其一生中为数不多的抒发喜悦之情的《闻官军收河南河北》一诗：

剑外忽闻收蓟北，初闻涕泪满衣裳。
却看妻子愁何在？漫卷诗书喜欲狂。
白日放歌须纵酒，青春作伴好还乡。
即从巴峡穿巫峡，便下襄阳向洛阳。

唐朝初年是何等的盛世，国力是何等的强大，但是到了唐朝中晚期，怎么看怎么不像是一个盛世之国。李渊、李世民要是知道他们的子孙这么不争气的话，恐怕也会气得从地底下爬出来了。安史之乱好不容易才平定下来,吐蕃军队又开始进攻泾州(今甘肃泾县),泾州刺史投降,并且带着吐蕃军队直奔长安。唐代宗仓皇出逃,长安兵不血刃就又被占领。长安陷落的消息传到梓州,杜甫怒不可遏:"满朝的文武百官都到哪里去了?"杜甫此时心忧朝廷,心忧天下,双鬓的白发一下子就多了起来。吐蕃在进攻陕西等地的同时还在其他各处进行攻击,可怜的唐朝到了此时天天打仗,处处流血,但是朝廷中却无人请求杀敌,舍身报国。杜甫悲愤至极:为什么自己得不到朝廷的重用?为什么自己满腔的报国热情没有报效的机会?只要能挽救时局,我怎能吝惜自己的生命。

终于还是有人站出来了。郭子仪!郭子仪再一次解了长安之围。唐代宗也由逃亡的路上回到了长安。此时,杜甫本来准备乘船顺长江而下出三峡到荆楚地区去的,但是临走的时候听说自己的朋友严武再次出任剑南东西川节度使而到了成都,高兴得不得了,于是带着家人再次回到了成都。杜甫回到了成都草堂,这里的一切都是那么的亲切,也是那么的美好,杜甫心情大好,提笔而就:

迟日江山丽,春风花草香。
泥融飞燕子,沙暖睡鸳鸯。
江碧鸟逾白,山青花欲燃。
今春看又过,何日是归年?

严武对杜甫确实很照顾,不仅一直资助他的生活,还一直在为杜甫表荐官职。终于在广德二年(764年)六月,朝廷任命杜甫为节度参谋,授职检校工部员外郎。这样,杜甫又成了朝廷命官,有了工资,全家的生活有了着落。因为这次任职，杜甫被后世称为"杜工部"。但是杜甫在这个职位上干了没有多久，就因为一些原因辞职回到草堂了。这里有其他人的原因，也有杜甫自己的原因。因为杜甫比较正直，名气也很大，还是严武的朋友，自然就遭到很多同僚的忌恨，杜甫觉得很是无聊，逐渐萌生退意。另外，杜甫的身体越来越差了，工作久了就会全身麻木不能动弹，而幕府的工作又十分辛苦，所以不得已而辞去了这份工作。

不幸的事情再一次给了杜甫沉重的打击。最近一段时间以来，杜甫的那些朋友一个接一个相继逝世。王昌龄、王维、李白、高适……这些盛唐时期著名的诗人一个个先后离他而去，杜甫悲恸欲绝。直至永泰元年（765年）四月，严武也忽然暴病身亡。严武不仅在各方面关照杜甫，同时也是杜甫重要的诗友。严武一死，杜甫在生活上就失去了依靠，再在成都待下去也没有什么意义了。于是，杜甫决定离开成都，乘船顺江而下荆楚。

永泰元年（765年）五月，杜甫带着妻子儿女离开成都，乘船顺岷江而下，途经乐山宜宾等地进长江，然后过重庆忠县一路东下。在此途中，杜甫的各种疾病一起发作，双脚麻痹，不能走动，于是稍作休息进行养病。我们现在完全可以从他的《旅夜书怀》一诗中看到此行的无比艰难：

> 细草微风岸，危樯独夜舟。
> 星垂平野阔，月涌大江流。
> 名岂文章著，官应老病休。
> 飘飘何所似？天地一沙鸥。

小船夜间停泊在江边,岸上微风吹拂着细草,高耸的桅杆寂寞地直立。平野广阔,星空垂挂在远方。大江奔涌,月影在波涛中上下翻涌。杜甫想到,难道名声只有靠诗文来显扬吗?现在自己年老多病,连官职也辞去了。晚年的自己到处漂泊,那样子和在茫茫天地间到处飞翔的一只小小的沙鸥有什么区别呢?

杜甫这次病得不轻,一直到了唐代宗大历元年(766年)春天,时间已经过去半年多了,病情才有所好转。春天的长江两岸风景优美,杜甫一路顺流而下,来到了夔州(今重庆奉节)。奉节是一个历史悠久的历史文化名城,是千百年来文人学士汇集之地,素有"诗城"的美誉。城边的瞿塘峡水流湍急,两岸青山壁立千仞,对长江呈合围之势,形似一道门,故又称夔门。长江到此之初变得极其狭窄,过了夔门则豁然开朗甚为宽阔,是为长江三峡之首。

杜甫在夔州一共住了一年零九个月的时间。时间虽然不长,但这却是杜甫诗歌创作的丰产期。奉节的自然风光和风俗人情激起了杜甫不尽的创作灵感,那些宁静幽雅的山谷沟壑,那些布满蛛丝的风景名胜,那些长满青苔的历史遗迹,都使杜甫对社会和人生有了更深刻的认识。在这不到两年的时间里,杜甫一共写了四百五十多首诗,相当于他全部诗作的百分之三十还多一些。千年人事沧桑,千年文化变迁,千年丰厚底蕴,如今漫步奉节新城,我们依然能够时时感觉到杜甫当年留给我们的诗书气息。

在这里,杜甫怀古伤今,写下了著名的《咏怀古迹五首》。这五首诗都是七言律诗,而且每一首诗咏怀一个历史人物,杜甫通过这些历史人物来表达自己对历史和人生的看法。比如其中写到王昭君的第三首:

群山万壑赴荆门，生长明妃尚有村。

一去紫台连朔漠，独留青冢向黄昏。

画图省识春风面，环珮空归夜月魂。

千载琵琶作胡语，分明怨恨曲中论。

当年汉元帝因宫女过多，不得常见，就让画工为宫女画像，便于随其临幸。宫女们争相贿赂画工，而昭君自恃貌美，不肯行贿，画工就故意把她画得很丑。后汉元帝实行和亲政策，将昭君远嫁异乡。昭君孤独地离开汉宫，远嫁北方大漠，最后竟再也没有回来，只留下青色的坟墓，笼罩在昏黄风沙中。杜甫自己才高气傲，抱负远大，但是不为世用，年老漂泊他乡，这种遭遇不正是和昭君很相似吗？杜甫正是通过一个个历史人物的遭遇，来抒发自己怀才不遇和壮志难酬的苦闷。

三峡的秋天是悲凉肃杀的。草木衰败，枫叶凋零。长江两岸的山崖一片阴森萧瑟，江中的波浪汹涌澎湃，边塞的风云弥漫而来，整个大地都是阴沉沉的。这一片萧条荒芜之景引起了杜甫漂泊之感和故国之思。在这样的情况下，杜甫于大历元年（766年）秋天，在奉节写下了著名的《秋兴八首》。这些诗代表着唐代七律的最高水平，是杜甫留给我们后世的宝贵财富。

唐代宗大历二年（767年）的重阳节这一天，杜甫登高望远，于是就出现了本文开头的那一幕。在重阳登高后不久，杜甫痛苦地发现自己的左耳聋了，右耳的听力也大大减弱了，不仅听不见落木萧萧，甚至连秋风的声音也听不见了。眼睛也变得昏暗不明，牙齿也掉得差不多了，各种疾病也严重起来，连字都写不成了。疾病缠身，精神苦闷,怀才不遇,报国无门,万里飘泊,故乡难回,亲人离散,朋友殁亡,国家动荡,民族危亡……这一切一切的痛苦和悲凉都压在了杜甫身上,让他沉重不堪。

唐代宗大历三年(768年)春天,杜甫带着家人离开奉节,出瞿塘峡顺江东下江陵。到了江陵后,杜甫的生活更见窘迫,求差事不得,几乎没有人理会他。杜甫在这时有一首诗,我们从他的诗中可以看出他当时的困境,他当时除了向人乞求赔笑,挨饿受冻外,似乎还遭受了别人的恶毒中伤。在这种情况下,杜甫在江陵实在是待不下去了,于是到了秋末,他移居到了湖北公安县。在公安住了几个月,于暮冬的时候,开始乘船到湖南。年底的时候,杜甫来到岳阳,带着病重的身体登上了著名的岳阳楼,他举目远望,感慨万千:

昔闻洞庭水,今上岳阳楼。
吴楚东南坼,乾坤日夜浮。
亲朋无一字,老病有孤舟。
戎马关山北,凭轩涕泗流。

离开岳阳后,杜甫到达了潭州(今湖南长沙)。本来准备去投靠朋友韦之晋的,但没想到不久韦之晋就病逝了。杜甫实在没有办法,于是一家人只得住进了一条停泊在江边的废弃的小船上。这是一种什么样的生活啊!

大历五年(770年)的落花时节,杜甫在潭州遇到了李龟年,李龟年是唐玄宗开元年间红极一时的歌唱家,经常进出王公贵族的府第,安史之乱后流落潭州一带。此时两人已经衰老不堪,杜甫不胜感慨,写了《江南逢李龟年》一诗：

    岐王宅里寻常见，崔九堂前几度闻。
    正是江南好风景，落花时节又逢君。

  大历五年四月的一个深夜，潭州兵马使杀死刺史起兵作乱，潭州百姓惊恐万分仓皇出逃，杜甫一家也夹杂在百姓中拼命逃走。到了湖南耒阳，遇到了大洪水，杜甫只得停靠在离耒阳县城四十里的方田驿。洪水一直未退，乘坐的船只被困，杜甫一家已经五六天没吃东西了。耒阳县令知道杜甫被困的消息后，立即派人送来了足够的食物，让杜甫很是感动。水势仍然不见消退，看来是无法前行了，杜甫只得改变计划行走。过了几日，洪水退去，好心的耒阳县令派人寻找杜甫，怎么也找不到，以为杜甫已被洪水淹没，于是就在耒阳城北二里的地方筑了一座空坟，以纪念这个伟大而苦命的诗人。

  杜甫一家乘着船在湘江上漂流。时间到了冬天，寒风凛冽，大雪纷飞。杜甫此时已经是病到无法站立了，于是他就卧倒在船上，仍然用自己颤抖的手坚持写完了他生命中的最后一首诗。不久之后，杜甫就在湘江中那条漂流的小船上死去，时年五十九岁。那是唐代宗大历五年的一个冬天，湘江上空寒风呼啸阴云徘徊……

  伟大的诗人杜甫终于走完了他那悲苦的一生。带着遗憾，带着悲伤，带着满腔的愁怨。杜甫的一生太悲惨了，他几乎没有过上一天好日子。杜甫的仕途太坎坷了，他几乎没有得到朝廷的一次重用。杜甫的成就太伟大了，他几乎以一己之力撑起了整个唐诗的半壁江山。

  叙述完杜甫的故事的时候，已经是公元 2010 年的除夕之夜了，外面烟花灿烂，响声震天，整个夜空都洋溢在辞旧迎新的祥和气氛中。除夕是中国的传统节日，有祭祖的风俗。我放下手中的笔，来到外面的院子里，烧几张冥纸，点一炷清香，洒一杯烈酒。就让这几缕清烟带着我无边的敬意去祭奠千年前就已逝去的伟大诗人吧！

　　杜甫，永远不朽！

## 望断天涯路

寂寞的人生,漫长的旅途,望不断的天涯路,究竟何处是归途?

"同是天涯沦落人,相逢何必曾相识!"写下这句诗的时候,白居易已经四十五岁了。此时的白居易已经饱尝了人生的悲凉和仕途的沧桑。那读来让人潸然泪下的诗句,向人们诉说着这个唐代伟大诗人悲惨凄凉的人生经历。

白居易,字乐天,号香山居士,唐代著名诗人,祖籍山西太原。白居易出生于一个仕宦之家,祖上均在朝廷为官,父亲白季庚曾在河南巩县当县令,因为和当时的邻居新郑县令是好友,见新郑山清水秀,就举家搬到了新郑。唐代宗大历七年(772年)正月二十日,白居易出生在河南新郑东郭宅。白居易出生的时候,李白已逝世十年,杜甫也逝世了两年。唐代是一个诗的时代,时代需要大诗人,白居易出生得恰逢其时。后来的成就也证明,白居易不愧是和李白、杜甫齐名的唐朝三大诗人之一,他的诗在当时流传甚广,上至宫廷,下至民间,到处都在传诵。同时,白居易的诗对后世文学影响巨大,晚唐的皮日休和宋代的陆游乃至清代的吴伟业、黄遵宪等,都曾受到白居易诗的启示。甚至白居易的名声还远播朝鲜和日本等东南亚国家,对这些国家的文化都产生了深远的影响。白居易在日本享有盛名,可以说白居易才是日本人心目中中国唐代诗歌的风云人物,在如今的白居易墓园,日本人曾立碑一方称白居易是日本文化的恩人。

因为白居易出生在一个世代书香门第,再加上自幼聪颖,五六岁时便可写诗,九岁的时候就能够按照复杂的声韵来写格律体诗了。由于家庭和社会环境的影响和督促,白居易小时候读书十分刻苦,他后来在回忆当时读书的情况时说:"昼课赋,夜课书,间又课诗,不遑寝息矣,以至于口舌生疮,手肘成胝。"什么意思呢?也就是说白居易读书读得口都生出了疮,手都磨破了茧,可见他当时读书已经勤奋到什么程度了。勤学才能成才,这个道理亘古未变。从古自今凡是取得巨大成就的名人,没有哪一个不是经过刻苦学习的,这似乎应当留给我们当代人以足够的启示。

在白居易出生不久,河南一带就发生了战事,父亲白季庚就把白居易送到南方的苏州杭州一带避乱。从此,白居易小小年纪就开始了南奔北走,备尝了人世艰辛。白居易曾经在十五岁的时候写下了一首绝句来记录当时的情况:

故园望断欲何如?楚水吴山万里余。
今日因君访兄弟,数行乡泪一封书。

从这首诗中我们大概可以看出白居易当时的生活状况。家庭骨肉分离,社会动荡不安,人民流离失所……白居易的少年时代就是在这样悲惨的社会环境中度过的。当时的苏州刺史韦应物,是唐朝很有名气的诗人。他任滁州刺史时写下的那首《滁州西涧》人们更是耳熟能详:

独怜幽草涧边生，上有黄鹂深树鸣。
春潮带雨晚来急，野渡无人舟自横。

韦应物常常与当地一些颇有才华的人士在一起饮酒赋诗和游赏名胜。这种豪放的生活，对少年白居易有很大影响，他立志要成为像韦应物他们那样的人。大约在贞元三年（787年）的年初，十六岁的白居易带着自己的诗稿，到了京都长安，想在京都通过达官显宦或知名之士的推荐进而登上仕途。在白居易所带的那些诗稿中最著名的当数那首《赋得古原草送别》的五言律诗了：

离离原上草，一岁一枯荣。
野火烧不尽，春风吹又生。
远芳侵古道，晴翠接荒城。
又送王孙去，萋萋满别情。

当时的都城长安有一个著名的大诗人顾况，是朝廷的著作郎，很有才华，每天都有很多名流显贵慕名前去拜访他，顾况的家门前总是鞍马不断。白居易当然也知道顾况的名声，于是就带着自己的诗稿到顾况家里去请教。顾况看到白居易孤身一人，而且是一个未满弱冠的毛头小伙子，心中有所不悦，于是就问："小伙子你家住哪里啊？"白居易连忙答道："晚生姓白名居易，家住符离，今天冒昧来拜见先生，请先生不要见怪。"说完就恭敬地呈上了自己的名帖和诗稿。顾况看了看眼前这个少年，又看见名帖上"居易"两个字，忍不住逗起了白居易："近来长安米价很贵，只怕居住很不容易呢！"白居易被顾况说得满脸通红，但是仍然恭恭敬敬地站在那里请求顾况指教。顾况拿着诗稿随手翻了翻，突然他的手停了下来，眼睛盯着诗稿，嘴里轻轻吟诵："离离原上草，一岁一枯荣……"这时顾况脸上露出了兴奋的神色，紧紧拉着白居易的手说："啊！你小小年纪能够写出这样的好诗，住在长安也不难了。"这就是著名的顾况戏白居易的典故。

打这次见面之后，顾况十分欣赏白居易的诗才，逢人就夸白居易。顾况是谁啊？他可是当时的名人。所以白居易的名声在当时的长安很快就传开了。这时的白居易就像一棵破土而出的幼苗，逐渐开始展露峥嵘了。不过，顾况虽然欣赏白居易的才华，却因为种种原因无力举荐。

自此之后，白居易开始到处游历，结交了一些诗人，直到他二十七岁参加乡试时，才为宣州刺史崔衍所赏识，送往长安应试。唐德宗贞元十六年即800年，时年二十九岁的白居易以第四名的成绩及进士第。贞元十八年时，又试书判拔萃科，与唐代另一著名诗人元稹同时及第，从此成为莫逆之交，以后诗坛元白齐名，后世人称"元白"。贞元十九年春天，白居易正式被朝廷授予秘书省校书郎官职，从此开始了他浮浮沉沉的仕途。

白居易那曲折的一生以他元和十年四十四岁时被贬江州司马为界分为前后两期，前期是兼济天下时期，后期是独善其身时期。白居易在做了校书郎几年后，唐宪宗元和元年，即公元806年，被罢校书郎官职，授周至县尉。白居易在任县尉期间，他真切地看到了人民贫困不堪的苦难生活，写下了同情劳动人民悲惨境遇和斥责统治阶级不劳而食的名诗《观刈麦》：

田家少闲月，五月人倍忙。

夜来南风起,小麦覆陇黄。
妇姑荷箪食,童稚携壶浆。
相随饷田去,丁壮在南冈。
足蒸暑土气,背灼炎天光。
力尽不知热,但惜夏日长。
复有贫妇人,抱子在其旁。
右手秉遗穗,左臂悬敝筐。
听其相顾言,闻者为悲伤。
家田输税尽,拾此充饥肠。
今我何功德,曾不事农桑。
吏禄三百石,岁晏有余粮。
念此私自愧,尽日不能忘。

元和二年（807年），白居易又由周至县尉调去当进士考官,补集贤院校理。在这年冬季,白居易被授翰林学士。元和三年即808年,官拜左拾遗。因看不惯朝廷里的奸佞小人,白居易在官拜左拾遗期间,写下了大量的讽喻诗,其中的代表作是《秦中吟》十首和《新乐府》五十首等诗篇。如下面这首著名的《买花》：

帝城春欲暮,喧喧车马度。
共道牡丹时,相随买花去。
贵贱无常价,酬直看花数。
灼灼百朵红,戋戋五束素。
上张幄幕庇,旁织笆篱护。

水洒复泥封,移来色如故。
家家习为俗,人人迷不悟。
有一田舍翁,偶来买花处。
低头独长叹,此叹无人喻。
一丛深色花,十户中人赋!

  白居易生活的时代,贵族官僚的生活极尽豪奢之能事,一掷千金。白居易的这首诗构思精巧,仅仅从买花这个小角度落墨,深度剖析,揭露出当时社会的种种弊端。诗末用"田舍翁"的叹息作结具有十分深刻的含义。白居易的这些讽喻诗使朝中的权贵对其恨得咬牙切齿,也得罪了当时的宰相李吉甫及其子李德裕,卷进了当时的政治斗争之中,在此后几十年的牛李党争中,白居易一直被李德裕所排挤,由此决定了他一生仕途的不顺利。

  唐宪宗元和四年(809年),白居易与元稹等人一起倡导了新乐府运动。新乐府运动其实就是由元稹和白居易等所倡导的一场诗歌革新运动。西汉时期,朝廷设置乐府,掌宫廷和朝会音乐。由乐府采集和创作的诗歌就被称为乐府诗。乐府诗相当一部分采自民间,具有通俗易懂和反映现实的特点。后来文人也仿作乐府诗,唐代把南北朝以前的乐府诗统称作古乐府。新乐府是白居易相对汉乐府提出来的,其含义就是以自创的新的乐府题目咏写时事,故又名新乐府运动。这类诗的特点是:"自创新题,咏写时事",着重体现了汉乐府的现实主义精神。白居易还明确地提出了他的那个著名的文学理论:"文章合为时而著,歌诗合为事而作。"对当时以及后世的文学产生了巨大的影响。

元和六年即 811 年，因母亲去世，白居易就居住在渭村丁忧。所谓丁忧，就是在中国古代做官员的家里有长辈去世，官员必须停职守制的制度。丁忧期间，丁忧的人不准为官，如无特殊原因，国家也不能强招丁忧的人为官。这其实是古人重视孝道的一种体现。白居易在渭村丁忧三年多的时间里，贫病交加，好友元稹时常把自己的俸禄分出一部分来救济其困难。患难见真情！在中国文学史上，元稹和白居易深厚的友谊也是带给我们现在的一笔巨大财富。在渭村丁忧期满之后，白居易应召回京任职，授太子左赞善大夫。

元和十年（815 年）六月，唐朝发生了一件震惊朝野的大事，白居易也因这件事而接连被贬为江州司马，开始了后半生的漂泊江湖。唐朝后期，各地方节度使拥兵自重，对朝廷的中央集权构成了极大的威胁，形成了藩镇割据的局面。当时朝廷的宰相是武则天的曾侄孙武元衡。武元衡外表看来温文尔雅，但是骨子里有一股英武之气，任何压力都不会让他低头，唐朝元和三相之中，以他的性格最为刚烈，是当时朝廷里最为强硬的主战派。得到唐宪宗信任官拜宰相之后，主持了当时朝廷的所有兵事，平定了浙西节度李锜之乱，又和当时的御史中丞裴度一起力主征讨淮西吴元济叛乱。当时的唐朝内部官员结党营私，宦官独断专权，外部藩镇割据，政治极度黑暗。由于武元衡和裴度力主削藩，所以遭到各藩镇的强烈嫉恨，于是各藩镇势力就派遣刺客对其进行暗杀。元和十年六月三日这一天，武元衡和裴度在早上上朝途中于长安街头被藩镇派遣的刺客刺杀，武元衡当场身死，裴度身受重伤。据书中所记，当时武元衡死得极其悲壮惨烈，头颅被割，血洒长安街头。

发生如此大事，朝野震惊，然而当时掌权的宦官集团和旧官僚集团居然无动于衷，保持着让人愤怒的镇怒，并不急于处理。白居易十分气愤，上书力主严缉真凶，以肃法纪。正因为这事，那些平日里不待见白居易的奸臣就以此为借口，说白居易不是谏官却擅自议论朝政是一种越权行为，于是被贬谪为州刺史。后又为中书舍人王涯所谗，追诏再贬为江州司马。悲哀啊！天下人管天下事，何况白居易当时还身为朝廷大臣。这样也能算是越权？我真的是佩服那些奸臣，为了打击忠臣，什么罪名都想得出来。汉朝平定七国之乱的著名将领周亚夫因阴反（臣子为自己准备的死后葬器中犯了皇室的禁，不合臣下的礼数）获罪，宋朝爱国名将岳飞因莫须有的罪名被斩。这一切的一切都让我们啼笑皆非，更让我们出离愤怒。

  此次连续被贬，对白居易是一个沉重的打击，使他的思想发生了很大的变化，从以前的兼济天下，转向了独善其身。从白居易当时的一些诗就可看出他的心情：

    宦途自此心长别，世事从今口不言。
    面上灭除忧喜色，胸中消尽是非心。

  在江州（今江西九江），白居易自称天涯沦落人，经常游历山水来排遣心中的郁闷，并羡慕起陶渊明来，希望做一个隐逸诗人。当初陶渊明的辞官归隐，为后世多少失意文人提供了一个精神避难所啊！

  江西九江，人杰地灵，物华天宝，风景优美。左邻鄱阳湖，右连洞庭水，境内的历史文化名山——庐山，以其迷人的风姿吸引了历朝历代的名人雅士。白居易被贬到此，经历了他一生中极其痛苦困顿的一段时期。此时，我想化用一下王和声那句动人心扉的话：到底是洞庭山水抚慰了落魄的人生，还是人生的苦难打磨了洞庭的灵魂？这一拨一拨朝廷的弃儿，将热泪抛洒在这里的时候，巴陵的山捧着它，洞庭的波含着它，分明铸成了此地一块块苦涩的砖石，从远古一直垒砌到今天。

长江在流经九江市北的一段叫浔阳江，白居易在来到江州第二年的一个秋天的夜晚，到浔阳江边去送别自己的朋友，忽然被江中一条小船上幽怨的琵琶声所吸引，想到了自己颠沛流离的一生，于此写下了流传千古的经典名篇《琵琶行》：

　　浔阳江头夜送客，枫叶荻花秋瑟瑟。
　　……
　　千呼万唤始出来，犹抱琵琶半遮面。
　　……
　　别有幽愁暗恨生，此时无声胜有声。
　　……
　　东船西舫悄无言，唯见江心秋月白。
　　……
　　同是天涯沦落人，相逢何必曾相识！
　　……
　　座中泣下谁最多？江州司马青衫湿。

社会的动荡，世态的炎凉，不幸的命运，艰难的仕途……这许多沉积在白居易心中的郁闷，此时如奔腾不息的长江一样，毫无保留地喷薄而出。沦落天涯，只要相逢就是一种缘分，何必在乎是否相识呢？

白居易道出了古往今来这许多凄凉和悲伤。一曲如泣如诉的琵琶声，湿了江州司马白居易的青衫，更湿了我们这许多人那空灵的内心。

白居易在江州待了四年后，由于好友崔群的帮助，于元和十四年（819年）升任为忠州（今重庆忠县）刺史。白居易在忠州任上，总是在个人的职权范围内力图做些有益于人民的事。后来忠州人民为了纪念白居易，特意为他建了一座"白公祠"。忠州"白公祠"位于今重庆忠县城西长江北岸，内有香山茶座和巴台月池等景点。当我每次路过忠县的时候，我都会远眺江岸，总会看到一个孤独的背影，那是远在唐朝的白居易在长江边上静静的沉思。

元和十五年，唐宪宗李纯在长安逝世，唐穆宗李恒继位。唐穆宗因为爱慕白居易的才华，把他召回了长安，先后担任司门员外郎和中书舍人等职。但当时朝中很乱，大臣间争权夺利，明争暗斗，再加上唐穆宗政治荒废，不听劝谏，于是他极力请求外放。唐穆宗长庆二年（822年）白居易出任杭州刺史。

白居易一生行事是以儒家"达则兼济天下，穷则独善其身"作为其行为准则的，也是能够把这句话体现得较好的古代文人之一。他在杭州刺史任上虽然思想上较为消极，整天寄情山水，但是白居易骨子里面还是装着百姓的，他到任后颇为关心民生疾苦，为杭州的老百姓做了很多好事。这就是古代文人高尚的一面，他们不管自己的生活怎么凄苦，遭遇怎么悲惨，始终是把老百姓的利益放在首位的。此时的白居易如此，后来的苏东坡更是如此。而且在中国历史上，还有着许许多多这样令我们感动的文人。我们今天得感谢他们，是他们给我们留下了宝贵的精神财富，是他们让我们了解了什么是大公无私，更是他们让我们觉得自己作为中华民族的传人而无比自豪。

上有天堂，下有苏杭。杭州的美丽尽人皆知。位于杭州西部的西湖，更是以秀丽的湖光山色驰名于世。草长莺飞，桃柳夹岸，水波潋滟，山色空濛，接天莲叶，映日荷花，疏影横斜，烟雨楼台……西湖不光有着优美的风景，也有着众多的文化古迹。这里曾留下了中国古代太多太多文化名人的足迹。北宋的文学家苏东坡，明朝的著名军事家于谦，南宋著名抗金将领岳飞……西湖甚至还有着那催人泪下的许仙和白素贞的爱情故事。美丽的风景，沧桑的故事，动人的传说……西湖总是那样令人神往。

在白居易到任杭州以前，西湖并没有得到根本的整治。遇到干旱天气，西湖的水就会变得很浅，无法灌溉农田，而每遇到下雨，西湖又洪水泛滥，给当地百姓带来诸多麻烦。白居易到任杭州以后，就把彻底治理西湖这一浩大的工程提到了议事日程上来，他率领百姓在西湖东北岸一带筑成大堤，有效地蓄水泄洪，给杭州的百姓带来了巨大的方便。这个筑堤蓄湖的工程在白居易离任杭州前两个月得以竣工，这条大堤一直到明代都还存在，而且还是当时杭州一条热闹非凡的交通要道。人们为了表达对白居易的爱戴和怀念，把这条大堤称为"白公堤"。白居易作于长庆二年的那首《钱塘湖春行》一诗，就生动地描绘出了早春漫步西湖的惬意心情：

  孤山寺北贾亭西，水面初平云脚低。
  几处早莺争暖树，谁家新燕啄春泥。
  乱花渐欲迷人眼，浅草才能没马蹄。
  最爱湖东行不足，绿杨阴里白沙堤。

白居易在治理西湖的同时，还做了另外一件对杭州老百姓具有深远影响的好事：浚治六井。杭州这个山明水秀的城市，三面环山，山泉淙淙不竭，周边三十里的地方又有西湖，蓄着一湖淡水，按说水源还是相当充裕的。但是在唐代，居民的饮水却大成问题。杭州濒临钱塘江，由于受钱塘江咸潮的长期侵蚀，地下水又咸又苦，根本不能喝。唐代的杭州范围比今天要小得多。城中居民大多住在井边，取井水饮用，而井水却是咸苦的，到西湖取水还有一段距离，到四周山中溪涧取水，路途更远。所以杭州的居民为解决日常饮水问题，往往跑来跑去，浪费时间又浪费力气。白居易到杭州做刺史后，发现了百姓饮水难的问题，决心彻底解决这个问题，让老百姓不用远途奔波就能喝上甘甜可口的井水。于是在823年秋天到824年春天，白居易亲自主持并完成了西湖水这个规模巨大的水利工程，造福了一方百姓。当白居易三年刺史任满，于长庆四年（824年）五月离开杭州启程之时，杭州的老百姓扶老携幼前来为他送行，人群阻断了道路，有许多老年人流着眼泪，抓住马缰绳不放。如此动人的场面，实是老百姓给白居易最好的礼物。

　　历史是人民写的，心中装着人民的好官，不论他生在何时何地，人们一直会把他记在心里，而那些奸诈小人，往往会被历史的车轮碾碎。直到今天我们在游览杭州西湖的时候，仍然会想起在那个遥远的秋日午后，白居易站在西湖边上，遥望西湖，满眼喜悦……

　　白居易杭州任满之后，除太子左庶子、分司东都。白居易于是卜居于洛阳履道里，但是，此时已为官二十多年的他竟然凑不足钱买房子，只好以两匹马抵偿，可见白居易为官之清廉。此时的白居易是如此，南宋的陆游也是如此，还有更多让我们追忆的古代文人都是如此。我此时真的是已经泪水涟涟了，这到底是一种什么样的社会状况啊。

这又到底是一种怎么样的人格精神啊。说句心里话,以当时白居易的名声和能力足以富甲天下,只要他愿意的话。但是他不愿意,他不愿意用自己那干净的双手来做那些有辱灵魂的事。壮哉!白居易。

宝历元年(825年)三月,白居易任苏州刺史。苏州是东南唯一大郡,白居易到任后,整天忙于政事,几乎无暇游山玩水。他集中精力解除民间疾苦,采取平均赋税和工役等措施,使人民得到一定程度的休养生息。白居易治理苏州才一年多,就因为身体有病而罢郡。宝历二年(826年)九月,白居易就因病辞郡了。同当年离开杭州的时候一样,白居易因病辞郡的消息一传开,苏州人民便成群结队地来挽留他,劝他不要辞郡而去。临行那天,苏州的官员和居民抬着丰盛的酒席,带着乐队,站满大运河两岸,为他送行。许多人痛哭流涕,还有些人跟着船追送了十几里不肯回去。唐朝诗人刘禹锡形容当时的情景说:"苏州十万户,尽作婴儿啼。"

白居易辞别苏州的时候,刘禹锡也被罢和州刺史,于是刘白二人便一起结伴归洛阳。后来,白居易又转刑部侍郎,封晋阳县男。在白居易五十八岁那年,即大和三年(829年),白居易称病免归,以太子宾客分司东都,从此不再复出。在六十四岁那年,除同州刺史,不拜,改太子少傅,分司东都。因为身体健康的原因,此时的白居易也不愿再为官了,过着一种半官半隐的生活。会昌四年(844年),离他去世只有两年时间了,白居易还尽力为百姓做了一件大好事。洛阳龙门潭的南面,有一段水路,叫做"八节滩",是一些天然的石滩,阻碍着舟楫上下的去路。往来船只经过此处的时候,常会遇到触石的危险,在大寒之月,舟人也要赤足下水推拉渡筏,常是"饥冻有声,闻于终夜"。听到这种声音,白居易总是很难过,于是他便倾尽自己的资财,开凿了龙门石滩以利舟民。白居易晚年的身体每况愈下,在这种情况下他还心忧人民,兼济天下,他的这种精神真的是值得我们后人好好学习。

唐武宗会昌六年（846年）,白居易在河南洛阳去世,葬于洛阳龙门香山琵琶峰,卒年七十五岁。白居易这位为民请命不畏强权的清官廉吏走完了他那坎坷的一生,留给了世人无尽的思考。后来晚唐著名诗人李商隐为其撰写了墓志。

白居易是中唐时期的大诗人,一生给后人留下了近三千首诗。白居易的诗歌主张和诗歌创作,以其通俗性和写实性在中国诗歌史上占有重要的地位。白居易强调诗歌创作不能离开现实,必须取材于现实生活中的各种事件,反映一个时代的社会政治状况。他非常重视诗歌的现实内容和社会作用,强调诗歌具有揭露批判政治弊端的功能。他的这种诗歌理论对于促使诗人正视现实,关心民生疾苦,具有进步意义。白居易自己的诗就广泛而深刻地揭露了中唐时期社会生活各个方面的问题,着重描写了现实的黑暗和人民的痛苦,具有强烈的现实意义。

我在叙述完白居易一生的时候,不得不在这里提及这么一个女子,因为这个女子对白居易的影响是深远的,甚至可以说这个女子一直伴随着诗人白居易走完了他那坎坷而艰难的一生。让我们再次回到白居易的少年时代。白居易在十一岁的时候,为了躲避战乱,就随母亲迁到了父亲白季庚任官所在地——徐州符离（今安徽宿州市境内）。在这里,白居易认识了一个比他小四岁的邻家小姑娘湘灵。这个小女孩活泼可爱,而且还懂一些音律。白居易经常和这个湘灵小姑娘在一起玩,两个人朝夕相处,青梅竹马。随着年龄的增长,两个孩子情窦初开,于是就开始了初恋。此时白居易十九岁,湘灵十五岁。

贞元十四年（708年）,白居易二十七岁的时候,为了家庭生活

和自己的前程,他不得不离开符离去江南,一路上他写了不少怀念湘灵的诗:

> 泪眼凌寒冻不流,每经高处即回头。
> 遥知别后西楼上,应凭栏杆独自愁。

从诗中我们可以清楚地看出,白居易与湘灵感情已经很深了,离别后仍然苦苦相思。贞元十六年初,时年二十九岁的白居易考上进士,回符离住了近十个月,恳切地向母亲提出要与湘灵结婚,但被封建门第观念极重的母亲拒绝了。白居易怀着极其痛苦的心情离开了家。贞元二十年(714年),白居易在长安做了校书郎,需将家迁至长安,他回家再次苦求母亲允许他和湘灵结婚,但门户大于一切的母亲,不但再次拒绝了他的要求,且在全家迁离时,不让他们见面。白居易三十七岁时,在母亲以死相逼下,经人介绍与同僚的妹妹结了婚,但心中还在思念着湘灵。后来白居易蒙冤被贬江州途中,和夫人一起遇见了正在漂泊的湘灵父女,白居易与湘灵抱头痛哭了一场。江白二人的恋情,最终以湘灵的悄然离去而悲剧收场。白居易的这首《潜别离》诗可以说就是自己与湘灵的爱情悲剧的真实写照:

> 不得哭,潜别离。
> 不得语,暗相思。
> 两心之外无人知。
> 深笼夜锁独栖鸟,
> 利剑春断连理枝。

> 河水虽浊有清日，
> 乌头虽黑有白时。
> 惟有潜离与暗别，
> 彼此甘心无后期。

白居易和湘灵姑娘的爱情，实际为白居易写下自己那最为著名的代表作《长恨歌》有莫大的关联。白居易生活的时代，唐朝经过了安史之乱，结束了它的极盛时期，是走向衰败的极端动荡的时代。这时，无论在朝廷还是在地方，政治都很黑暗，社会矛盾重重。唐宪宗元和元年（806年），白居易时年三十五岁，任周至县尉。十月的一天，白居易和朋友到仙游寺游玩，偶然间谈到了唐明皇和杨贵妃的那段悲剧故事，大家都很感慨，白居易想起了自己与湘灵的悲剧爱情，顿时历史与现实在心中交织，那些遥远而清晰的过往岁月霎时涌上心头，于是提笔写就了那首著名的长篇叙事诗《长恨歌》。该诗叙述了唐玄宗与杨贵妃的爱情悲剧，借历史人物和传说，创作了一个婉转动人的故事，再现了现实生活的真实，借历史来讽喻现实以告诫后世君主：

> 汉皇重色思倾国，御宇多年求不得。
> 杨家有女初长成，养在深闺人未识。
> ……
> 回眸一笑百媚生，六宫粉黛无颜色。
> ……
> 春宵苦短日高起，从此君王不早朝。
> ……

马嵬坡下泥土中,不见玉颜空死处。
……
在天愿作比翼鸟,在地愿为连理枝。
天长地久有时尽,此恨绵绵无绝期。

这首诗的主题是"长恨",《长恨歌》就是歌"长恨",同时"长恨"也是故事的焦点,是埋在诗里的一颗牵动人心的种子。"恨"什么?为什么要"长恨"?白居易并没有直接抒写出来,而是通过笔下诗化的故事,让人们自己去揣摩,去回味,去感受。白居易通过他的诗歌,留给了后世一个巨大的问号。

天涯远不远?人就在天涯。天涯怎么会远呢?何处是归途?归途就在他的眼前。还要再去寻找吗?

白居易一生沦落天涯,用自己的灵魂谱写了一曲动人的华章,用自己的生命完成了千古文人那个古老的侠客梦。夕阳已经西下,那沦落天涯的断肠人是否还在遥远的天涯遥望故乡?

淡蓝色的月光已经悄悄爬上了山峦,朦胧夜色中,遥望那已经逝去千年的背影,我心中思绪万千,突然想起了晏殊那句令人肝肠寸断的词:

昨夜西风凋碧树,独上高楼,望断天涯路。

## 独钓寒江雪

大雪纷纷扬扬,远山近水一片银装素裹。曲曲折折的山路上,一个人影也没有,只有那些不畏风寒的林木在风雪中独自挺立。苍茫的大地在此时显得尤其沉寂。一只小船静静地停泊在宽阔的江面上,让人觉得格外寂寞。一个头戴斗笠身披蓑衣的老人正在船上顶着风雪安静地垂钓。是谁这么高雅而又孤独地傲然于尘世之中?难道真是那个客死异乡的柳宗元吗?

千山鸟飞绝,万径人踪灭。
孤舟蓑笠翁,独钓寒江雪。

柳宗元一首《江雪》道尽了自己一生的沧桑,更是寄托了自己在长期流放过程中的不甘屈服、力图有所作为的独立精神。众人皆醉我独醒,众人皆悲我独钓。好一个凌霜御风的柳河东,好一个绝世独立的柳宗元。

柳宗元,字子厚,祖籍河东(今山西永济),唐代著名文学家。一生留下诗文六百余篇,其中尤以散文成就最高,为"唐宋八大家"之一。唐代宗大历八年(773年),柳宗元出生于唐都长安。这时,韩愈已经出生五年，刘禹锡已经出生一年。后来柳宗元和这二人都建立了深厚的友谊，与韩愈共同倡导了唐代古文运动，并称"韩柳"，与刘禹锡共同参与了王叔文领导的"永贞革新"，并称"刘柳"。因官终柳州刺史，世称"柳柳州"。

柳宗元出生于一个官宦世家，在北朝时，柳氏是一个著名的门阀士族，北魏以来，柳宗元的祖先世代显宦，到唐朝的时候，柳氏家族在朝廷里依然势力显赫，仅唐高宗时代，柳家官居尚书省的就多达二十多人。但是到了永徽年间，柳家受到了武则天的打击和迫害，到柳宗元出生的时候，其家族已经衰落，曾祖和祖父都只做到县令一类的小官。其父柳镇，在唐玄宗天宝年间曾做过太常博士，"安史之乱"后又继续在朝廷为官，但是官职一直都很低。

由于出生于这样的家族，柳宗元从小就表现出强烈的振兴家族的愿望和对功名的追求。柳宗元出生的时候，"安史之乱"已经过去了二十年，此时的唐朝已经走过了它的太平盛世，逐渐走向衰落，各种社会矛盾急剧发展，藩镇割据，宦官专权，朋党之争等社会弊端正在凸显。

柳宗元的家庭是一个具有浓厚文化氛围的家庭，父亲和母亲都是知书达理之人，他们对少年柳宗元的影响很深。尤其是他母亲，可以说柳宗元长大后，身上所具备的那些良好道德品格都跟他母亲从小的教育有关。柳宗元的母亲卢氏，出生于著名的士族范阳卢姓，聪明贤淑，很有见识，而且具有一定的文化素养。在柳宗元小时候，经常教柳宗元背诵诗词歌赋，培养柳宗元对知识的强烈渴望。柳宗元的母亲勤俭持家，在避乱南方时，宁肯自己挨饿，也要供养子女。后来柳宗元因得罪奸佞，母亲也跟随柳宗元远走南荒，毫无怨言。正是母亲良好的品德，从小就对柳宗元产生了深远的影响，以至后来柳宗元虽然远谪天涯，仍然保持着自己高尚的节操。

柳宗元的幼年是在都城长安度过的，所以对朝廷的腐败无能和社会危机都有着深刻的见闻和感受。在柳宗元九岁那年，即唐德宗建中二年（781年），唐朝爆发了继安史之乱后的又一次大规模的割据战争——建中之乱。少年时代的柳宗元亲身经历了这些藩镇割据的战火，对其以后的思想有了很大的影响，使他更加坚定了自己长大报效国家的念头。为什么我们的国家一次次地处于这些动乱之中？翻开几千年的中国历史，真正的太平盛世真的是少得可怜。悲哀的封建统治者，悲哀的古代文人，悲哀的过往岁月。

唐德宗贞元九年（793年），时年二十岁的柳宗元参加了进士考试并且得中进士，和他一起中进士的还有他的终身挚友唐代著名诗人刘禹锡。在中国古代，由进士出身进入仕途，是读书人最理想的出路和梦寐以求的目标。在唐代，进士及第的读书人还得经过吏部制科考试以后才能做官，正当柳宗元准备一展自己的抱负的时候，父亲柳镇却在这一年在长安病逝了。柳宗元由于服父丧，在三年之内不能参加制科考试，也不能去谋其他出路做官。贞元十二年（796年），柳宗元服父丧期满，出任秘书省校书郎。两年后的贞元十四年（798年），柳宗元中博学宏词科，被朝廷任命为集贤殿书院正字。这是个什么官呢？集贤殿是唐代设立的一个书院，掌管刊辑经籍，搜求佚书。集贤殿里设立学士和正字等官职，正字负责掌管编校典籍和刊正文字的工作。柳宗元被授集贤殿正字的时候二十六岁，从此他得以博览群书，开阔眼界，同时也开始接触朝臣官僚，了解官场情况，并关心和参与了政治。由于柳宗元才华横溢，年轻有为，很快就成为当时文坛上有影响的人物，获得了很高的声誉。这时很多人都愿意与他交往,这其中包括王叔文、韩愈、孟郊等唐代著名诗人。

三年后的贞元十七年(801年),柳宗元调任京兆府蓝田县尉。陕西蓝田可是个好地方,这里盛产美玉,蓝田玉也是中国著名的玉石品种。晚唐著名诗人李商隐还在自己的诗中写道:"沧海月明珠有泪,蓝田日暖玉生烟。"两年后的贞元十九年(803年),柳宗元又被调回长安任监察御史里行,时年三十一岁,与韩愈同官,官阶虽低,但职权并不下于御史。从此柳宗元就与官场上层人物交游更广泛,对政治的黑暗腐败有了更深的了解,并逐渐萌发了改革的愿望,以致后来成了王叔文永贞革新的重要人物。

贞元末年,权奸李实和保守派官僚郑为瑜等依靠德宗李适把持朝政,把整个朝廷搞得乌烟瘴气,混乱不堪。柳宗元和王叔文等人看不惯朝廷里这些黑暗的现象,产生了改革朝政的强烈愿望,成为志同道合的朋友。他们以太子李诵为靠山,积极为太子继位作准备。贞元二十一年(805年)正月,唐德宗李适病逝,经过异常激烈的斗争,太子李诵继承了皇位,是为唐顺宗,王叔文一派取得了暂时的胜利,执掌了朝政。柳宗元也因此升任为礼部员外郎,是中书省礼部的正六品属官,掌管礼仪供举之政,这对柳宗元来说应该是破格提拔。柳宗元的仕途可谓一帆风顺,年纪不大就身居高位,使他更加积极地投身到政治洪流之中,施展自己宏伟的抱负。

柳宗元生活的时代,各种社会矛盾交织,唐王朝面临着极其严重的危机。由于唐德宗接受了宰相杨炎的建议,实施了"两税法",农民的负担越来越重,贫富差距急剧扩大,朝政日益黑暗腐败。藩镇割据和宦官专权也越来越严重,社会矛盾急剧恶化。王叔文集团执掌朝政以后，面对日益恶化的社会现实，开始着手改革这些弊端，史称"永贞革新"。柳宗元和刘禹锡都在这个集团中具有相当重要的地位，被称为"二王刘柳"。

永贞革新针对当时的社会现实进行改革，实施了一系列有利于人民的措施，受到了人民的热烈欢迎。这其中包括强化中央集权，打击宦官势力，抑制藩镇割据，任用贤能和减免赋税等措施，利国利民，顺应了历史发展的潮流，在全国引起了巨大的震动。

历史好像故意要和柳宗元开一个大大的玩笑，让柳宗元在这个残酷的玩笑里面受尽折磨和打击。贞元二十一年（805年）八月，唐顺宗被逼退位，李纯继位，是为唐宪宗。这样，王叔文集团执政的时间仅短短的半年，永贞革新也因为顺宗的下台和宪宗的上台而宣告失败。

历史上的变革为什么大多数都失败了？这是一个值得深思的问题。位高权重的封建官僚势力，他们为了让自己的权力得以延续，让自己还能够继续鱼肉百姓，往往无所不用其极，对新生的改革势力进行残酷的打压和迫害。几千年的封建历史，为什么总会出现一些让人摸不着头脑的历史迷雾？为什么总会出现一些让人压抑得难受的历史事件？历史是什么？历史是发生在过去的少数人手中的玩物。他们怎么玩，历史就怎么写。很显然，柳宗元他们这次永贞革新没有玩过那些守旧的官僚势力。于是，结果就可想而知了。

永贞革新失败之后，王叔文集团和其他革新派人士都随即被贬。唐宪宗八月即位，柳宗元九月就被贬为邵州（今湖南邵阳）刺史。柳宗元带着满腔的失望离开了长安，那瘦弱的身影缓缓行进在南下的途中。柳宗元走得太慢了，他那蹒跚的脚步无法承受这许多苦楚，一路上的山山水水以他们特有的温情抚慰着柳宗元那颗伤痕累累的心。柳宗元走啊，走啊，怎么总是走不完这千山万水呢？朝廷可能是嫌柳宗元走得太慢了，一道圣旨带着满身风尘飞到了柳宗元的面前。荒凉的道路上，柳宗元手捧圣旨，匍匐在地，山呼万岁。朝廷想起了柳宗元，想起了这个铁骨铮铮的汉子，想起了他以往犯下的一些不可饶恕的过错，觉得这样做是不是太轻了，于是在他还没有到达湖南邵阳的时候就把他追上了，加贬为了永州（湖南永州）司马。柳宗元呆呆地站在路上，身旁是缓缓流动的小溪，巍峨的山峰横亘在眼前，那匹从长安一路走来的瘦马两眼无神地看着自己那憔悴的主人。贬吧！贬吧！能贬多远就贬多远。再远能远得过天涯海角吗？再远能远得过那深不可测的人心吗？没有贬谪，哪有那文学史上万古不朽的佳作，哪有那边远之地代代相传的佳话。

在柳宗元被贬永州司马的同时，刘禹锡也被贬为朗州（今湖南常德）司马。两个落魄的文人，两个失意的书生，你们相约来到了湘楚之地，来到了历代文人雅士的精神家园。永州，你准备好了吗？你即将迎来你历史上最为尊贵的客人。他将会在此陪伴你整整十年。

永州地处湖南和广东广西两省区交界的地方，当时甚为荒僻，是个人烟稀少得令人可怕的地方。和柳宗元同去永州的，有他六十七岁的老母亲和堂弟柳宗直以及表弟卢遵。他们经过洞庭湖，上溯湘江艰难前行，情状十分凄凉。时近初冬，白天阴风呼啸，密云压顶，傍晚又下起了绵绵细雨。睹景生情，柳宗元心中充满了怨愤悲怆。溯湘江上行不远，就到了汨罗江口。在这里，柳宗元停舟怀古，凭吊战国时楚国伟大的诗人屈原，并且立志要以屈原为榜样，坚持自己的信念，无怨无悔。

柳宗元一行经过艰难的跋涉，终于到达了偏远的永州，他们到达永州后,连住的地方都没有,后来在一位僧人的帮助下,在龙兴寺寄宿。由于生活艰苦,到永州未及半年,柳宗元的母亲卢氏便离开了人世。

　　王叔文集团的主要成员虽然被贬谪,但是宦官集团和保守派官僚对他们的迫害并没有停止。元和元年(806年),王叔文在贬所渝州被处死。朝廷还在不到一年的时间内先后发布四次诏命,规定此次被贬的柳宗元等八司马不在宽赦之列。柳宗元到永州后,政敌们仍然不肯放过他,造谣诽谤,人身攻击,而且好几年过去了,都还骂声不绝。

　　在永州,残酷的政治迫害,艰苦的生活环境,让柳宗元异常悲愤忧郁和痛苦,于是他寄情山水,经常一个人穿越永州的山山水水,去感受大自然带给自己心灵的片刻宁静。在永州的十年期间,柳宗元的足迹遍布永州的山谷沟壑,也由此诞生了中国文学史上山水游记的精品《永州八记》。这些优美的山水游记,生动表达了人对自然美的感受,丰富了古典散文反映生活的新领域,从而确立了山水游记作为独立的文学体裁在文学史上的地位。既有借美好景物寄寓自己的遭遇和怨愤,也有作者幽静心境的描写,表现出他在极度苦闷中转而追求精神的寄托。因其艺术上的巨大成就,被人们千古传诵、推崇备至。

　　在永州,柳宗元死了,死得无声无息。在永州,柳宗元活了,活得风度翩翩。

　　繁华的长安抛弃了柳宗元,偏远的永州接纳了柳宗元。那些优美的山水以自己特有的宁静一点一点疗养着柳宗元那悲苦的内心:

　　　　从小丘西行百二十步,隔篁竹,闻水声,如鸣佩环,心乐之。伐竹取道,下见小潭,水尤清冽。全石以为底,近岸,卷石底以出,为坻,为屿,为嵁,为岩。青树翠蔓,蒙络摇缀,参差披拂。潭中鱼可百许头,皆若空游无所依。日光下彻,影布石上,佁然不动;俶尔远逝,往来翕忽,似与游者相乐。潭西南而望,斗折蛇行,明灭可见。其岸势犬牙差互,不可知其源。坐潭上,四面竹树环合,寂寥无人,凄神寒骨,悄怆幽邃。以其境过清,不可久居,乃记之而去。

——柳宗元《小石潭记》

柳宗元虽然整天寄情山水,但是并没有忘记自己的政治理想,他在永州广泛接触到下层人民的生活,写了大量反映他们疾苦的诗文,从中我们可以看出儒家思想中人民性的一面在柳宗元身上的体现。比如著名的《捕蛇者说》和《田家》诗三首。

蓐食徇所务,驱牛向东阡。
鸡鸣村巷白,夜色归暮田。
札札耒耜声,飞飞来乌鸢。
竭兹筋力事,持用穷岁年。
尽输助徭役,聊就空舍眠。
子孙日以长,世世还复然。

——柳宗元《田家》其一

柳宗元的这些诗文确立了他在中国文学史上不可动摇的地位。当柳宗元在对下层人民的生活有了越来越深的了解之后,他就越来越觉得自己作为一个官员却不能解除下层百姓的疾苦而感到深深内疚。由于对下层百姓的同情,促使柳宗元自己始终自强不息,每天都希望回到长安去重新做官，以便能更好地实现自己的政治抱负。

或许是柳宗元悲惨的遭遇感动了上天，在他被贬永州的最后几年里，唐王朝的政局正在悄然发生着一系列的变化。元和九年（814年）十二月，韦贯之官拜宰相，开始执掌朝政。韦贯之当年曾被王叔文一派所吸引，对柳宗元等人较为同情，在自己掌权以后，就准备召回柳宗元，诏命于元和九年十二月下达，翻越千山万水到达永州的时候已经是元和十年的正月了。

柳宗元是文人，而且是传统的中国古代文人。中国古代文人最理想的归宿就是被朝廷征召，为朝廷效命。古代那么多文人去参加科举考试，其实最终的目的也是这个。但中国古代文人也有分歧，一些文人在做官之后是为自己效命，一些是为朝廷统治者效命，也有一些是为天下的百姓效命。很显然，柳宗元属于后者。但归根到底他还是中国古代文人，不管自己怎么被贬，内心始终是盼望回归朝廷的。

被贬永州十年的柳宗元在一个风和日丽的日子里收到了朝廷那姗姗来迟的诏书。在收到诏书的那一刻，柳宗元悲喜交集，在那片自己走过十年的山山水水中走来走去，感觉自己恍若身在梦中。这一梦梦得太长了，整整梦了十年。此时此刻，柳宗元从这个梦中醒来，面对遥远的都城长安虔诚地跪拜于地。

柳宗元迅速打点行装，迫不及待地踏上归途。他还是沿着来时的道路行进，但此番的心情可是大不相同了。一路上他豪情万丈，写下了许多抒发自己内心喜悦心情的诗篇。

　　　　　南来不作楚臣悲，重入修门自有期。
　　　　　为报春风汨罗道，莫将波浪枉明时。

经过十年贬谪之苦的柳宗元终于在草长莺飞的早春二月回到了阔别已久的都城长安。这里的一切是那么的熟悉，这里的一切是那么的惬意，这里的一切是那么的让人精神抖擞。但是，迎接柳宗元归来的并不是什么鲜花美酒。朝廷中围绕王叔文余党的归宿问题进行了激烈的斗争，反对他们的势力仍然非常强大。柳宗元于二月回朝，在长安待了不到一个月，于三月十四日被贬到了比永州更为荒僻遥远的柳州（广西柳州）做刺史。而且柳宗元这一去就再也没有回来。

　　柳宗元又踏上了那条南去的路。物是人非事事休，欲语泪先流。路上的风景依旧，但是柳宗元早已没有了欣赏风景的心情了。一个月前，这条路上还留下了柳宗元的欢声笑语，但是现在留下的却是柳宗元那孤独的背影了。这一年，柳宗元已经四十三岁了。

　　唐宪宗元和十年（815年）六月，柳宗元怀着满腔凄楚悲伤的心情，拖着疾病缠身的身体，经过三个月的艰难跋涉，终于到达了广西柳州。从此，在这僻远的南荒之地，我们就会经常看到一个踽踽独行于山水之中寂寞的背影了。

　　柳州，一座远在中国大西南的美丽城市，一座紧靠北回归线的美丽城市。这里流传着许多浪漫的故事和神奇的传说。这里绵延的石山奇特秀美，时隐时现的岩洞瑰丽神奇，清澈的泉水幽深碧绿，缓缓的江流蜿蜒明净……

　　815年，柳州张开它那温暖的怀抱迎接唐宋八大家之一的柳宗元来了，从此，柳州这座城市在历史的长河中显得更加熠熠生辉。也许是历史的巧合，也许是历史的错误，也许是……太多太多的也许终于把柳宗元给带到了柳州。

　　我站在繁华的街头，遥想一千二百多年前的柳州，那时候应该没有这许多的高楼和拥挤的车流吧,那时候应该是绿树成荫溪流叮咚吧,那时候应该是山环水绕绵延不绝吧!柳宗元来了,带着满腹为民造福的伟大抱负来了。在这远离京城的荒凉之地,柳宗元再也没有整天寄情山水,而是在力所能及的情况下尽可能地为百姓做做好事。他兴办学堂书院,破除巫神迷信,开凿饮用水井,释放抵债奴婢,进行植树造林……大大地促进了柳州地方文明的发展,在柳州历史上留下了深远的影响。可以这样说,柳宗元的到来大大提升了柳州的文明程度,让柳州从一个蛮荒之地变成了一个文明之都。柳宗元就像一根风中的残烛,顽强地燃烧着自己,尽其所有的光芒,照亮了一方荒芜。

凄苦与失意总伴随着柳宗元的一生,时年四十三岁的柳宗元来到柳州时已经是须发花白,在永州留下的病情也日益加重,柳宗元料到自己将不久于人世。此时的柳宗元已经没有什么遗憾了,他只想在自己的有生之年能够回到生他养他的故乡。柳宗元在繁忙的公务之余,还是纵情山水,用以排遣自己心中的寂寞。柳州的一山一水,常常勾起他对故乡和朋友的深切思念。

时光荏苒,柳宗元正拖着沉重的病体走向生命的终点。唐宪宗元和十四年(819年)十一月八日,柳宗元满怀无限的愁绪病逝于柳州,年仅四十七岁。柳宗元走得那样急,他在柳州只待了短短的四年就走了,他甚至没能实现在自己有生之年返回故乡这么一个小小的愿望就走了。那过往的凄风苦雨,回想起来真的是让人泪如雨下。柳州的百姓非常怀念他,给他建立祠堂,千百年来一直祭祀他。有关他的事迹更是广为流传。柳宗元的一生是悲剧的一生。这不仅仅是柳宗元的悲剧,更是那个时代的悲剧。

因为柳宗元,柳州变成了一座充满了历史古韵的城市。柳州美丽

的山水曾带给了柳宗元无限的诗情,他曾经在柳州写下这么一首诗:

> 城上高楼接大荒,海天愁思正茫茫。
> 惊风乱飐芙蓉水,密雨斜侵薜荔墙。
> 岭树重遮千里目,江流曲似九回肠。
> 共来百越文身地,犹自音书滞一乡。

读这样的诗句,我们能理解柳宗元当年阻滞边疆远离京城的凄凉吗?而且这首诗还是柳宗元身体稍好一点儿的时候心灵的写照,那么当他在魂魄即将散于异乡的时候,又是怎样一种让人撕心裂肺的凄绝!

在柳州市中心,有一片花草掩映、碧波荡漾的园林,那是著名的柳侯祠。柳侯祠原名罗池庙,是柳州百姓为了纪念柳宗元而修建的祠堂。在柳侯祠里,我们可以阅读柳宗元的一生。悲惨凄绝!这就是柳宗元的一生。十四年的贬谪生活,柳宗元在那幽静的涧潭和深邃的山谷中遗忘过去,修补心灵。但我总在怀疑,柳宗元忘得了吗?他忘得了自己那远大的抱负和天下的百姓吗?如果忘得了的话,他就不会是柳宗元了。如果忘得了的话,他就不会终老天涯了。

罗池犹在,池水碧绿,树茂花繁,柳宗元的柳州还是那个山环水绕的柳州,但是柳宗元却已经离我们远去了……柳州,江水悠悠流淌,情意绵绵不绝……

大雪仍在飘飞,寒风仍在呼啸,千山万水仍然一片寂静。千年风景依旧,千年人世沧桑。遥隔千年,我到何处才能找寻到那位从长安远谪而来的诗人呢?白雪皑皑的大地呈现给我一片纯白,如柳宗元那洁净的心灵。

又是一年雪飘时，我面对莽莽苍苍的大地思接千古。柳宗元在那寒冷的柳州过得还好吗？那可恶的疾病还在那样无情地折磨他吗？他还会一个人到那些幽静的深潭去徘徊吗？他还会在这样寒冷的冬日，一个人划着一叶扁舟，到那冰天雪地里去安静地垂钓吗？

我静静地闭上了眼睛，寒风夹着雪花穿窗而来，扑打在我那早已冻得发紫的脸上。不远处的小河上弥漫着浓浓的雾气，河边的水草无力地垂在水中，一条小船在河面上安静地停驻。我的灵魂已经随风飘散，飘到了那遥远的唐朝，飘到了那寒风中柳宗元的一叶扁舟上，陪着柳宗元一起垂钓那满江的寒雪……

## 吹尽狂沙始到金

巴山楚水那片凄凉的土地，可曾绊住你那不羁的灵魂？二十三载漫长的流水光阴，是否值得你为此轻声一叹？朱雀桥边那片荒芜的野草，可曾了解你那高尚的节操？排云而上的那些晴空野鹤，能否引出你那豪迈的诗情？洞庭湖飘渺的烟波氤氲出你的梦，梦醒的时候，你只身居住在简陋的草屋。阶上碧绿的苔痕，帘外清幽的杂草，诉说着你无边的寂寞。你可曾感叹过知音难觅？怪只怪你太过高洁，有谁敢轻声叩响你那厚重的木门？往事越千年，我只愿化作一缕清音，由素琴丝竹中滋生，陪着你一同歌唱，唱遍人情冷暖，世态炎凉。

刘禹锡，字梦得，唐代著名文学家和哲学家。唐代宗大历七年（772年），刘禹锡出生于河南洛阳。据资料考证，刘禹锡本是匈奴族后裔，七世祖先刘亮随北魏孝文帝迁都洛阳后始改为汉姓。刘禹锡的父亲刘绪在唐玄宗天宝末年中进士，但是不幸刚好遇到了唐王朝由盛转衰的安史之乱，于是举族东迁江南避乱，从此再也没有回到洛阳。所以刘禹锡是生于江南，长于江南，江南的灵山秀水赋予了刘禹锡无尽的才气。从唐代宗大历七年（772年）到唐德宗贞元六年（790年），刘禹锡在江南度过了自己青少年时期的十八年时光。刘禹锡自幼好学而且博闻强记，曾得到当时著名诗僧皎然和灵澈的指点。钟灵毓秀的江南水乡和文化氛围，使刘禹锡从小就耳濡目染，陶冶了高尚的情操，培养了文人的气质。

江南哺育了刘禹锡的成长，但江南毕竟不是政治中心，作为一个中原官宦人家的子弟，刘禹锡希望到都城长安去干一番事业。和古代的大多数读书人一样，刘禹锡并不甘心当一个文士，而是想在儒家得志行道的思想下去取仕做官，施展自己的伟大抱负。唐德宗贞元六年（790年），时年十九岁的刘禹锡离开江南到都城长安参加科举考试。唐德宗贞元九年（793年），刘禹锡科考进士及第，此后又登博学宏词科和吏部取仕科，踏上了仕途，被授予太子校书的职务。太子校书是负责校勘崇文馆书籍的一个官职，这就使刘禹锡有机会接触到大量书籍，进一步丰富了他的学识，在读书人中颇负盛名。

和他一同进士及第的还有他这一辈子的至交好友柳宗元。从此，这两个苦命的文人被命运之神紧紧地捆在了一起。他们同登博学宏词科，同时成为朝廷命官，同进王叔文集团，同时参与永贞革新，同时被贬远州司马，又同时在任上应诏回京，然后再同时外放做刺史……萍水相逢，患难与共，这两个中唐时期的伟大诗人为我们谱写了一曲动人的人间悲歌。

唐德宗贞元十三年（797年），因为父亲刘绪在扬州逝世，刘禹锡遂在家丁忧闲居。贞元十六年（800年），刘禹锡丁忧期满，得到淮南节度使兼领徐泗濠节度使杜佑赏识，为徐泗濠节度使掌书记，即机要秘书，属高级幕僚，可列为七品官。贞元十八年（802年）初，刘禹锡调补京兆府渭南县（今陕西渭南）主簿。贞元十九年（803年）闰十月，由御史中丞李汶引荐，被唐德宗李适提拔为监察御史，位列京官。此时，柳宗元也由蓝田尉调为监察御史里行，刘禹锡得以和朋友在一起共事，为稍后的永贞革新提供了条件。

我们知道，历经安史之乱的唐王朝已是一个风雨飘摇、朝不保夕的朝廷。朋党之争和宦官专权加上藩镇割据，一起构成了唐王朝社会黑暗的根源。社会混乱不堪，百姓流离失所。为了匡扶大唐江山社稷，救民于水深火热，刘禹锡和柳宗元一起，在王叔文和王伾等人的领导下，于永贞元年（805年）进行了一场声势浩大的改革，这就是唐朝历史上著名的永贞革新。但是永贞革新因为触及到了宦官和藩镇的利益而遭到他们的强烈反对，在进行了半年后就失败了。往往历史上的变革一般都是要以流血牺牲作为代价的，革新失败后，王叔文和王伾被逼身亡，刘禹锡被贬为连州（今广东连州市）刺史，柳宗元被贬为邵州（今湖南邵阳）刺史，被远远地逐出了长安。

我们有时候不得不感叹命运的安排。柳宗元在被贬邵州刺史的路途中被追贬为永州司马。刘禹锡在被贬连州刺史的路途上正行至今湖北江陵县附近时，也被朝廷追贬为郎州（今湖南常德）司马。我这时想到了一个词语：宿命。我本不是宿命论者，但此时我除了用这个词语来表达内心的感受以外，实在是找不出第二个词语来了。

刘禹锡和柳宗元不同，他的性格比柳宗元要开朗豁达一些。柳宗元在贬谪之后往往寄情山水来排遣自己的寂寞，而刘禹锡在被贬谪后却是时时保持一种旷达豪迈的心情。他在贬谪地以积极的心态进行创作，向民歌学习，创作出了一些仿民歌体的诗歌。比如那首著名的《秋词》。历代士大夫遭受打击之后，往往以悲秋之作来宣泄自己灰心失意的感情，而刘禹锡在失意的情况下，却能摆脱悲秋俗套，别开生面，一反这种萧瑟凄凉的旧调，唱出了难得的豪迈新声，反映了他高尚的精神境界：

> 自古逢秋悲寂寥,我言秋日胜春朝。
> 晴空一鹤排云上,便引诗情到碧霄。

仕途的坎坷,让刘禹锡年轻时的那种治国安邦的理想逐渐破灭了,于是他将自己的志趣转移到了文学上来。政治上失意的刘禹锡反而在文坛上撑起了另一片蔚蓝的天空。那首著名的《汉寿城春望》就是写于任郎州司马期间:

> 汉寿城边野草春,荒祠古墓对荆榛。
> 田中牧竖烧刍狗,陌上行人看石麟。
> 华表半空经霹雳,碑文才见满埃尘。
> 不知何日东瀛变,此地还成要路津。

刘禹锡在任郎州司马期间,还依据当地的一些民歌创作了《竹枝词》十余首。比如这首在唐代诗坛上别开生面且影响深远的《竹枝词》其一:

> 杨柳青青江水平,闻郎岸上唱歌声。
> 东边日出西边雨,道是无晴却有晴。

刘禹锡最为难能可贵之处在于他虽然被贬,精神苦闷,却随时能够以乐观向上的精神排除苦闷,不愿自甘沉沦,不屈服于命运的压力,不断磨砺自己的意志,坚持自己的政治主张,随时准备迎接新的斗争。

刘禹锡谪居朗州期间,遭受种种打击与不幸,但他与恶势力作斗争的信心和勇气并未动摇。唐宪宗元和五年（810年）正月，东台监察御史元稹承召回长安，曾住宿途中一驿站。元稹是唐朝著名诗人，曾写下了唐代著名的传奇《莺莺传》，里面描述的张生和崔莺莺的爱情故事，感动了千千万万的中国人。同时，元稹在诗歌创作上成就也很高，和白居易齐名，并称为"元白"。他那首著名的《离思五首》（其四）更是被人们广为传诵：

曾经沧海难为水，除却巫山不是云。
取次花丛懒回顾，半缘修道半缘君。

宦官刘士元后元稹到达驿站，与元稹争厅房，竟蛮横无理，用马鞭打伤元稹的脸。朝廷对此不加责问，并以元稹是少年后辈，贬为江陵府士曹参军。这到底算个什么事呢？元稹竟是因为这样的原因被贬谪，我真的是无言以对。

刘禹锡在听说这件事后，对朝廷如此包庇宦官感到气愤，为褒奖和鼓励元稹不屈从于阉党的气势，特意赠给他一只文石枕和一首诗：

文章似锦气如虹，宜荐华簪绿殿中。
纵使良飙生旦夕，犹堪拂拭愈头风。

此时的刘禹锡自己仍在贬谪中，他不畏强权，仗义执言，以自己特殊的方式表达了对黑暗社会的不满和对自己节操的坚守。

正当苦闷和期待交织着刘禹锡内心的时候，朝廷颁发了召回刘禹锡和柳宗元等八司马的诏书。唐宪宗元和九年（814年）十二月，刘禹锡启程北上。和柳宗元一样,刘禹锡此次回朝是心情大好,同时满怀一腔报国热情。回到长安后,与故友重逢,感慨万千。阳春三月,长安牡丹盛开,刘禹锡和柳宗元等人到了长安玄都观去看花。刘禹锡见玄都观里桃花满园,触景生情,写下了那首著名的《玄都观桃花》诗:

  紫陌红尘拂面来,无人不道看花回。
  玄都观里桃千树,尽是刘郎去后栽。

  这首诗前两句写实,后两句意含讽刺,以桃花喻权贵,表现出轻蔑之意,讽刺他们是在排挤自己出朝的情况下才被提拔起来的,即玄都观里轰动一时的桃花是在刘郎去后栽的。这样,诗中就触到了当时一个十分敏感的问题。唐宪宗本人是通过逼宫方式登上皇位的,并于即位不久就害死自己父亲,他本来就对永贞党人抱有夙怨,这次又感到自己的尊严受到损害,更是被深深地激怒了。于是一纸诏书,再次把刘禹锡等人贬谪为远州刺史。满怀报国之志的刘禹锡等人只得再次打点行装上路了。

  这次,柳宗元被贬柳州(今广西柳州)刺史,刘禹锡被贬为播州(今贵州遵义)刺史。播州离西南少数民族地区的古夜郎国不远,是唐代人听人怕的偏远之地,当年诗仙李白被流放夜郎时,徒有铮铮傲骨和万丈豪气也不得不泪洒千秋:

  朝别凌烟楼,贤豪满行舟。
  暝投永华寺,宾散予独醉。
  愿结九江流,添成万行泪。

写意寄庐岳,何当来此地。

天命有所悬,安得苦愁思。

刘禹锡自幼体弱多病,早年丧父,中年成婚得子,在被贬郎州司马期间妻子又离开人世,此次回京的时候,其母已经年逾八十了。再次被贬如此偏僻的穷山恶水,而且还连累了自己年迈的老母亲,刘禹锡再也控制不住自己的感情,泪如雨下。柳宗元闻听此事,挺身而出,以刘禹锡有年迈的老母不能远行为由,向朝廷提出愿以自己任所柳州来和刘禹锡交换。经过时任御史中丞的裴度面奏,刘禹锡得以改任连州(今广东连县)刺史。柳宗元和刘禹锡情同手足,患难与共,危难时刻见真情,他们真挚的友谊,使得我们的中国文学史也熠熠生辉。

时事所迫,刘禹锡只得收拾行装,辞别故友,带着年迈的母亲和年幼的儿子与柳宗元一起结伴南下,到湖南衡阳洒泪而别。但他们万万没有想到,这次分手之后他们就再也没有见过面了,此次分别实际上是永别。刘禹锡和柳宗元两个至交好友相拥而泣,泪水打湿了衣襟,更打湿了历代中国人那怜悯的心。

连州地处南方,靠近大海,物产丰富,是一个汉族和少数民族杂居的地方。刘禹锡于元和十年(815年)到任连州后,与当地的少数民族相处得很好,为当地百姓做了很多好事。比如他在连州刺史任上编了一部实用的方书《传信方》,给老百姓带来了巨大的方便。同时,刘禹锡在连州任上五年,虽然身处海隅,但是仍然心系朝廷,对于当时政治上发生的大事,他都能以诗歌表明自己的态度。

唐宪宗元和十四年(819年),刘禹锡近九十岁的母亲去世,于是卸任奉柩回洛阳原籍守丧。同年十一月途经衡阳的时候,柳宗元逝世。

刘禹锡深感自己失去了一个知己,悲痛至极,顷刻间泪如雨下。刘禹锡于伤心欲绝之下立即停下来为柳宗元料理后事,并写下了《重至衡阳伤柳仪曹》一诗以寄托哀思:

忆昨与故人,湘江岸头别。
我马映林嘶,君帆转山灭。
马嘶循古道,帆灭如流电。
千里江蓠春,故人今不见。

因柳宗元临终前留有遗书,拜托刘禹锡为其抚养孤儿和编集遗稿。所以后来刘禹锡穷毕生之力,整理了柳宗元的遗作,然后又全力筹资刊印,使其得以问世,并收养了柳宗元一个儿子。可以说没有刘禹锡,也就没有柳宗元文集的刊行于世。《江雪》和《捕蛇者说》等经典美文,可能也会如流星一般消逝在远古的天空,不为世人所知,无法被今人吟咏和传唱。刘禹锡和柳宗元的感情,不是亲兄弟但胜似亲兄弟,他们的故事留给了我们后人许多的思考。

此后,刘禹锡就在河南洛阳丁忧。唐宪宗元和十五年(820年),唐宪宗李纯被宦官杀害,唐穆宗李恒继位,改年号为长庆。长庆元年(821年)冬,刘禹锡丁忧期满,被唐穆宗起用为夔州(今重庆奉节)刺史。

奉节雄踞于长江三峡上游,地理位置十分重要,历来为兵家必争之地。三国时期蜀主刘备兵败白帝城托孤诸葛亮,成了三国时期最为悲壮的一幕。唐太宗贞观二十三年(649年),因表彰蜀丞相诸葛亮奉昭烈皇帝刘备"托孤寄命,临大节而不可夺"的品质,改名奉节。奉节长江边上的白帝城更是历史悠久,我国古代不少著名诗人如李白、杜甫、苏轼、陆游等都曾先后到此，留下了不少传世名篇。如李白那首少儿都能背诵的《早发白帝城》一诗：

> 朝辞白帝彩云间，千里江陵一日还。
> 两岸猿声啼不住，轻舟已过万重山。

我在奉节工作期间，曾到白帝城去仔细聆听过过往岁月沉重的叹息，那是一种让人压抑的沉重，让人无法释怀的沧桑。虽然现在号称长江三峡第一峡的夔门已经失去了往日的壮观，但那滚滚东流、奔腾不息的江水，仍能让人陡生敬意。

唐穆宗长庆二年（822年）正月，刘禹锡到达夔州。到达夔州后，刘禹锡仔细考察当地各方面的情况，对治理夔州很是认真，他希望能充分地发挥自己的政治才能。在此期间，刘禹锡曾作了一首《观八阵图》诗来怀念蜀相诸葛亮：

> 轩皇传上略，蜀相运神机。
> 水落龙蛇出，沙平鹅鹳飞。
> 波涛无动势，鳞介避余威。
> 会有知兵者，临流指是非。

相传八阵图是诸葛亮以石布成的，其遗址在奉节南长江边上。刘禹锡怀念诸葛亮，是要效法诸葛亮，反映了他虽身居远州，仍具有积极进取的精神。我除了感动还是感动，身在天涯，仍念念不忘国家，这是一种多么崇高的境界啊！每当我于闲暇时到奉节的长江边上去看江水的时候,刘禹锡那伟岸的身躯总是在江面上时隐时现,令我驻足神思。

长庆四年(824年)正月,唐穆宗李恒逝世,唐敬宗李湛继位。这年夏天,朝廷调任刘禹锡为和州(今安徽和县)刺史。这样,刘禹锡在奉节只待了两年就离开了。刘禹锡沿着长江一路东下,途经湖北大冶西塞山,见此处濒临长江形势险峻,于是即景抒情,写下了著名的《西塞山怀古》一诗:

> 王濬楼船下益州,金陵王气黯然收。
> 千寻铁锁沉江底,一片降幡出石头。
> 人世几回伤往事,山形依旧枕寒流。
> 从今四海为家日,故垒萧萧芦荻秋。

全诗借古喻今,讲述了建都金陵的几个朝代的兴亡,希望引起当世的注意,从中吸取教训。整个诗歌风格沉郁悲凉,表现出了诗人刘禹锡对国家的赤胆忠心。

和州地处江淮之间,水涝和旱灾连年发生,百姓苦不堪言,人口大量死亡,许多人家只剩下些孤儿寡妇,生活十分艰难。刘禹锡抵达和州时,正值当地旱灾之后。在严重的灾害面前,刘禹锡想到的不是个人的安乐,而是灾区人民的疾苦。他恪尽职守,调查灾情,启奏朝廷,赈灾抚慰,安定群众,并把粮食生产放在救灾的首位。在和州任职的短短两年多时间里,把和州治理得井井有条,百姓安居乐业。

刘禹锡任和州刺史期间,还作了那篇非常著名的《陋室铭》来表达自己的伟大抱负和高尚情操。刘禹锡刚到和州的时候,因为和州知县是一个趋炎附势的小人，见刘禹锡是远道被贬而来，所以就故意为难他，给他小鞋穿。按照当时的规定，刘禹锡本应住在衙门里三间三厦的屋子里，可是和州知县却叫刘禹锡在城南面江而居。刘禹锡不但没有埋怨，反而高兴地撰写了一副对联贴于房门："面对大江观白帆，身在和州思争辩。"他的这一举动可气坏了知县，于是他把刘禹锡的住所由城南调到城北，房子由三间缩小到一间半。而这一间半房子位于得胜河边，附近有一排排的杨柳。刘禹锡见了此景，又作了一联："杨柳青青江水平，人在历阳心在京。"和州知县气得肺都要炸了，又把刘禹锡的住房调到了城中，而且只是一间仅能容得下一床一桌一椅的小屋。半年时间刘禹锡连着搬了三次家，而且住房一次比一次小，最后居然只给了这么大一点儿地方。刘禹锡想此狗官欺人太甚，便愤然提笔写下《陋室铭》一文，并请人刻于石上，立在门前，气得和州知县哑口无言。虽然刘禹锡的《陋室铭》全文仅仅只有八十一个字，但却是流传千古的经典名文：

山不在高，有仙则名。水不在深，有龙则灵。斯是陋室，惟吾德馨。苔痕上阶绿，草色入帘青。谈笑有鸿儒，往来无白丁。可以调素琴，阅金经。无丝竹之乱耳，无案牍之劳形。南阳诸葛庐，西蜀子云亭。孔子云：何陋之有？

刘禹锡在和州和在奉节一样也是任职两年多的时间。唐敬宗李湛即位后，次年正月改年号为宝历。唐敬宗宝历二年（826年）秋，刘禹锡奉召卸任回洛阳。途经扬州时，刘禹锡与因病罢苏州刺史回洛阳的白居易相遇，悲喜交集，感慨万千。在宴会上白居易赋诗《醉赠刘二十八使君》一首赠予刘禹锡，全诗透露出一种低落消沉的气息：

为我引杯添酒饮，与君把箸击盘歌。
诗称国手徒为尔，命压人头不奈何。
举眼风光长寂寞，满朝官职独蹉跎。
亦知合被才名折，二十三年折太多。

刘禹锡随即即席写了一首答诗回赠白居易，表达出了一种积极进取、奋发向上的精神。这就是那首著名的《酬乐天扬州初逢席上见赠》一诗：

巴山楚水凄凉地，二十三年弃置身。
怀旧空吟闻笛赋，到乡翻似烂柯人。
沉舟侧畔千帆过，病树前头万木春。
今日听君歌一曲，暂凭杯酒长精神。

诗歌的前半部分，刘禹锡回顾了过去的不幸遭遇。他先后贬谪朗州和夔州等地，在这些偏僻荒凉的地方一共生活了近二十三年的时间。昔日志同道合的朋友柳宗元和韦执谊（曾任唐朝宰相的八司马之一）等人已相继死于贬所，刘禹锡自己只身北返，在怀旧悼亡的沉痛中透露出内心的愤慨。诗歌的后半部分是与白居易的共勉之词，沉舟和病树都无碍于千帆竞发万木争春，我们做人不能沉浸于个人的伤痛之中，而应该积极向上奋发图强。

其实这首诗是刘禹锡最为著名的代表作之一，也是刘禹锡自身的真实写照，他一生命运坎坷，长期被朝廷贬谪在外，但是他一点儿都没有消沉，而是不管身在何处，都能积极面对生活，尽力为百姓做一些实事。我在叙述刘禹锡一生的时候，其实内心始终都是带着一种崇敬之情的，他的那些高贵的品质，已经穿越千年，时时洗涤着我们当代人的灵魂。

唐文宗大和元年（827年）春，刘禹锡与白居易一起抵达洛阳。不久白居易被征为秘书监，赴长安任职，刘禹锡仍然留在洛阳赋闲。唐文宗大和二年（828年）春，由于宰相裴度等人的荐举，刘禹锡被调回朝廷任主客郎中一职。不久，裴度举荐刘禹锡为集贤殿学士。当时集贤殿由裴度兼任大学士，他很器重刘禹锡的才干，把刘禹锡安排在集贤殿里，以便有机会时加以重用。大和三年（829年），刘禹锡被任命为礼部郎中，仍兼集贤殿学士。

唐文宗大和年间的宦官势力逐渐发展到正直的官员根本无法立足的地步。以宦官为后台的宰相李宗闵结党营私，竭力排斥裴度和其他拥护裴度的官员。大和四年（830年）九月，裴度被李宗闵排挤出朝，任山南东道节度使。裴度既然已经被贬离朝廷，刘禹锡也就失去了依靠，于大和五年（831年）十月被贬为苏州刺史。这是刘禹锡第三次被排挤出朝出任远州刺史。仕途上屡受挫折，刘禹锡感到非常失望，但其倔强的性格仍然如故，一点儿也没有消沉下去。在这一点上，刘禹锡和后来北宋的苏东坡还有几分相似。

经过一番长途跋涉，刘禹锡于唐文宗大和六年（832年）二月抵达苏州。上有天堂，下有苏杭。苏州在中唐时期是一个比较富庶的地方，但在唐文宗大和五年（831年）发生了严重的水灾，给百姓带来了深重的灾难。刘禹锡于二月到任苏州后，察视灾情，为民请命，抚恤灾民。

刘禹锡经过一年多的精心治理，终于消除了灾情，恢复并发展了生产。唐文宗大和八年（834年）七月，刘禹锡奉命调任汝州（今河南临汝）刺史，兼御史中丞，充本道防御使。汝州离洛阳比较近，刘禹锡到达汝州后有一种回乡的感觉。他在汝州任刺史一年多的时间里，生活较为安定，公务也不像在苏州时那样繁忙，经常与朋友一起唱和。唐文宗大和九年（835年）九月，白居易调任同州刺史，因身体欠佳没有前去。于是朝廷把刘禹锡调任为同州（今陕西大荔）刺史，兼御史中丞。由此看来，刘禹锡调任同州刺史，实际上是代替白居易去的。刘禹锡到任同州的时候，同州已经连续四年遭受旱灾，百姓流离失所，饥寒交迫。刘禹锡到任后，就把主要精力放在救灾上。给当地的百姓带来了极大的方便和帮助。刘禹锡在同州刺史任上不满一年，就于唐文宗开成元年（836年）秋因患足疾迁太子宾客，分司东都洛阳。

刘禹锡于唐文宗开成二年（837年）起身体状况欠佳，开始患病。开成四年（839年），刘禹锡又改秘书监分司，仍兼太子宾客。开成五年（840年）正月，唐文宗李昂逝世，唐武宗李炎即位，于次年正月改年号为会昌。唐武宗会昌元年（841年）春，刘禹锡加检校礼部尚书，兼太子宾客。唐武宗会昌二年（842年）七月，刘禹锡辞世，从此一代杰出诗人永远地离开了我们。

刘禹锡这一生，阅尽了沧桑，经历了悲痛，感受了凄凉。他对于国家和民族的那份深沉的爱读来让人感动不已，他那些对于历史进行思考的咏史诗更是让我们倍加感慨：

朱雀桥边野草花，乌衣巷口夕阳斜。
旧时王谢堂前燕，飞入寻常百姓家。

这首著名的《乌衣巷》描述了东晋时期南京秦淮河上朱雀桥和南岸乌衣巷的异常繁华鼎盛，而今却是野草丛生，荒凉残照。刘禹锡通过强烈的对比，感慨沧海桑田，人生多变。含而不露，美而不俗。语言虽浅，韵味无穷。再如这首《石头城》一诗：

山围故国周遭在，潮打空城寂寞回。
淮水东边旧时月，夜深还过女墙来。

诗歌一开篇，就置读者于苍茫悲凉的氛围之中。围绕着南京这座故都的群山依然在围绕着它。这里，曾经是战国时代楚国的金陵城，三国时孙权改名为石头城，并在此修筑宫殿。经过六代豪奢，至唐初废弃，二百年来久已成为一座空城。潮水拍打着城郭，仿佛也感受到它的荒凉，碰到冰冷的石壁，又带着寒心的叹息默默退去。山城依然，石头城的旧日繁华已空无所有。对着这冷落荒凉的景象，刘禹锡不禁要问："为何一点儿痕迹不曾留下？"没有人回答他的问题，只见那当年从秦淮河东边升起的明月，如今仍旧多情地从城墙后面升起，照见这久已残破的古城。刘禹锡把石头城放到沉寂的群山中写，放在带凉意的潮声中写，放到朦胧的月夜中写，这样尤其能够显示出故国的没落荒凉。只写山水明月，而六代繁荣富贵，俱归乌有。诗中句句是景，然而没有哪一景不融合着诗人故国萧条和人生凄凉的深沉感伤。

秋风萧瑟，荒草萋萋。落日，晚霞，辽阔的旷野。刘禹锡从唐朝的风沙中一路走来，面色从容，步履坚定。历史的风沙湮没了多少雕栏玉砌和人世沧桑，但却怎么也湮没不了刘禹锡那伟岸的身影。漫漫风沙中，刘禹锡伫立江岸，青衫灰暗，神色忧伤。刘禹锡的一生经历了太多的苦痛和沧桑，但也正是这些苦痛和沧桑打磨了刘禹锡，使得他的形象更加坚强，这正如他在一首诗中所说："千淘万漉虽辛苦，吹尽狂沙始到金。"

风萧萧兮江水寒，壮士一去兮不复还。风，吹吧！吹吧！只有吹尽唐朝那漫天的狂沙，才能显露出刘禹锡那高洁的灵魂。江水日夜不息，流着岁月，流着沧桑，流着那个古老的梦……

## 何当共剪西窗烛

　　李商隐凭窗而望，外面是茫茫无边的黑暗，连绵不断的大巴山在黑暗中延伸，一切都沉没在古远的苍凉和辽阔之间。这巴蜀的夜雨怎么一下起来就没有止境啊，李商隐满面愁容。黑夜让李商隐想起了前尘往事，想起了那个遥远的下午。李商隐已经不知道现在是什么时候了。外面的池塘里涨满了秋水，一些残荷漂在水面，显得那么寂寞。李商隐突然间明白，原来寂寞并不只是属于人类。前几日，亲人来信了，问自己什么时候能够回去。李商隐看着这不知何时才能停止的秋雨，充满无限的歉意。不知道亲人现在过得还好吗？李商隐飘过了千山万水，来到了遥远的长安。故乡依旧，亲人依旧，就连那只烛台同样依旧。李商隐陪着亲人彻夜不眠，以致那只红烛都结出了灯花。剪去了灯花，那跳动的火光再一次弥漫在了无边的温馨里。李商隐在迷茫的灯光里诉说着那个遥远的巴山夜雨之夜：

　　君问归期未有期，巴山夜雨涨秋池。
　　何当共剪西窗烛，却话巴山夜雨时。

　　李商隐，晚唐时期著名诗人，和杜牧合称"小李杜"，和温庭筠合称"温李"。其诗构思新奇，意蕴复杂，诗作现存大约六百首，而其中无题诗和爱情诗堪称一绝。唐宪宗元和八年（813年），李商隐出生于河南荥阳（今河南郑州）。据李商隐自称，他和唐朝的皇族同宗，并数次在自己的诗歌和文章里面说明自己的皇族宗室身份，但这并没有给李商隐带来任何实际的利益。关于李商隐的家世，有记载的可以追溯到其高祖李涉。李涉曾担任过唐朝的美原（故址在今陕西富平）县令。李商隐的父亲李嗣，曾任殿中侍御史，在李商隐出生的时候，任河南获嘉县令。

李商隐的童年非常不幸，在其十岁那年，他的父亲就在浙江去世了，于是李商隐就随着母亲返回了故乡河南。李商隐是家中长子，自然背负上了撑持门户的责任。李商隐曾在文章中提到自己在少年时期为别人抄书挣钱来贴补家用的一些事，可见其生活的贫困。李商隐早年的贫苦生活对他性格的影响很大，他渴望早日做官，以光宗耀祖。这些早年的经历使得李商隐养成了忧郁清高的性格，这些特征大量地从其诗文中流露出来，同时还表现在李商隐曲折坎坷的仕途生涯上。少年时期对李商隐影响最大的老师，是他回到故乡遇到的一位同族叔父，李商隐的这位叔父曾经上过太学，但是没有做过官，一直在隐居。李商隐在其影响下，学识得到极大的增强，大约在他十六岁时，就作出了两篇优秀的文章，获得了一些士大夫的赞赏。在这些士大夫中，就包括时任天平军节度使的令狐楚。

令狐楚是李商隐求学生涯甚至是仕途生涯中的一位重要人物，他本人极其擅长骈体文，对李商隐的才华非常欣赏，不仅教他骈体文的写作，而且还资助他的家庭生活，鼓励他和自己的子弟交游。在令狐楚的帮助下，李商隐的骈体文写作进步迅速，由此获得了极大的信心，希望可以凭借这种能力展开他的仕途。在唐代，没有门第背景的知识分子希望在仕途有所发展，主要有两个途径：科举和幕府。前者被认为是进官场的资格，是官方对其行政能力的认可。后者则是一些有势力的官僚自己培养的政治团队，如果表现出色，也可以通过这些官僚的举荐成为朝廷的正式官员。中晚唐时期，很多官员都是既有考取科举的资格，也有作为幕僚的经历。李商隐青年时期得到令狐楚的赏识，并且跟随他学习骈体文，从而成为令狐楚的幕僚。

唐文宗开成二年（837年），李商隐取得了进士资格。其实在此之前，李商隐已经考过许多次了，但都是以失败而告终。李商隐初次应举的年份难以确定，有人甚至相信其早在十年之前就已经开始了他那漫长而艰苦的应举之路，但是缺乏背景的李商隐不管怎么考，最终都是一样的结果。满腹才华而应举不第，这在中国历史上的众多文人中也是屡见不鲜了，李商隐只不过是其中一个代表而已。权贵们互相帮忙，大量录取上流社会关系中的考生，在唐代科举中其实是很普遍的现象，因此许多缺乏靠山的考生都会在考试之前去刻意结交社会名流，以便增加自己被录取的机会。虽说李商隐是中国古代文人中的翘楚，但生活在这样的社会，光有才华是远远不够的，因此李商隐总是不得高中。令狐楚坐不住了，开始了干预，于是在令狐楚的干预下，李商隐得到了进士资格。

在李商隐考中进士的当年年末，令狐楚病逝了。在料理完令狐楚的丧事后不久，李商隐应泾原节度使王茂元的聘请，去了泾州（今甘肃泾县）作了王茂元的幕僚。王茂元对李商隐的才华非常欣赏，甚至将自己的女儿嫁给了他。但正是由于这一段经历，使得李商隐一生都被牵累在牛李党争的政治旋涡中。

牛李党争源于唐宪宗元和三年（808年）的一次科举考试。时任宰相的李吉甫对应试举子牛僧孺和李宗闵等进行打击，因为他们在试卷中严厉地批评了李吉甫。由此，李吉甫就和牛僧孺李宗闵等人结怨，这个恩怨后来被李吉甫的儿子李德裕继承了下来。这样，以牛僧孺和李宗闵为首的"牛党"就和以李德裕为首的"李党"在此后的数十年中互相倾轧，争斗不休，成了晚唐政治黑暗的一个重要原因。

我们有时候不得不叹服于命运的无常，命运这个东西我们看不见更是摸不着，但其总是在那最为隐秘的地方左右着一个人的生活。这正如此时的李商隐。王茂元和李德裕交好，被视为是"李党"的成员，其实这也没什么啊，可偏偏自己的恩师令狐楚是"牛党"的成员。这样，李商隐投靠王茂元的行为就被轻易地解读为对刚刚去世的恩师的背叛，可想而知李商隐的处境之难。在唐代，取得进士资格一般并不会立即就授予官职，还需要再通过由吏部举办的考试。开成三年（838年）春天，李商隐参加了此次授官考试，结果自然是在复审中被除名。不过，李商隐并没有后悔娶了王茂元的女儿，他们的感情很好，在李商隐的眼中，王氏是一位温和体贴的妻子。

唐文宗开成四年（839年），李商隐再次参加了授官考试，得以顺利通过，得到了秘书省校书郎的官职。李商隐担任此职没过多久就被调任为河南灵宝县尉，虽然县尉和校书郎的品级差不多，但是远离权力的中心，显然会使以后的发展受到影响。李商隐在县尉任职期间很不顺利，因为替死囚减刑而受到上司孙简的责难。孙简很可能以某种不留情面的态度对待李商隐，使得李商隐感到非常屈辱，难以忍受，最终以请长假的方式辞职。凑巧的是，此时孙简正好被调走，接任的姚合设法缓和了这种紧张的局面，劝李商隐留下来，于是李商隐就答应了姚合。此时的李商隐已经没有任何工作的愿望了，于是在不久之后的开成五年（839年）再次辞职，而此次辞职获得了批准。

辞职之后的李商隐开始了自己的闲居生活。在此闲居期间，李商隐创作大量的诗词，为我国文化的繁荣作出了巨大的贡献。唐武宗会昌二年（842年），李商隐回到了秘书省任职，虽然职位较之三年前的校书郎还低，但这一时期却是李商隐仕途得以发展的最好时期。此时，唐武宗开始重用宰相李德裕，对唐朝后期的一些弊政实行改革。李商隐积极支持李德裕的政治主张，踌躇满志，有理由期待得到重用的机会。然而，命运此时再一次和李商隐开了一个大大的玩笑。李商隐重进秘书省不到一年，他的母亲就去世了。这样，李商隐就要离职回家丁忧三年。这就意味着年届而立之年的李商隐不得不放弃跻身权力阶层的最好机会。可以说，这次变故对李商隐政治生涯的打击是致命的。李商隐闲居在家的三年，亦即会昌二年末到会昌四年末，这是李德裕执政最辉煌的时期，错过了这个时期，李商隐再难找到自己政治上的知音了。唐武宗会昌三年（843年），王茂元在代表唐朝政府讨伐藩镇叛乱时不幸病故，这无疑使李商隐的处境更加困难。

唐武宗会昌五年（845年）十月，李商隐结束了丁忧，重新回到了秘书省。此时，唐武宗和宰相李德裕的合作关系已经到了晚期。唐武宗会昌六年（846年）三月，只当了六年皇帝的唐武宗去世了，时年三十三岁。唐武宗去世之后，经过一系列残酷的宫廷斗争，李忱即位，是为唐宣宗。唐宣宗不满唐武宗时期的大部分政策，尤其是厌恶李德裕，怎么看李德裕怎么不顺眼。因此，几乎整个会昌六年（846年），朝廷都持续着新一轮的政治清洗，曾经权倾一时的宰相李德裕及其支持者被迅速地排挤出朝廷。在唐宣宗本人的支持下，以白敏中为首的牛党新势力逐渐占据了政府中的重要位置。

时年三十五岁的李商隐正在秘书省担任正字，由于其支持李德裕的政治纲领以及之前就被视为背叛师门，所以李商隐不大可能分享牛党的胜利。尽管此时李商隐的职位几乎低得不值得在权力斗争中被排挤出去，但仍然可以想象他当时的郁闷心情。因此，当唐宣宗大中元年（847年）桂管观察使郑亚邀请他往赴桂林任职时，李商隐几乎没有着任何的犹豫。从唐文宗太和三年（829年）受聘于当时的天平军节度使令狐楚开始，李商隐多次在地方官员的运作机构中担任幕僚的角色。可以说，李商隐身为幕僚的经历比其正式任职朝廷的时间更长。不过，在唐宣宗大中元年（847年）之前，李商隐似乎一直将这样的经历作为过渡，为将来的大展宏图进行准备，但是这一次，李商隐作为郑亚的幕僚前往桂林时，他怎么都没有意识到自己的仕途已然接近末路。在此之后的十年时间里，李商隐将在幕府游历中耗尽其所有的政治热情。

李商隐告别了家人，随着郑亚出发，经过了两个月左右的艰难行程，来到距京城五千里以外的南方。郑亚的这次南迁，其实是牛党清洗计划中的一部分，而李商隐愿意主动跟从一位被贬谪的官员到此偏远之地，表明他其实是非常同情李德裕一党的，而且显示了自己已经对升迁不再抱有任何信心了。贬谪还没有完，在来到桂林不到一年，郑亚就再次被贬为循州刺史，而李商隐也随之失去了工作。唐宣宗大中二年秋，李商隐回到了京城长安，通过自己考试得到一个县尉的小职位。这里最具有讽刺意味的是，十年前，李商隐在仕途之初的时候正好得到的也是一个县尉的职位，历经十年的光阴，居然重新回到了最初的起跑线。

李商隐担任县尉不久，就被调回了京城，而此时的情景和大中元年他在秘书省的情形非常相似。低微的官职，渺茫的前途。李商隐在落寞之余，时刻期盼着出现变化。这个变化还真的就来了，唐宣宗大中三年九月，李商隐得到了武宁军节度使的邀请，前往徐州任职。这个武宁军节度使是一位有能力的官员，而且对李商隐非常欣赏，如果他仕途顺利的话，李商隐可能还有最后一次机会，然而十分不巧的是，李商隐追随卢姓节度使仅仅一年多时间，他就于大中五年的春天不幸病故。这样一来，李商隐不得不再一次另谋生路。唐宣宗大中五年（851年），李商隐在生活上遭到了一次重大的打击。妻子王氏在这年的春夏间不幸病逝了。李商隐和妻子王氏的感情非常好，这位出身于富贵之家的女性，一直以来都在无怨无悔地照料着家庭、支持着丈夫。由于李商隐多年在外游历，所以夫妻在很长的一段时间里都是离多聚少。我们不难想象，李商隐对于妻子是有着一份歉疚之情的，而李商隐在仕途上的坎坷，无疑更是增强了这份歉疚之情。家庭的变故给李商隐带来了巨大的痛苦，而且自己此时还没有工作，这真是一个极其艰难的时期。

正当李商隐的生活举步维艰的时候，被任命为西川节度使的柳仲郢向李商隐发出了邀请，希望他能随自己去西南边境的四川任职。李商隐在简单地安排了家里的事情之后，于这年的十一月赴职。李商隐在四川的梓州幕府生活了四年，大部分时间都是郁郁寡欢。梓州幕府的生活是李商隐宦游生涯中最为平淡稳定的时期，历经了这么多磨难的李商隐已经再也不想去追求仕途上的成功了。唐宣宗大中九年，柳仲郢被调回了京城任职，出于照顾，他给李商隐安排了一个盐铁推官的职位，虽然品阶低，但待遇却比较丰厚。李商隐在这个职位上工作了两三年，就罢职回到故乡闲居。唐宣宗大中十三年，李商隐在自己的家乡病故，时年四十六岁。

李商隐虽然走了，但是他对唐代诗歌所作的巨大贡献是任谁都无法抹去的，在晚唐诗歌大不如前的情况下，李商隐通过自己的努力将晚唐诗歌再一次推向了一个新的高峰。在李商隐现存的六百余首诗歌中，从吟咏的题材来看，主要可以分为以下几类：

咏史诗。李商隐是生活在一个动荡不安的社会大环境中的，在其一生短短的四十余年中，唐朝竟然换了六位皇帝，从宪宗开始至宣宗结束。其实我们单从这一点就可以得知李商隐种种不幸的遭遇了。虽然一生经历了无数坎坷，但李商隐从未向命运低头，一直在和命运抗争，可以说李商隐是一个至情至性，颇具骨气的中国文人。只要我们认真考察几件事，便可以真正理解李商隐的政治品质。

去牛就李。李商隐开始受恩于令狐楚，后来投靠王茂元，并且娶了其女儿为妻，这件事普遍被认为是李商隐的忘恩负义。其实李商隐的这门婚事，根本就是其个人的私事，李商隐跟谁结婚，这纯属个人的选择，而且王茂元当时亦非朝廷要员，更是没有明显的党派倾向，凭什么就扯到了投靠李党上啊！李商隐一生所有的诗文，对令狐楚都是充满着感激之情的，绝无半字微词，而且李商隐平生未做一件有负令狐家之事，何来背恩之说？况且，每当两党激烈斗争发生较大的人事关系变动时，李商隐没有一次趋炎附势的行为，他总是同情那些失势被贬之人。牛党中的萧浣被贬时，李商隐曾前往贬所探望。李德裕被贬时，李商隐毫无顾忌地对其政绩人品给予了极高的评价，为一个被当政者严密监视的下台宰相大唱赞歌，这是需要一定的胆识和气魄的。仅此一点，便可看出李商隐具有坚持正义和不依附权贵的宝贵品格。

除此之外，李商隐一生都在关心民生疾苦。李商隐在县尉任上，为活狱而不怕得罪上司，更是不在意能否保住自己的官职，这足以显示出李商隐的高尚气节，这也是政治品质之大节。

作为一个正直的知识分子，李商隐创作了大量的咏史诗，这些咏史诗具有强烈的现实针对性，显示出了李商隐在面对历史迷雾时清醒的责任意识。如这首著名的《隋宫》一诗：

　　紫泉宫殿锁烟霞，欲取芜城作帝家。
　　玉玺不缘归日角，锦帆应是到天涯。
　　于今腐草无萤火，终古垂杨有暮鸦。
　　地下若逢陈后主，岂宜重问后庭花。

咏物诗。李商隐一生仕途坎坷，远大的抱负无法得到实现，于是就通过诗歌来排遣自己的苦闷。李商隐的一生不是在寂寞中沉默，而是在寂寞中追求，追求自己那美好的理想。李商隐所咏之物，多是自然界和日常生活中一些细小纤柔的事物，但这些事物是和其坚韧的思想紧密联系在一起的，因此，他的咏物诗并不显得柔弱单薄，而是在柔弱中见浑厚。比如在《蝉》这首诗中，李商隐就把自己的命运和蝉联系在一起，通过咏蝉来寄予自己的身世情怀，以此来自鸣不平：

　　本以高难饱，徒劳恨费声。
　　五更疏欲断，一树碧无情。
　　薄宦梗犹泛，故园芜已平。
　　烦君最相警，我亦举家清。

无题诗。李商隐的无题诗可以说就是李商隐的一个代表，李商隐就是以其无题诗而著名的。对于李商隐无题诗的评价,历来众说纷纭。李商隐的一生是不幸的一生,其大半辈子都是在天涯漂泊的幕僚生涯中度过。然而,诗人是顽强的,始终没有因为理想的郁结而停止其对理想的追求。因此,当这种郁结在逼迫诗人回顾的时候,同样也推动着他向前展望,去进行新的努力。所以在李商隐的无题诗里,无论是虚拟的梦境,还是现实的苦难,诗人在感情上都表现出希望和失望的矛盾:

锦瑟无端五十弦,一弦一柱思华年。
庄生晓梦迷蝴蝶,望帝春心托杜鹃。
沧海月明珠有泪,蓝田日暖玉生烟。
此情可待成追忆,只是当时已惘然。

李商隐以这首意蕴复杂的诗歌达到了一个高峰,达到了一种境界。没落的家世,黑暗的时代,失意的仕途,这一切无疑加重了李商隐的心理负荷。李商隐不是苏东坡,他没有苏东坡那种随遇而安的旷达情怀,所以他只能肩负重荷而悲歌一曲了。如果说人人都有一根心弦的话,那么在李商隐那充满着忧愁的心灵里,就会在无形中把这根弦绷得很紧很紧,无论何时何地,何事何物,只要稍一触动,就能谱出一曲苍凉的悲歌。为了抒发自己怀才不遇的苦闷,李商隐用了一个典故:"沧海遗珠"。人才的摒弃,如同明珠投进沧海,不仅明珠含泪,诗人自己更是满眼含泪。诗境到了这里本来已经十分低沉,然而此时暗中竟有了美好的境界"良玉生烟"。这不正是诗人美好理想的象征吗?希望和失望的情绪,在诗歌中交错牵连,就连诗人自己也无法用具体语言来概括此时的情感，只能冠之以无题。这样的无题不正是诗人"无端"挑起的迷茫和忧愁吗？

可能是自己这一生太过悲凉了，以至于到了傍晚的时候，李商隐总是觉得有些不舒服，于是，李商隐坐上了马车，一个人到了旷野中去游玩。太阳快要落山了，遥遥地挂在天边，放射出万道霞光，把那空旷的天空染得通红。夕阳西下，美断人肠！这是一种悲壮的美，一种让人陶醉的美，一种临近消逝而回光返照的美。望着即将消逝的落日，李商隐不禁悲从中来：

向晚意不适，驱车登古原。
夕阳无限好，只是近黄昏。

李商隐走了，如纷飞在空气中的落叶，乘着风归去了。虚负凌云万丈才，一生襟抱未曾开。这是一位诗人为哭李商隐而作的，可谓道尽了李商隐一生的坎坷。此情可待，李商隐奔赴于沧海蓝田。巴山夜雨，李商隐苦痛于遥遥归期。残荷听雨，李商隐流连于竹坞飞霜。雪岭未归，李商隐感伤于文君离群。画楼夜风，李商隐陶醉于心有灵犀。斜阳带蝉，李商隐游览于断肠春苑。东风无力，李商隐赞赏于蜡炬成灰。夜半虚席，李商隐同情于宣室求贤……外面飘起了迷茫的夏雨，我仿佛看见了李商隐那寂寞的身影，踯躅于苍茫风雨中，显得那么的萧索。我此时真愿化作那锦瑟无端中唯一的断弦，伴随着李商隐那缠绵的诗词，同其一起归去，归去在苍茫的历史风雨中。

## 梧桐深院锁清秋

时间定格在978年的七夕之夜。北宋都城汴京,一轮明月高高地挂在遥远的天边,月光如流水一般静静地洒向苍茫大地。月色茫茫,花影飘飘。李煜凭窗而立,微风轻轻吹拂着脸庞,惬意中夹着些许寒冷。朦胧夜色中,他仿佛看到了故国的雕栏玉砌。李煜情难自禁,回想过往的岁月,嘴里轻轻念道:

春花秋月何时了,往事知多少。小楼昨夜又东风,故国不堪回首月明中。

雕栏玉砌应犹在,只是朱颜改。问君能有几多愁,恰似一江春水向东流。

过了不久,外面响起了陌生的脚步,李煜循声望去,原来是秦王到了。李煜的目光落到了由一名随从捧着的乌木盘子上,一把小小的银壶,一只小小的酒杯。李煜的嘴角带起一抹苦笑,这一天终究还是来了!李煜用两指捏起酒杯,一饮而尽,眼角竟滑落了一滴清泪。顷刻间,他的眼神已经开始迷离,全身开始抽搐,痛苦地倒在了地上,嘴里大口大口地吐着黑血,头和脚也因为痛苦难耐而缩在了一起。一代词帝最终痛苦地走完了他那四十二年的短暂人生。

李煜,字重光,著名的皇帝词人,其词哀婉凄绝,读来让人潸然泪下,为我国婉约派四大旗帜之一,在四旗中号"愁宗"。李煜在中国词史上占有极其重要的地位,被后世称为千古词帝,亦被称为南唐后主。我们读中国古代的词,是怎么都无法绕过南唐后主李煜的。我们甚至可以说,在我国历史上,如果少了李煜这样一个皇帝人们也许不会太在意,但是如果少了李煜这样一位词人恐怕就会给后人留下遗憾了。他在词作上的作为远远超过了他在当皇帝期间的作为。李煜的词作分为前后两期,前期是降宋以前以反映宫廷生活和男女情爱等为题材的词作,后期则是降宋以后因亡国的悲痛导致对往事的追忆而创作的词作。前期的词作题材较窄,没有什么艺术生命力,而后期的词作则是相当的沉重深切和凄惨动人,可谓达到了词作的最高境界,是为千古杰作乃至是词中神品。

我们叙述李煜的故事先得从南唐建国说起。907年,朱温灭掉了唐朝,从而开始了我国历史上混乱的五代十国时期。南唐是十国之一,定都金陵(今江苏南京),历时三十九年,前后共经历了先主李昪、中主李璟和后主李煜三世。唐朝末年天下大乱,藩镇割据情况极其严重。其中,南吴是江南一带较为有实力的藩镇之一。南吴在杨隆演即位后,政治混乱人心不稳,大将徐温通过斗争逐渐掌握了吴国大权。江苏徐州人徐知诰,从小流落江湖,后来被徐温收为养子,并且借助徐温的势力掌握了吴国的政权。徐知诰一方面对杨氏旧臣竭力怀柔,另一方面则积极扶持自己的势力。经过二十年的苦心经营,徐知诰不仅大大缓和了杨氏旧臣的敌对情绪,而且拉拢起支持他的北方和江南两大势力,于937年废黜吴帝杨溥,自己登上皇位,国号大齐。因为徐知诰自称是唐宪宗第八子建王李恪的后裔,所以在建国的第二年,徐知诰就改名为李昪,改国号为唐,是为南唐。

南唐建国后,李昪以保境安民为其基本国策,使江南较长时期保持了和平稳定,大大促进了其经济文化的繁荣。因此南唐的社会文化之盛,在五代十国甚至中国历史上所有的割据政权中都是绝无仅有的。但由于李昪在斗争激烈的割据局面下力求自保,造成了南唐军事实力的下降,这为以后南唐被北宋所灭埋下了隐患。943年,李昪驾崩,其子李景继位,改名李璟,是为南唐中主。李璟即位后,改变了其父的保守政策,开始大规模对外用兵,乘闽国内乱之机出兵灭了闽国,后来又借机一举灭楚。不过李璟在位时奢侈无度,导致政治腐败,民不聊生,怨声载道。957年,后周派兵侵犯南唐,周世宗柴荣御驾亲征,周军势如破竹,占领了南唐淮南大片土地,并打到了长江一带,李璟只好派人向柴荣称臣,去帝号。同时为了避后周锋芒,李璟迁都洪州(今江西南昌),自此南唐国力大损,不复大国之强盛。961年,李璟驾崩,李煜即位,复都金陵。本来李煜是李璟的第六个儿子,按说怎么也轮不到他做皇帝,况且李煜自身对做皇帝也并没有多大的兴趣,而是善于诗词书画,但是李璟的第二个儿子到第五个儿子都已经早死了,所以在李煜的兄长李弘冀为皇太子时,李煜其实已是李璟的第二个儿子。由于李弘冀猜疑成性,李煜更是不敢参与政事,时时以读书来消遣时光。可能是李弘冀想当皇帝想疯了,于是就使用了卑鄙手段毒杀了强大的竞争对手亦即自己的叔父李景遂,但可惜在此之后不久,他自己也死了,最终还是没当成皇帝。这样一来,倒是便宜了本不想当皇帝的李煜。

这里我还得提一提北宋的建国了。959年,周世宗柴荣病死,继位的周恭帝柴宗训当时只有七岁，由于年纪太小根本不懂事，因此政治不稳。960年正月初一，辽国联合北汉大举进犯后周。当时主政的符太后乃一介女流，毫无主见，听说此事茫然不知所措，最后屈尊求救于宰相范质，范质暗想朝中大将唯赵匡胤才能解此危难，于是派遣赵匡胤调动全国兵马迎战。赵匡胤统率大军出了东京（今河南开封），行军至陈桥驿（今河南省新乡市封丘县东南部）。而就是在陈桥驿这个地方，爆发了历史上有名的兵变。当行军至陈桥驿的时候，赵匡胤的弟弟赵光义和归德军掌书记赵普授意将士把黄袍加在赵匡胤身上，拥立他为皇帝。正月初四，赵匡胤率军回师开封，逼迫周恭帝禅位。就这样，赵匡胤轻易地夺取了后周政权，改国号为宋，建立了北宋王朝。这就是历史上著名的陈桥兵变。

赵匡胤建立北宋之后，为了防止分裂割据的局面，通过著名的杯酒释兵权的方式，解除了军事将领们的兵权，大大加强了中央集权统治。杯酒释兵权之后，北宋逐渐强大，开始了统一中国的战争。李煜就是在这种情况下当上南唐皇帝的。此时的南唐已奉宋为正统，并且给宋朝进贡，苟安于江南一隅，社会矛盾积重难返，百姓怨声载道。974年，宋太祖屡次遣人诏其北上，李煜均推辞不去。于是赵匡胤以李煜拒命来朝为由，于这年九月发兵十万攻打南唐。

宋太祖开宝八年（975年），南唐宣和殿内，李煜泥塑木雕一般立于幕帘之后。此时的宋军已经兵临城下。外面的雨下得更大了，夜风吹乱了他早已散乱的长发，李煜仿佛觉得茫茫苍穹中有一个巨大的黑洞在吸引着他。李煜呆呆地瘫坐在龙椅上，眼神迷离，神色慌张。一道明亮的闪电划破长空，接着是一声惊天的响雷。李煜紧张起来，他看见黑暗中有一个人影在那晃动，借着闪电蓝森森的光芒，仿佛索命的鬼魂一般。罢了罢了。我李煜唯有认命吧！金陵城破，李煜肉袒出降，泪水早已湿透衣襟。李煜投降后随即被押解到了汴京，封为违命侯，遭到了软禁。这真是：

江南江北旧家乡，三十年来梦一场。
吴苑宫闱今冷落，广陵台殿已荒凉。
云笼远岫愁千片，雨打归舟泪万行。
兄弟四人三百口，不堪闲坐细思量。

北宋的汴京是一个异常繁华的大城市，车水马龙，风花雪月。李煜来到这里之后整天过着以泪洗面的日子。从一个掌握生杀予夺大权的一国之主忽然变为任人宰割的阶下之囚，境况一落千丈，李煜的苦痛仇恨是一般人难以想象的。他此时已经领受了人间的至悲至痛，在软禁汴京期间，他面对着陌生的风月草木，回想起以往的物是人非，只能把自己的愁苦倾泻在词中，书写出了断人愁肠的千古绝唱：

无言独上西楼，月如钩，寂寞梧桐深院锁清秋。
剪不断，理还乱，是离愁，别是一般滋味在心头。

这首《相见欢》词情景交融，感人至深。首句"无言独上西楼"看似平淡，意蕴却极为丰富。"无言"并非真的无言，从一个"独"字便可看出，是无人共言。独上"西楼"，李煜可以东望故国。开篇仅仅六个字，便一下子就刻画出了词人凄凉悲苦的神情。接着用月光笼罩下的梧桐突出了环境的寂寞冷清，用一个"深"字极其准确通俗地烘托出了词的境界。一幅极其美丽忧伤的图画,背景极为广阔,读来让人觉得身临其境。词的下片具体写离愁,是词的含意所在,也是这首词最深刻的地方。剪不断,理还乱,是离愁。离愁本身是一种非常抽象的思想情绪,它能感觉得到,但是看不见摸不着,如果要对其作具体描写,确实非常困难。然而李煜在这首词中,通过比喻使其变得具体可感,而且表达得如此贴切自然,以至成了千古名句。"别是一般滋味在心头"这又是离愁的另外一个境界,即人对它的具体感受。这种感受是不可名状的,不知是什么滋味,它既不能用酸甜苦辣之类的滋味来概括,也不能用任何一种具体的滋味来比拟,它只可意会不可言传,所以只能称之为"别是一般滋味",可见李煜的体验之深和愁情之苦。短短的三十六个字,李煜把无边离愁刻画得如此深刻,把凄凉寂寞的心情袒露得如此栩栩如生,读来真是为之泪下。

我们再来看一看李煜的这首《浪淘沙》词:

帘外雨潺潺,春意阑珊,罗衾不耐五更寒。梦里不知身是客,一晌贪欢。

独自莫凭栏,无限江山,别时容易见时难。流水落花春去也,天上人间。

词的上片以倒叙的手法描写了作者在暮春深夜时节被冻醒后所见到的情景,窗外绵绵无尽的细雨,落英满地。这里描绘的是晚春景色,而暗中则突出了作者无比悲凉的心境。一个"客"字,道出了李煜被软禁以后满腔的怨恨和复杂的心情。此时的李煜已是北宋的阶下囚,每天过着"此中日夕,只以眼泪洗面"的日子,怎能称得上是北宋的客人？李煜在此用"座上客"来说自己是"阶下囚"，更深刻地衬托出其痛苦悲怨的心境。这个"客"字和前面的"梦里不知"连用，更加突出了李煜当时处境的可悲和无奈。"一晌贪欢"是李煜在梦中的作为，这和梦醒后眼前的残酷现实形成了强烈的反差。词的下片用一个祈使句开篇："独自莫凭栏。"劝人不要一个人扶着亭台的围栏向远处眺望，而那个眺望的人正是李煜本人。人们往往会出现这种情况，越是在心底压抑着控制着不去想和做的事情，实际上正是自己最希望去做的事情。如此去想去做的事情是什么呢？那就是遥望自己的南唐故土。"无限江山"是李煜对自己南唐故土的盛赞。那里不仅山河秀丽，而且物产丰富，是江南的鱼米之乡，但是如此美好的故国，已经不复存在了，自己被宋兵押解到汴京，远离了自己的故土，如今要想再见到她，是多么难啊！"别时容易见时难"一句则充分体现了李煜对故国的无限眷恋和身为阶下囚的无可奈何的凄凉心境。"流水落花春去也"更进一步写出了春已归去而人亦将亡的悲凉之感，肝肠寸断遗恨千古。"天上人间"是点睛之笔，是李煜亡国后最真实的心理写照。昔日的帝王，如今的阶下囚，确有着天壤之别。从"天上"到"人间"，李煜正是遭遇了这样的人生变故和这样的特殊经历后，他的真情实感才迸发出来，才有了这感天动地的诗句和震撼人心的作品。

正当李煜在这里高唱亡国之恨的时候，北宋朝廷里却发生了一件离奇的悬案：烛影斧声。宋太祖开宝九年（976年）十月十九日夜，寒风呼啸，大雪飞扬，皇宫大内一片灯火辉煌。宋太祖赵匡胤发出诏令，召时任开封府尹的晋王赵光义进宫议事。两人饮酒至深夜，晋王赵光义便告辞出来，太祖于是解衣就寝。然而，到了凌晨，宋太祖赵匡胤竟莫名其妙地驾崩了。得知太祖去世，宋皇后立即命宦官王继恩去召皇子德芳进宫。更为奇怪的事情发生了,王继恩非但没有去请皇子德芳,反而去了开封府请来了晋王赵光义。宋皇后一见赵光义,满脸愕然,但她马上反应了过来,知道大事不妙,于是便哭喊道:"我们母子的性命都托付于官家了。"官家是对皇帝的称呼,她这样喊赵光义,其实就等于承认赵光义是皇帝了。晋王赵光义此时满脸泪渍:"共保富贵,不用担心。"于是,赵光义便于宋太祖灵前登极为帝,改年号太平兴国,是为宋太宗。这就是烛影斧声的千古谜案。

宋太祖赵匡胤之死,蹊跷离奇。然而宋太宗赵光义抢在皇子赵德芳之前登极已经成了不争的事实。因此在宋太宗即位的这个烛影斧声的千古谜案中给后世留下了许多令人不解的疑团。宋太祖赵匡胤身体健康,没有什么病症,然而一夜之间暴亡,而宋太宗赵光义即位后没有等到第二年就改换年号。一般来说新君即位,常例是次年改用新年号纪年,可是赵光义却把只剩下两个月的开宝九年改为了太平兴国元年,抢先为自己正名。

宋太宗当上了皇帝之后,找了个机会逼死了赵匡胤的长子赵德昭,后来赵匡胤的幼子赵德芳也神秘地抱病身亡。这一切似乎也在有意无意地证明着宋太宗弑兄篡位的阴谋。虽然历史上为了争夺皇位而出现的兄弟相残的事件不少,但宋太宗弑兄篡位的事实实际上也在一定程度上说明了宋太宗是一个较为残暴的君主,尤其是在对待威胁到自己统治地位之人的时候。因此,当他听到李煜在词中写下"故国不堪回首月明中"和"恰似一江春水向东流"等句子的时候,认为李煜还有谋反的意图,于是就下毒赐死了。李煜的这首《虞美人》词也就成了他的绝命词。可怜的南唐后主,本来不想做皇帝,却做了这亡国之帝,于是只有把自己这满腔愁怨化作一首首让人肝肠寸断的词作,一代一代地流传下来。千古词帝，敬请安息！

　　文章叙述到这里的时候，我还得提到两个女人的名字，可以说，李煜在文学上的成就是和这两个他迷恋的女人分不开的——大、小周后。

　　大周后原名周蔷，小字娥皇，生于936年，比李煜大一岁。在文史资料的记载中，周后确是个多情而贤慧的女子，因为古代帝王们，多是后宫佳丽三千人，很少能将全部灵魂寄托在一个后妃身上的，更很少不变迁其爱情的。周后之所以能得到一个多情帝王的宠幸，且使其将爱情流露于文学，当然是因为她是一个资质佳惠、美艳多才的女子了。据史料记载，她精通书史，善于音律，尤工琵琶。元宗李璟赏其技，赐以焦桐琵琶。她经常弹奏李煜的词调，极得李煜赞美，这应该就是李煜作词的原动力了。周后的多情，触动了李煜的词笔，而李煜的词笔，则描绘了多情的周后。文学是环境的产物，是情感的交流，在这里完全得到印证了。李煜最初的词作有很多都是写周后的，比如这首《浣溪沙》词就把迷恋周后的情感和深宫香艳的情形全部表达了出来：

　　　　红日已高三丈透，金炉次第添香兽，红锦地衣随步皱。
　　　　佳人舞点金钗溜，酒恶时拈花蕊嗅，别殿遥闻箫鼓奏。

　　周蔷嫁给李煜后，夫妻非常恩爱，但是很可惜，她的身体不是很好，总是生病。人生没有不散的筵席，当李煜二十八岁那年，周蔷生病了，而且一病不起，最终像一片落叶一样被秋风吹去了。周蔷死后，李煜伤痛之至，还差点儿投井殉情了，幸亏被别人救起才得以免除一死。其后，李煜作了很多词来悼念她。生前能使李煜作香艳的词，死后还影响李煜作感伤悲切的词，这种功绩，是后人应该感谢她的。

周后去世之后，李煜又娶了周后之妹小周后为皇后。小周后原名周薇，是大周后的亲妹妹。李煜是因为姐姐周蔷认识周薇的。因为周蔷的身体不怎么好，容易生病，而且一生病就让娘家人进宫照顾。就这样，周薇跟着父兄探望姐姐来了。姐夫李煜注意到她时，周薇刚刚十五岁，还是一朵含苞待放的花蕾。见到了周薇的李煜开始魂不守舍地惦记起来了，于是，一个妙笔生花的帝王才子，一个情窦初开的妙龄少女开始了她们的约会偷情。在姐姐周蔷生病期间，周薇频频到宫中和李煜约会。李煜啊李煜，就这么在老婆的眼皮子底下悄悄地跟小姨子好上了。命运，把词人李煜和周薇推到了一起。周薇原以为，倒在多情君主的怀抱里，足以托付一辈子。殊不知，从她委身李煜的那天起，就被推进了灾难的旋涡。事情终于东窗事发了。周蔷生病了，但这一次她并没有叫娘家人进宫伺候。但她怎么也想不到竟鬼使神差地撞见了周薇。这就怪了！周薇进宫探视，自己为什么事先不知道？姐姐周蔷满腹狐疑，便不动声色地问周薇："你是什么时候来的？"周薇原本是来和李煜幽会的，可怜这个十五岁的小女孩儿，哪里会睁着眼睛说瞎话呀。姐姐一问，便羞红了双颊如实招认："我已经进宫很多天了。"一句话，真相大白。周蔷的病情急转直下，她悲愤地躺在床上，不吱声不扭头，至死也没再看李煜一眼。964年11月，周蔷病逝，年仅二十九岁。968年11月，周蔷三周年忌日一到，李煜便迫不及待地迎娶了周薇。这一年，周薇十八岁，史称小周后。但他俩做梦也没想到，眼前的荣华富贵已经没有几天了。

赵匡胤灭了李煜的南唐。李煜光着膀子就投降了。肉袒出降嘛！降宋的李煜带着周薇来到了汴京。赵匡胤待李煜还算不薄，给了他一个违命侯的虚职养了起来。倘若赵匡胤不死那么早，倘若周薇长得不是那么美艳动人，倘若宋太宗不是那么色胆包天，倘若李煜不是那么愁眉苦脸地思念南唐故国……可惜啊可惜！历史是不能假设的。宋太宗看上了李煜的周薇，于是就把周薇强行带到宫中。李煜等啊等啊，终于等来了形容憔悴的周薇。周薇看都不看李煜一眼，径直跑进卧室倒在床上放声大哭。李煜满腔的悲愤无从发泄，只得倾注进那长长短短的句子：

多少恨！昨夜梦魂中。还似旧时游上苑，车如流水马如龙。花月正春风！

美人的遭遇，足以感应文人的心灵，而使之写出带着血和泪的文字来。李煜不会做皇帝，而无意中做了词中之帝，被后世推崇在一切帝王之上，谁说这不是周后的力量呢？或许这样说过分残忍了点，实际上此时我还真不希望李煜有这些词作，而只愿他和周薇能过得幸福。

在李煜四十二岁生日那天，宋太宗冷笑着动了杀机。牵机毒。李煜带着扭曲的身体离开了这个爱恨情仇的世界。李煜死后，被风风光光地埋进了洛阳附近的北邙山。送走了最爱自己的那个人，周薇泪流满面，这个世界还有什么让她牵挂的呢？就在李煜遇害的那一年，周薇也追随其后香消玉殒了。时年，刚好二十八岁。词人走了，佳人也走了，空留下那些悲恸欲绝的歌声：

林花谢了春红，太匆匆，无奈朝来寒雨晚来风。
胭脂泪，相留醉，几时重？自是人生长恨水长东。

李煜的故事太过凄惨，凄惨到甚至有点儿让人窒息的味道。搁笔良久，怎么也无法释怀。带上门出去，外面是无尽的夜色。宁静！死一般的宁静！如钩残月高悬在夜空，竟然没有一点儿光亮。时值深秋，院子里那棵梧桐已经落叶满地了。沉重，压抑得让人窒息的沉重。就着迷蒙的月色，我仿佛看到愁容满面的李煜拖着虚弱的身体，双眉紧锁，悄无声息地独自登上了那古老的阁楼，凉风拂动着他那散乱的长发，月光下，那寂寞的身影被拉得老长老长……

# 为柳永正名

柳永,北宋著名词人,和李清照一起被誉为"婉约派"最具代表性的人物。他那首《雨霖铃》被世人广为传诵,号称是书写离愁别绪的绝唱:

寒蝉凄切,对长亭晚,骤雨初歇。都门帐饮无绪,留恋处,兰舟催发。执手相看泪眼,竟无语凝噎。念去去,千里烟波,暮霭沉沉楚天阔。

多情自古伤离别,更那堪,冷落清秋节!今宵酒醒何处?杨柳岸,晓风残月。此去经年,应是良辰好景虚设。便纵有千种风情,更与何人说?

北宋都城汴京,风花雪月,繁华异常,是柳永逗留时间较长的地方。这首词就是柳永在离开汴京与恋人分手时所写。全词缠绵悱恻,凄婉动人,在倾吐深深离愁的同时,也抒发了对自己遭遇的感慨和受压抑的愤懑之情。

柳永,原名三变,字景庄,北宋崇安(今福建武夷山)人。后来改名为柳永,字耆卿,因排行第七,所以又称柳七。北宋仁宗时进士,官至屯田员外郎，故世称柳屯田。

柳永虽然是北宋著名词人，而且在词史上有着重要地位，但是其名声却不是很好。人们在论及柳永的时候总是觉得他过分沉溺于旖旎繁华的都市生活，为人放荡不羁，不思进取，生活潦倒，一辈子流连于烟花之地，纵情声色，甚至连死后都是靠妓女给他捐钱安葬的。人们都觉得柳永作为一个著名的词人，在生活上不应该如此放浪形骸，行为不加检点。所以柳永在后人心目中的形象总是显得不是那么光辉，甚至人们在谈到柳永的时候都是只谈他的词作而对他的生平事迹避而不谈，因为怕他那些不太光彩的事迹影响到他作为一个优秀词人的地位。

其实世人有这么一些想法也很正常，那也是出于对柳永的关爱，觉得他在中国古代诗词史上的地位太高了，成就太大了，我们后人理应给他维护一个比较光辉的形象。但是最近仔细研究了柳永的生平和词作，发现其实我们大家都错怪了柳永，他的一些事情并不都是我们想象的那样，至少我们在看待柳永的一些事情的时候，往往只是注意到了其中一个方面而忽略了另外一个方面。

柳永大约出生在北宋太宗年间的987年，卒于北宋仁宗年间的1053年。由于官方正史《宋史》中没有柳永的传记，当时文人学士的诗文集里也没有关于柳永的记载，所以柳永的生卒年限一直没有定论。柳家世代做官。柳永的祖父柳崇，以儒学闻名，生有六个儿子，而且个个都有官职。父亲柳宜是柳崇的长子，曾仕南唐，为监察御史，北宋建立后为北宋国子博士，官终工部侍郎。柳永还有两个哥哥柳三复和柳三接，兄弟三人在当时都颇有名气，号称"柳氏三绝"。柳永一家都是读书人，父亲和叔叔是进士，两个哥哥是进士，就连儿子和侄子也都是进士，但是柳永本人却是仕途坎坷，直到景祐元年即1034年才被赐进士出身，此时的柳永已是年近半百。那到底是什么原因导致柳永仕途如此坎坷呢？

宋太祖赵匡胤灭了南唐以后，柳永的父亲柳宜作为降臣到北宋为官。由于南唐曾经抵抗过北宋，所以南唐的一班旧臣都过得胆战心惊，生怕得罪了新皇帝赵匡胤。由于南唐后主李煜在诗词上具有很深的造诣，所以柳宜此时更加怀念旧主李煜，尤其欣赏李煜的才情和气质。柳永小时候受父亲的影响，所以性格上多显出柔弱的一面，而且在这种环境中长大，也逐渐增加了柳永对于诗词的兴趣，这给柳永以后的生活造成了相当大的影响。

因为柳家世代为官，所以柳永少年时在家乡勤学苦读，希望能传承家业，官至公卿。少年时代的柳永熟读经史子集，才华横溢，意气风发，终日美酒佳人相伴，过得无忧无虑。学成之后的柳永于1017年赶赴汴京应考，柳永自信满满，自以为中个进士就如探囊取物一般容易，结果却名落孙山。当年的柳永年少轻狂，没考中也没怎么在意，继续过着他的逍遥日子。五年之后，柳永再次应考，谁知道这次又是榜上无名，柳永的愁肠终于压不住满腹的牢骚，于是写了那首著名的《鹤冲天》：

黄金榜上，偶失龙头望。明代暂遗贤，如何向？未遂风云便，争不恣狂荡？何须论得丧。才子词人，自是白衣卿相。

烟花巷陌，依约丹青屏障。幸有意中人，堪寻访。且恁偎红倚翠，风流事，平生畅。青春都一饷。忍把浮名，换了浅斟低唱！

这首词真实地反映了柳永的反叛性格。"黄金榜上，偶失龙头望。"

柳永参加科举考试求取功名，但他并不满足于登进士第，而是把夺取殿试头名状元作为目标。落榜只认为是"偶然"，"风遗"只说是"暂"，由此可见柳永狂傲自负的性格。他自称"明代遗贤"其实是讽刺仁宗号称清明盛世，却不能做到"野无遗贤"。但既然已经落第，下一步该怎么办呢？风云际会，施展抱负是封建时代读书人的奋斗目标，既然"未遂风云便"，理想落空了，于是他就转向了另一个极端，"争不恣狂荡"，表示要无拘无束地过那种为一般封建士人所不齿的流连坊曲的狂荡生活。"偎红倚翠""浅斟低唱"就是对"狂荡"的具体说明。科举落第，使他产生了一种逆反心理，只有以极端对极端才能求得平衡。所以，他故意要造成惊世骇俗的效果以保持自己心理上的优势。写到最后，柳永得出结论："青春都一饷，忍把浮名，换了浅斟低唱！"青春短暂，怎忍虚掷，为"浮名"而牺牲赏心乐事，很是不划算。所以，只要快乐就行，"浮名"于我柳永来说是算不了什么的。

这本是柳永科举落第之后发发牢骚而已，但是柳永做梦也没想到这首词竟然铸就了他一生的辛酸。

柳永啊柳永，你没考中进士不高兴的话，发发牢骚也就算了嘛，没人怪你，但是你干吗非要把这些牢骚写进词里呢？你要知道你是柳永而不是其他人啊。凡有井水饮处，皆能歌柳词。你的词只要写出来就会歌遍市井巷陌，楼堂馆所。好歌者倾情演绎，好事者挖空心思。

没过多久，柳永的这首词就传到皇宫里了，传到了宋仁宗耳朵里了。恰巧宋仁宗也喜欢填词，他看见柳永这首词之后反复吟诵，越吟越不是滋味，最后勃然大怒，觉得柳永分明是在发泄着对自己的不满。特别是那句"忍把浮名，换了浅斟低唱"，宋仁宗怎么看怎么不顺眼。三年后，柳永又一次参加科举考试，好不容易过了几关，只等仁宗皇帝朱笔圈点放榜。柳永这次满心欢喜，以为轻轻松松就能中个状元什么的，结果事与愿违，再次名落孙山。这次落榜不是柳永才学不行，而是当年的那首词给他带来了噩运。宋仁宗在进士的名册上看见"柳永"二字时，不禁想起了当年的那首《鹤冲天》词，想起了那个"忍把浮名，换了浅斟低唱"的狂妄书生。宋仁宗好似发现了稀世珍宝一样，很是惊喜，以前的愤怒顿时涌自胸前，于是大笔一挥，抹去了柳永的名字，并且在旁边批注道："且去浅斟低唱，何要浮名？"这一句御旨似乎就宣告了柳永仕途的终结。

被仁宗除名的柳永知道自己这一生都不得翻身，却又只能咽泪装欢。在封建社会里对文人来说仕途的终结基本就等于人生希望的破灭。从此，柳永便自称"奉旨填词柳三变"长期地流连于青楼酒肆之间，在花柳丛中寻找生活的方向和精神的寄托。

本来古代的科举制度就已经够折磨人的了，有多少读书人为了那点"浮名"而"三更灯火五更眠""十年寒窗无人问"啊！历经多少磨难好不容易考上之后，还得看统治者的心情，如果心情好，你就飞黄腾达，如果心情不好，你就只有自认倒霉了。有时想想，中国古代文人的命运真的是太悲惨了。他们的命运不是掌握在自己手里，而是掌握在封建统治者手里。这对他们是一种怎样的人性摧残啊！难怪当年孟郊历经千辛万苦在自己四十六岁时进士及第后欣喜若狂，写下了那首著名的绝句：

  昔日龌龊不足夸，今朝放荡思无涯。春风得意马蹄疾，一日看尽长安花。

我有时候又在想,在中国古代,就算你登科及第步入仕途又能怎么样?真的就能出人头地,实现自己的人生价值吗?你的命运还不是一样掌握在别人手里,一个不小心,你还得照样乖乖地远赴天涯。

所以我此时在想,柳永没过多涉足官场也好,他奉旨填词做一个专职的词人,至少还给我们的文学史留下了篇篇万古不朽的佳作。要不然,说不定哪一天他也会落得个被贬天涯,客死异乡的悲惨结局。

沉重!一种压抑得让人喘不过气来的沉重!

屋漏偏逢连夜雨。正当柳永人生希望破灭的时候,柳永的父亲偏偏又在此时离世了。父亲离世之后,家道逐渐在文弱的柳永手上败落,最后连他爱得深沉的结发妻子倩娘也因为小产而死。倩娘的死是柳永生命中最痛的伤口,带着这种伤痛,柳永用泪水擦拭灵魂,用思想荡涤世俗。

风华正茂的柳永从此进入了社会的最底层,出入花街柳巷,沉湎于秦楼楚馆,落魄文人和烟花女子就成了柳永的知己。因为柳永在当时的名气很大,所以烟花女子都喜欢与其交往,还请柳永为她们填词,而柳永所填之词,就一定会唱得很红。柳永为教坊乐工和歌伎填词,供她们在酒肆歌楼里演唱,常常会得到她们的经济资助,柳永也因此可以流连于坊曲,不至于有太多的衣食之虞。许多歌女就是因为唱柳永的词而红透京城,而又是歌女最终成全了柳永,让柳永的词在民间广为流传。由于歌女的资助,柳永也活了下来,没有浪迹江湖,归隐山水,是歌女让一个无法立足的失意文人成长为一个让世人无法忘却的光辉词人。柳永一生以生命求风情,用灵魂谱华章。

柳永当年因为才高气傲,得罪了宋仁宗,不得重用,在途经江州的时候结识了谢玉英。谢玉英可谓柳永的红颜知己,才色俱佳,最喜欢唱柳永的词,后来柳永到了东京,谢玉英几经周折在东京名妓陈师师家里找到了柳永，就在陈师师家东院住下，与柳永如夫妻一般生活。

柳永终年混迹于烟花巷陌中，尽情放浪形骸，身心俱伤，晚年一贫如洗，最后死在名妓赵香香家。柳永既无家室，也无财产，死后无人过问。谢玉英和陈师师等一班歌伎姐妹念他的才学和情痴，集资为柳永营葬。谢玉英曾与他拟为夫妻，为他戴重孝，众妓都为他戴孝守丧。出殡之时，东京满城妓女都来了，半城缟素，一片哀声，这便是"群妓合金葬柳七"的佳话。柳永死后，也没有哪个亲族来祭奠，所以每逢清明节，歌伎都相约赴其坟前祭扫，并相沿成习，称为"吊柳七"或是"吊柳会"。柳永死后，谢玉英哀伤过度，两个月后便也去世了，陈师师念她对柳永一片深情，葬谢玉英于柳永墓旁。

仕途上的不幸，反倒成全了柳永，从此他全身心地致力于词的创作，使他的艺术天赋在词的创作领域得到了充分的发挥，成为北宋乃至整个中国文学史上一大词家，对宋词的发展产生了巨大的影响。

柳永扩大了词境，流传下来的佳作极多。他不仅开拓了词的题材内容，而且创作了大量的慢词，对词的解放与进步作出了巨大贡献。整个唐五代时期，词的体式以小令为主，慢词总共不过十多首。到了宋初，词人擅长的仍是小令。柳永大力创作慢词，从根本上改变了唐五代以来词坛上小令一统天下的格局，使慢词与小令两种体式平分秋色，齐头并进。小令的体制短小，容量有限，而慢词的篇幅较大。慢词篇幅体制的扩大，相应地扩充了词的内容涵量，也提高了词的表现能力。同时，在两宋词坛上，柳永是创用词调最多的词人。在宋代所用八百多个词调中，有一百多个词调是柳永首创和首次使用。宋词到了柳永这里，体制才开始完备，题材才日益丰富。形式体制的完备，为宋词的发展和后继者在内容上的开拓提供了前提条件。我们可以这样说，如果没有柳永对慢词的探索创造，后来的苏轼和辛弃疾等人或许就只能在小令世界里左冲右突，而难以创造出像《水调歌头·明月几时有》和《念奴娇·赤壁怀古》以及《水龙吟·登建康赏心亭》那样辉煌的慢词篇章了。

同时，柳永不仅从音乐体制上改变和发展了词的声腔体式，而且从创作方向上改变了词的审美内涵和审美趣味，即变"雅"为"俗"，着意运用通俗化的语言表现世俗化的市民生活情调。诗词原本是歌唱普通民众的心声，表现他们的喜怒哀乐的。可是到了文人手中，词的内容日益离开市俗大众的生活，而集中表现文人士大夫的审美情趣。柳永由于仕途失意，一度流落为都市中的浪子，经常混迹于歌楼妓馆，对生活在社会底层的歌伎和市民大众的生活心态相当了解，他又经常应歌伎的约请作词，供歌伎在茶坊酒馆里为市民大众演唱。因此，他一改文人词的创作路数，而迎合满足市民大众的审美需求，用他们容易理解的语言，易于接受的表现方式，着力表现他们所熟悉的人物和所关注的事情。当时柳永红遍了大江南北，丝毫不亚于现在的流行歌星，甚至流传"凡有井水饮处，皆能歌柳词"，这与柳永词的语言通俗易懂不无关系。

在词史上，柳永也许是第一个也是第一次把笔端伸向平民妇女的内心世界的词人，为她们诉说着心中的苦闷和忧怨。柳永的很多词还表现了下层妓女的不幸和她们从良的愿望。柳永是中国历史上如此众多的诗人词人中为数不多的肯为妓女歌伎写词的人。柳永仕途失意以后长期流连坊曲，与歌伎交往频繁，对她们的生活相当了解。因而，柳永的词真切地表现了她们的命运，也非常贴近市民大众的日常生活和欣赏趣味。

柳永词还多方面展现了北宋繁华富裕的都市生活和丰富多彩的市

井风情。柳永长期生活在都市里,对都市生活有着丰富的体验,他用彩笔一一描绘过当时汴京和杭州等城市的繁荣景象。如那首著名的《望海潮》:

> 东南形胜,三吴都会,钱塘自古繁华。烟柳画桥,风帘翠幕,参差十万人家。云树绕堤沙。怒涛卷霜雪,天堑无涯。市列珠玑,户盈罗绮,竞豪奢。
> 重湖叠巘清嘉。有三秋桂子,十里荷花,羌管弄晴,菱歌泛夜,嬉嬉钓叟莲娃。千骑拥高牙。乘醉听箫鼓,吟赏烟霞。异日图将好景,归去凤池夸。

据说,金主完颜亮就是因为看了这首词,向往"三秋桂子,十里荷花"的西湖景色,而动了南下侵宋的贪念,最终以六十万大军南下攻打北宋。

柳永的一生是传奇的一生,是与妓女紧密相连的一生,更是悲哀的一生。从追逐功名利禄到流连烟花之地,柳永都在用自己的灵魂书写着一代文人的悲惨无奈,用自己的生命控诉着封建制度的腐朽不堪。

烟雨江南。风尘青楼。柳永那瘦弱的身影踯躅其间,眼里饱含泪水。面对世人的误解,柳永满脸哀怨。凄凄风雨中,柳永独倚高楼,唱出了自己一生无怨无悔的追求:

> 伫倚危楼风细细,望极春愁,黯黯生天际。草色烟光残照里,无言谁会凭阑意。
> 拟把疏狂图一醉,对酒当歌,强乐还无味。衣带渐宽终不悔,为伊消得人憔悴。

## 明月楼高休独倚

洞庭天下水，岳阳天下楼。著名的岳阳楼坐落在烟波浩渺的洞庭湖畔，前望君山，北倚长江，登楼纵览，八百里洞庭的湖光山色尽收眼底。三国时期，东吴大将鲁肃在洞庭湖边修了一座阅兵楼，操练水兵，开创了岳阳楼的历史。唐朝开元四年，中书令张说被贬到岳州做刺史后再次扩建，取名南楼，又名岳阳楼。著名诗人杜甫晚年在病困潦倒之际漂泊于洞庭湖，在此写下了一首异常凄凉落寞但又宏伟瑰丽深含忧国忧民心境的诗歌：

  昔闻洞庭水，今上岳阳楼。
  吴楚东南坼，乾坤日夜浮。
  亲朋无一字，老病有孤舟。
  戎马关山北，凭轩涕泗流。

从此岳阳楼声名鹊起。楼上清代诗人窦垿那副著名的长联更是道尽了岳阳楼千年的风流：

  一楼何奇？杜少陵五言绝唱，范希文两字关情，滕子京百废俱兴,吕纯阳三过必醉。诗耶?儒耶?吏耶?仙耶?前不见古人,使我怆然涕下!

诸君试看:洞庭湖南极潇湘,扬子江北通巫峡,巴陵山西来爽气,岳州城东道崖疆。渚者!流者!峙者!镇者!此中有真意,问谁领会得来?

一座古楼,里面包含了太多的故事:杜甫登楼,范仲淹作记,吕洞宾醉酒……可以说,岳阳楼是自然景观与人文景观的完美结合,它不仅仅是一座古老的建筑,更是儒家文化的丰碑,迁客骚人的情怀。在这许许多多有关岳阳楼的故事里面,最让我感动的莫过于范仲淹了。

范仲淹,字希文,北宋著名的政治家和文学家。范仲淹的一生是光辉的一生,是让人敬仰的一生,更是让人感动异常的一生。他的功绩,足以彪炳史册。他的思想,足以流传千古。他领导了著名的"庆历革新运动",成为后来王安石"熙宁变法"的前奏,给当时黑暗的北宋王朝带来了巨大的改变。他对某些军事制度和战略措施的改善,使西线边防稳固了相当长的时期。经他举荐的一大批学者,为宋代学术鼎盛奠定了坚实的基础。他在千古名篇《岳阳楼记》中所倡导的先忧后乐思想和仁人志士节操,是中华文明史上熠熠闪光的精神财富。南宋著名理学家朱熹更是称他为有史以来天地间第一流人物。然而就是这么一个伟大的人物却一生坎坷,数次被贬,最终病死异乡。到底是什么导致了范仲淹的悲苦命运和悲惨结局?范仲淹到底经历了怎样的人生沉浮?这一切的一切都值得我们去深切关注和静静沉思。

989年,范仲淹生于徐州。在范仲淹出生的第二年,父亲范墉就病逝了。范仲淹的母亲因为生活贫困无依无靠,就改嫁山东邹平县一户姓朱的人家，范仲淹也改从其姓，在朱家长大成人。范仲淹从小读书就勤奋刻苦，经常伴灯苦读到东方破晓。范仲淹在极其艰苦的条件下度过了三年读书时光。这时，一次偶然的机会使范仲淹知道了自己的真实家世。因为平日里朱家兄弟奢侈浪费，无所事事，范仲淹很是看不惯，于是就多次规劝。朱家兄弟在极度不耐烦之下就无意之中说出了一些隐射的话，结果让范仲淹知道了自己是和母亲一起改嫁到朱家的。这件事对少年范仲淹的刺激和震动很大，范仲淹暗中下定决心脱离朱家一个人独立生活，于是就含泪辞别母亲，离开山东，独自前往河南应天府书院求学去了。这一年，范仲淹二十三岁。

海阔凭鱼跃，天高任鸟飞。应天府书院是宋代著名的四大书院之一，和湖南岳麓书院，江西白鹿书院齐名，这里藏书万卷，人才济济，曾经培养出了众多杰出人士。范仲淹到了应天府书院后，十分珍惜这次难得的机会，从春夏到秋冬，凌晨早起苦读，夜半和衣而眠，如饥似渴地吸收着知识的养分，对儒家经典更是烂熟于胸，吟诗作对已见难得才华。

大中祥符七年，也即1014年，迷信道教的宋真宗率领百官到今安徽亳州去朝拜太清宫，浩浩荡荡的车马路过南京，整个城市都轰动了，人们争先恐后地看皇帝。当时全城的人都跑去看皇帝去了，唯独范仲淹闭门不出，仍然在那里埋头读书。有个要好的同学特地跑来叫他："你还不快去看，当今天子从这里经过，这是个千载难逢的机会，千万不要错过！"范仲淹随口说了句："日后再见，也未必晚，肯定会有机会的。"便头也不抬地继续读他的书了。这是一种境界，一种宠辱不惊的境界。范仲淹以他小小年纪就能如此沉着，实属难能可贵。果然，第二年范仲淹就得中进士，以自己的真才实学见到了皇帝。

在这一年的进士中,有一个人和范仲淹这一生结下了不解之缘,也和范仲淹那流传千古的文章结下了不解之缘——滕子京。

滕子京生于河南洛阳,与范仲淹同举进士,两人一见如故,结下了深厚的友谊。后来因为在边关动用朝廷公款犒劳将士和祭奠英烈,被人弹劾贬官到湖南岳阳,这才有了以后的滕子京重修岳阳楼和范仲淹题写《岳阳楼记》的佳话。

从小就以天下为己任的范仲淹在中进士之后并没有沉浸在喜悦之中,他觉得自己的年纪已经不小了,更应该抓住时机为老百姓做一些事情,准备在仕途上轰轰烈烈地大干一番。中国古代的文人大都有着一颗赤诚的报国之心,他们取仕做官的意图也很简单,就是要为国为民贡献自己那一点点微薄的力量。但是现实往往是让人遗憾的,也往往是让人心痛的,他们之中的大部分最终都没能实现自己的愿望,有的甚至为了这个美好而单纯的愿望献出了自己的生命。

中进士后不久,范仲淹就被朝廷任命为广德军的司理参军,掌管讼狱和审理案件。这个官职其实很小,大概只相当于九品的样子。人们常说七品县令就已经算是芝麻大的小官了,结果范仲淹在仕途之初连七品都还算不上。后来在调任集庆军节度推官的时候,范仲淹就把母亲接到了自己身边赡养。从此开始了自己近四十年的政治生涯。

范仲淹在自己的一生中始终能够做到自己所说的:"不以物喜,不以己悲。"他在最初进入仕途十来年的时间里,一直担任地方上的小官员。但是他没有怨天尤人,更没有像其他一些古代文人一样寄情山水,而是踏踏实实地做一些有利于国计民生的事,在地方上做出了优秀的政绩。

宋真宗天禧五年,1021年,范仲淹由于政绩突出,被调往今江苏东台附近做盐仓监官，负责监督淮盐储运和转销。也是在这一年，北宋著名的政治家和文学家王安石出生在了江西临川。

在此期间，范仲淹为当地的老百姓做了一件利在千秋的大事：修筑海堤。范仲淹到任的时候，看见海堤已经年久失修，成千上万的灾民流离失所，于是上书江淮漕运张纶，痛陈海堤利害，建议重新修整。张纶当即赞同，并奏请北宋朝廷批准，调范仲淹全面负责治理。经过范仲淹和百姓的努力，一道绵延数百里的长堤横亘在黄海滩头，流离失所的灾民得以重返家园。人们为了纪念范仲淹，把这条海堤叫做"范公堤"。

由于范仲淹有此政绩，就被调到中央担任秘阁校理，负责皇家藏书的整理和校勘。当时，北宋已经是宋仁宗赵祯在位了，但是朝政大权却掌握在刘太后手里，赵祯只是一个傀儡。范仲淹到了中央之后非常关心朝政，于是就批评这种不合理的现象，奏请太后还政。又一个犯颜直谏的正直文人！历史总是惊人的相似。范仲淹因此触怒太后，被贬往河中府也就是今天山西永济市蒲州镇任职。刘太后死后，范仲淹又被召回朝廷，任右司谏，这是一个专业的谏官，有了这个谏官的身份，范仲淹就更是经常上书直陈朝廷的腐朽了。历史往往是沉重的。那些正直的古代文人在用自己那一腔热血报国的时候，往往会遭到奸臣的报复。而且我们读中国古代历史，会发现历朝历代的奸臣数量是大得惊人的。他们简直无处不在，他们的手段之残忍简直到了无以复加的地步，甚至可以让老百姓达到道路以目的地步。你范仲淹要当好人，那我们怎么活呢？所以不久之后，范仲淹又被那群奸臣排挤出了京师。

范仲淹就是范仲淹，屡次被贬，他却毫不泄气，每到一个地方都把当地的政绩搞得井井有条，不管自己遭受多大的打击，他总是把自己的一腔报国热情挥洒在那片土地上。1035年,由于范仲淹政绩斐然,北宋朝廷又把范仲淹召回了京师,担任吏部员外郎,权知开封府事。范仲淹虽然因为自己的直言犯谏遭受过打击,但是他的内心始终存在着一颗爱国之心,哪怕经历再多的苦难,他都没有丝毫的退却。在开封府任上,范仲淹仍然经常上书对官场中的一些不良现象进行抨击。当时的宰相吕夷简等大官僚相互勾结,安插自己的亲信做官。范仲淹就此事多次向仁宗皇帝上书,叫他提防身边的小人。自古以来,忠言都异常逆耳。细数中国历史上的皇帝,能够听得进忠言的屈指可数。在至高无上的封建皇权社会里,遇到一个开明的皇帝那将是天下之福,但可惜的是这样的皇帝没几个。范仲淹的上书终于惹恼了仁宗,仁宗皇帝以他离间君臣关系为由把其贬到了江西鄱阳任知州。

范仲淹以他的正道直行和百折不挠让我们钦佩,甚至当时的京城里还流传这样一首歌谣:"朝廷无忧有范君,京师无事有希文。"可见当时的范仲淹已经凭自己的正直爱国深深地征服了百姓。

北宋仁宗时期,生活在甘州和凉州一带的党项族人在其首领李元昊的带领下,脱离宋朝的统治,于1038年建立西夏国,并调集大量兵马侵袭北宋延州等地。面对西夏的突然进攻,北宋朝廷措手不及,朝廷内部有的主攻有的主守,吵成一团。边境上更是狼狈不堪,由于三十年无战事,北宋的边防破败,将士久疏阵战,加上官员昏庸无能,延州北部的数百里边寨被西夏军队洗劫一空。朝廷告急!

中国古代那些养尊处优的君主们往往在外力真正威胁到自己统治地位的时候,才想得起平日里那些对自己忠心不二但又不讨自己喜欢的人。正当北宋朝廷处于危难之际的时候,宋仁宗紧急调任范仲淹出任前线副帅,担任陕西经略安抚招讨副使。

我真的是为我国古代那些正直的文人感到由衷的骄傲和发自内心的感动，也为古代的那些君主感到深深的愧疚，还为古代那些平日里阴险狡诈欺压良善的奸臣的行为感到出离愤怒。古代那些正直的文人，不管自己平时受了多大的委屈和多么残酷的打击迫害，一旦国家处于危难之时，他们都会义无反顾地站出来，为自己的国家毫无保留地奉献出自己的全部力量乃至自己的生命。平日的苦楚，过往的冤屈，此时都不那么重要了，在他们的眼里，只有国家，只有人民，只要那片生他养他的土地。只要国家和人民需要，他们都会毫不犹豫地选择牺牲自我，成全大义。其实在古代的每一个朝代都会有这么一些让我们感到由衷敬佩的文人，他们都饱含着满腔爱国热情，他们都愿意为国家和人民肝脑涂地，死而后已。但是我们的那些皇帝好像都看不到这些一样，他们都喜欢那些阿谀奉承的奸诈小人，都对这些真正愿意为国为民献出自己所有精力的大义文人不屑一顾，甚至进行残酷的贬谪和流放。悲哀啊！这是历史的悲哀，是我们中华民族的悲哀。我此时真的是想问，那些平日里趾高气扬的官员们呢？正当国家需要他们的时候，他们跑到哪里去了呢？他们平日里不是一手遮天，欺压良善和迫害忠臣不是手段百出吗？当国家危亡的时候，他们的那些能力都到哪里去了呢？在国家处于生死存亡的危急时刻，挺身而出的反而是这些手无缚鸡之力的文弱书生。我们应该为此感到骄傲，还是悲哀？

范仲淹到了边境后，马上亲临前线视察，他发现宋军的战事防御等各个方面都存在着很大的弊端，如果不改革军阵体制，采取严密的战略防御，实在是难以扭转战局。于是范仲淹推行了一系列措施来巩固边防：修固边城，精练士卒，招抚和戎……

在范仲淹和士兵的共同努力下，边防逐渐巩固，战局逐渐稳定，北宋的统治者也开始逐渐放下了他们那颗悬着的心。此时的军中也开始流传这么一句歌谣："军中有一范，西贼闻之惊破胆。"

转眼春去秋来，范仲淹在边境到处视察，继续巩固边防。此时的范仲淹已经五十四岁了，满头白发在凛冽的寒风中摇曳，望着天空南飞的大雁，心中荡起无限的感慨。深夜难眠，范仲淹面对浩浩苍穹，心潮起伏，挥毫写就了那著名的《渔家傲》词：

塞下秋来风景异，衡阳雁去无留意，四面边声连角起。
千嶂里，长烟落日孤城闭。
浊酒一杯家万里，燕然未勒归无计，羌管悠悠霜满地。
人不寐，将军白发征夫泪。

北宋仁宗庆历四年，即1044年，北宋与西夏正式达成和议，重新恢复了和平，西北局势得以转危为安。在边境局势刚刚得到缓和之际的庆历三年，宋仁宗把范仲淹调回东京，升为副宰相，与韩琦等人一道主持朝政。当时北宋的官僚机构越来越腐败，行政效率越来越低下，军队数量不断增加，百姓负担十分沉重，国家财政日益亏空。面对如此严重的危机，范仲淹认真总结了自己从政几十年来酝酿已久的改革思想，向宋仁宗呈上了著名的新政纲领《答手诏条陈十事》，提出了减免徭役等十项改革主张。这就是著名的"庆历新政"。

范仲淹的改革是以整顿吏治为中心的，其中涉及了严格官吏的升迁考核制度，任用贤能，严格中央政令等触及大官僚大地主利益的措施，所以改革一开始就遭到了以吕夷简为首的保守派的阻挠。再加上改革触犯了皇室的一些利益，所以范仲淹的改革最终失败了。

改革失败后,范仲淹不得不再次离开京城,远赴边塞。哎!命运啊。你总是那么不公平。这年冬天,范仲淹已经五十八岁了,边塞恶劣的天气严重威胁着他的健康,于是朝廷开恩,把范仲淹调到了稍微温暖一点儿的河南邓州做知州。在范仲淹被贬的同时,富弼被贬到了山东青州,欧阳修被贬到了安徽滁州,滕子京被贬到了湖南岳阳。

北宋庆历六年,即1046年,昔日好友滕子京给范仲淹送来了一幅岳阳楼图,告诉范仲淹说自己已经将岳阳楼重新修葺一新,并将历代的诗词歌赋刻于其上,希望范仲淹写一篇岳阳楼记。

北宋庆历六年九月十五日的夜晚,秋风送爽,月光皎洁。范仲淹把岳阳楼图悬挂起来,开始凝神构思,写下了那篇传诵千古的《岳阳楼记》:

> 庆历四年春,滕子京谪守巴陵郡。越明年,政通人和,百废俱兴。乃重修岳阳楼,增其旧制,刻唐贤今人诗赋于其上。……予尝求古仁人之心,或异二者之为,何哉?不以物喜,不以己悲。居庙堂之高则忧其民,处江湖之远则忧其君。是进亦忧,退亦忧。然则何时而乐耶?其必曰"先天下之忧而忧,后天下之乐而乐"乎!噫!微斯人,吾谁与归?

好一个忧国忧民的范仲淹!哪怕在朝不保夕的时候,仍然惦记着国家,惦记着人民。范仲淹在自己的文章里面没有单纯地即景抒情,而是提出了一些深邃的哲理见解,熔铸了一种崇高的思想境界,借以激励自己和遭到贬谪的友人,同时也启发和教育了几千年后的我们。

范仲淹啊范仲淹!此时此刻,面对这个感动千千万万中国人的名字，我感到自己的这支秃笔是那样的无力，根本无法表达出范仲淹身上那种让人佩服得五体投地的崇高精神和伟大风范。此时，我无法不沉默，为范仲淹那悲惨的命运，更为范仲淹那高贵的灵魂。

1049年，范仲淹奉朝廷之命到杭州去做官，在路过陈州的时候他特意去看望了自己的恩师晏殊。晏殊是北宋著名的婉约派词人，其词风格含蓄婉丽，颇具悠闲情致。比如那首著名的《浣溪沙》词：

一曲新词酒一杯，去年天气旧亭台。夕阳西下几时回？
无可奈何花落去，似曾相识燕归来。小园香径独徘徊。

晏殊本是北宋三朝元老，而今也只能困居在这个偏远的地方。范仲淹看到恩师的境遇，回忆起自己的一生，看着汹涌澎湃的钱塘潮水，不禁感慨万千。1051年范仲淹又被朝廷调往青州担任知府。这里寒冷的天气，加重了他的疾病，范仲淹的身体是一天不如一天了。第二年他又被朝廷调往颍州，虽然身体欠佳，范仲淹仍然坚持带病上任，但遗憾的是他只赶到徐州，便溘然长逝了。

范仲淹走了，带着他那高尚的节操走了，留给了世人一个苍老的背影。

先天下之忧而忧，后天下之乐而乐。这个振聋发聩的声音穿越千年，响彻在烟波浩渺的洞庭湖边，响彻在雄伟壮观的岳阳楼上，更响彻在我们每一个中国人的内心深处。

夕阳残照，烟尘迷茫，荒草凄凄，落叶满地。范仲淹一个人踯躅于尘土飞扬的小路上，那幽怨的声音诉说着他内心无尽的愁苦：

碧云天，黄叶地，秋色连波，波上寒烟翠。山映斜阳天接水，芳草无情，更在斜阳外！

　　黯乡魂，追旅思，夜夜除非，好梦留人睡。明月楼高休独倚。酒入愁肠，化作相思泪。

　　悲情汉子柔情泪。范仲淹把自己的一生都献给了朝廷和百姓，带着满腔的遗憾离开了他钟爱的这片土地。光阴荏苒，范仲淹那苍老的身影在萧瑟秋风中静静地站立，一站就站成了我心底千年不化的风景。

## 独立苍茫醉不归

自古以来,中国文人与酒就结下了不解之缘,几千年的中国文化史,不知有多少文人醉倒在了那浅浅的酒杯之中。魏晋的阮籍,东晋的陶渊明,唐代的李白,宋代的苏东坡……古代文人的风流性情与满腹才华共同酿成了一坛美酒,芳香四溢,穿越五千年的悠悠岁月,醇香依旧,迷醉了一代又一代的炎黄子孙。源远流长的中国传统文化,散发着浓浓的酒香,从过去一直流到今天,还会流到将来……酒是中国古代文人最好的助兴之物,举杯浇愁也好,纵情山水也罢,缺少了酒就好像缺少了一种内在神韵。喝酒是一种文化,醉酒是一种境界,而在这醉意的境界中,欧阳修从遥远的北宋一直醉到了千年后的今天。

欧阳修,字永叔,号醉翁,晚年号六一居士,江西吉安人,北宋著名政治家和文学家。欧阳修在政治上和文学上都主张革新,既是范仲淹庆历新政的支持者,又是北宋诗文革新运动的领导者。一生留下了许多诗词散文,在后世造成了极大的影响。其散文说理畅达抒情委婉,其诗风气势磅礴流畅自然,其词作哀婉清丽承袭南唐余风。比如这首著名的《蝶恋花》:

庭院深深深几许,杨柳堆烟,帘幕无重数。玉勒雕鞍游冶处，楼高不见章台路。

　　雨横风狂三月暮，门掩黄昏，无计留春住。泪眼问花花不语，乱红飞过秋千去。

　　宋真宗景德四年（1007年），欧阳修出生于四川绵阳。欧阳修的命运很不幸，在他四岁的时候，父亲欧阳观就去世了，留下了他和母亲郑氏相依为命。由于生活所迫，母亲就带着欧阳修到了湖北随州投靠了叔父。欧阳修的母亲郑氏出生贫寒，文化不高，但是对欧阳修的要求却极其严格，这对欧阳修的成长产生了极大的影响。欧阳修幼年家里十分贫穷，买不起纸笔，母亲郑氏于是就以荻画地，教欧阳修读书识字。这就是家喻户晓的画荻教子的故事。同时，她教育欧阳修凡事要有主见，不能随声附和别人的观点，不要随波逐流。这对欧阳修后来成为文坛领袖和一代宗师起到了关键作用。欧阳修幼年酷爱读书，经常到城南李家借书抄读，他天资聪颖，又刻苦勤奋，往往书还没抄完，就已经能熟读成诵了。少年时习作诗词文章，文笔老练，有如成人。在欧阳修十岁时，一次偶然的机会，从李家发现一本韩愈的《昌黎先生文集》，拿回家苦读，竟然爱不释手。北宋初期，文坛沿袭唐末五代庸俗文风，诗文华丽浮躁内容空洞，而韩愈的文风则与之迥异，非常清新自然。这对欧阳修产生了极大的影响，为以后北宋的诗文革新运动播下了种子。我们可以这样说，对欧阳修一生影响最大的有两个人：一是他母亲，二是韩愈。母亲早年的启蒙教育成就了欧阳修的光明磊落和敢说敢为。韩愈的为文为官则影响了欧阳修以后的坎坷仕途。

　　和古代千千万万的读书人一样，欧阳修也是通过科举考试取仕做官，来实现自己的人生理想。宋仁宗天圣八年（1030年），欧阳修考中进士。宋仁宗天圣九年（1031年）任西京（今河南洛阳）留守推官，算是正式开始了自己的仕途。在此期间，与北宋著名词人梅尧臣和尹洙结为至交好友，互相切磋诗文。宋仁宗景祐元年（1034年），召试学士院，授任宣德郎，充馆阁校勘。

宋仁宗景祐三年（1036年）五月，时任开封府尹的范仲淹因抨击宰相吕夷简独揽朝纲任人唯亲被贬饶州（今江西鄱阳）。大臣尹洙等为范仲淹鸣不平，也都遭到贬谪。此时的左司谏高若讷落井下石，肆意诋毁范仲淹。时任馆阁校勘的欧阳修挺身而出，仗义执言，写出了著名的《与高司谏书》痛斥他不知羞耻。因为此事，宋仁宗龙颜大怒，大笔一挥就把欧阳修贬为了夷陵（今湖北宜昌）县令。满怀报国之志的欧阳修还没有来得及施展自己的抱负就被逐出了朝廷。这一年，欧阳修三十岁，刚好而立。

夷陵在哪里，欧阳修不知道。他简单地理了理自己的行装，满怀郁闷地上路了。这里离汴京两千多里路啊！欧阳修在经过长途跋涉之后，终于来到了夷陵。欧阳修到了这里之后，才觉得自己真的是被朝廷抛弃了。偏僻荒凉，人烟稀少，这就是夷陵带给欧阳修的丰厚礼物。此时，欧阳修深感自己形单影只，犹如断梗飘萍，不禁悲从中来。中国的地理有时候很是奇怪，越是繁华的地方，政治斗争越是激烈，相反那些僻静荒凉之地却没有那许多让人痛苦不堪的尔虞我诈和钩心斗角。欧阳修刚到夷陵，淳朴的民风就吸引了他。大小官员和乡绅都敬重欧阳修的学识和人品，竞相与他相交，一时其乐融融。平时政事之暇，欧阳修便体察民情，拄笏看山，游览风景，吟诗作赋，写出了许多清新雅丽的诗篇。那种刚刚贬谪时的颓唐沮丧之情在这种愉悦的生活中一扫而光了：

> 楚人自古登临恨,暂到愁肠已九回。
> 万树苍烟三峡暗,满川明月一猿哀。
> 非乡况复惊残岁,慰客偏宜把酒杯。
> 行见江山且吟咏,不因迁谪岂能来。

宋仁宗景祐四年(1037年)十二月,汴京和定襄等地连续发生了地震,房舍被毁,尸横遍野。直史馆叶清臣借机上书仁宗,让他重用忠直敢言的大臣,欧阳修于是改徙为湖北光化县令。宋仁宗康定元年(1040年)八月,欧阳修终于重新回到了阔别两年的京师汴京,重任馆阁校勘之职。

宋仁宗庆历五年(1045年)春,施行仅年余的庆历新政因遭到守旧派的破坏而最终以失败告终。新政推行者范仲淹和富弼等相继被贬,奸邪宵小趁机诬蔑生事落井下石。欧阳修面对奸佞小人,再次挺身而出,上书为范仲淹等人辩解,因而遭到他们陷害,被贬为滁州(今安徽滁县)太守。本来是为国为民,却落得个如此下场,欧阳修欲哭无泪。这年九月,欧阳修带着满腹忧愁踯躅南下,在凄风苦雨中开始了自己第二次贬谪生涯。

滁州,濒临长江,是六朝古都南京的江北门户,素有江淮翡翠之称。滁州境内有一座琅琊山,林壑优美,溪流淙淙,风景十分优美,被誉为"蓬莱之后无别山"。滁州优雅地立于长江之滨,静静地等待着那为它远道而来的欧阳修。

得知自己再次被贬的那一刻,欧阳修有些压抑不住内心的忧伤,静默地跪在大殿,脑袋一片空白,心里是无穷无尽的沉郁和愁怨。他反复地问自己:"欧阳修啊欧阳修,你怎么又管不住自己这张嘴了呢?

你这一去，何时才能回来啊？"

欧阳修让眼泪在风中肆意地流淌，放眼望去，天地一片苍茫。他简单地整了整自己的长衫，慢慢抬起头，几缕白发在风中飘荡。远处，几只大雁正在南飞，那孤单的身影让人黯然神伤。终于，欧阳修下定决心，捋了捋花白的长须，迈着坚定的步伐缓缓离开了汴京。

多少个日日夜夜艰难的行程，欧阳修走啊走啊！何时才能走到了遥远的滁州呢？月亮圆了又弯，弯了又圆，眼前渐渐出现了一片青山绿水。这就是滁州吗？欧阳修打起了精神。山很巍峨，水很灵动。滁州！欧阳修来了。宋仁宗庆历五年（1045年）十月二十二日，欧阳修跨越了千山万水终于踏上了滁州这片古老的土地。

北宋的滁州经济萧条，人烟稀少，老百姓过着简单淳朴的生活。欧阳修到任滁州后，勤于政事，关心民生，发展生产，把滁州这个被历史遗忘的僻远角落打理得井井有条。有了欧阳修的滁州，才是一个真正的滁州，才是一个对得起历史文化名城的滁州。欧阳修平时在处理政事之余，常常与官员百姓们一起去欣赏滁州那优美的山山水水，宁静的峡谷深涧，临溪而渔，酿泉为酒，在绿野深山中悠然而醉。带着醉意的欧阳修被滁州的山水深深地迷恋着，带着醉意的欧阳修被滁州的百姓深深地爱戴着。山水醉了，太守醉了，百姓醉了，连山中的和尚智仙也醉了。智仙是被欧阳修在滁州的所作所为陶醉了，他陶醉后就专门修建了一个亭子，作为欧阳修闲看滁州山水之所。这亭子，欧阳修谓之醉翁亭。从此，欧阳修在此闲看山水，与民同醉，与民同乐。整个滁州的百姓都来了，他们来与自己的太守一起酩酊大醉。这醉意，穿越千年，经久不衰。这醉意，震撼人心，万古流芳。这醉意，影响着滁州一代又一代人民，甚至就连那一方山水亭台，到后来也醉成了"天下第一亭"。欧阳修带着这份独特的醉意一路走来，从遥远的北宋开始，一直走到了千年后的今天。

宋仁宗庆历六年（1064年），中国文学史应该永远记住这特殊的一年。这一年，范仲淹在《岳阳楼记》里先忧后乐，欧阳修在《醉翁亭记》中与民同醉。现在看来，我们还真得感谢庆历五年的这次贬谪，没有这次贬谪，哪里会有这两篇流传至今的千古雄文呢？

我们现在再回过头来看看欧阳修那万古不朽的优美文字，也始终会觉得文字里面弥漫着一股浓浓的醉意：

> 环滁皆山也。其西南诸峰，林壑尤美。望之蔚然而深秀者，琅琊也。山行六七里，渐闻水声潺潺而泻出于两峰之间者，酿泉也。峰回路转，有亭翼然临于泉上者，醉翁亭也。……醉翁之意不在酒，在乎山水之间也。山水之乐，得之心而寓之酒也。……临溪而渔，溪深而鱼肥。酿泉为酒，泉香而酒洌。……苍颜白发，颓然乎其间者，太守醉也。……醉能同其乐，醒能述以文……

"醉能同其乐，醒能述以文。"欧阳修以自己的人生为文章，醉倒了千千万万的中国人。一个人哪怕有再多的委屈，历史也不会记住他的眼泪。但欧阳修以泪为酒，醉倒在了滁州，历史却记住了他的眼泪。带着这滴充满醉意的眼泪，欧阳修千里迢迢来到了扬州。

庆历八年（1048年）春，宋仁宗不知道什么原因忽然想起了无罪遭贬的欧阳修，于是一纸诏书把他从滁州调到了扬州。相对于偏远的滁州来说，扬州在北宋可算得上是个繁华的大城市了，来此为官者也算是得到了朝廷的重用。这其实也意味着欧阳修此时已结束了自己的第二次贬谪生涯。

扬州是江南的明珠,风景如画,歌舞升平,文化底蕴深厚,是历代文人心中向往的地方。唐代诗人杜牧曾这样描写扬州:

青山隐隐水迢迢,秋尽江南草未凋。
二十四桥明月夜,玉人何处教吹箫。

此时的欧阳修从闭塞的滁州来到了繁华的扬州,自然是意气风发,再加上他本有报国之心,所以初来扬州时整天忙于公务。欧阳修不求虚名,大力推行他的"宽简"政策,到扬州不到两个月就把个喧噪的衙署治理得有条不紊。

欧阳修还是那么钟情山水,他在政事之余最喜欢做的事就是到扬州城外去探幽访胜。于是北宋的人们会经常在扬州的晨曦中和夕阳下看到这个城市的最高行政长官悠然自得地漫游。扬州蜀冈上有一个大明寺,是唐代著名的鉴真和尚出家的古刹,这里林木葱郁,寺庙巍峨,历来被扬州人视为风水宝地。如此名胜,欧阳修怎能不去光临?我们可以想象,当年的欧阳修登上蜀冈后的心情,他定是为这清静优美的环境而欣喜,但是他又突发奇想,觉得这么一个好地方是绝对不能让和尚独享的。于是准备在此再建一个景区,作为儒生们吟诗作赋的场所。这样,扬州著名的平山堂就在欧阳修的一念之间建立起来了。欧阳修本不喜佛教,建此平山堂也许暗含与和尚平分秋色的寓意吧。

欧阳修所筑平山堂,其雄伟秀丽在淮南一带可谓首屈一指。平山堂踞蜀冈之巅,遥望江南,能依稀可见远处的山峦。夏日的清晨,欧阳修和朋友们早早登山，派人骑快马到湖中摘取刚刚开放的荷花千余朵，遍插盆中，布于平山堂里。宾主们纵情诗酒，亲密无间，指点江山，激扬文字，往往到明月当头才兴尽而归。好一个醉意的欧阳修！此时扬州的情景和当年滁州一样："太守饮宴，众宾皆欢。"

现今人们游扬州，必游平山堂，不游平山堂便不能算作到过扬州。其实游平山堂是假，追思欧阳修才是真。欧阳修的学生北宋大文豪苏轼曾写下一首情深意切的《西江月》词来凭吊他的恩师：

　　三过平山堂下，半生弹指声中。十年不见老仙翁。壁上龙蛇飞动。

　　欲吊文章太守，仍歌杨柳春风。休言万事转头空。未转头时皆梦。

欧阳修任扬州太守的时间其实很短，他于庆历八年（1048年）春到任，于皇祐元年（1049年）正月离任，任期不足一年时间。可就是在这短短不到一年的时间里，欧阳修为扬州留下了太多的故事，他以自己的文章道德教化了这一方水土，使得这里的人民世世代代受益不尽，一直传承到今天。

宋仁宗皇祐元年（1049年）二月，欧阳修调任颍州（今安徽阜阳）知府。欧阳修在颍州这片土地上，待了一年零四个月，于皇祐二年（1050年）七月改知应天府（今河南商丘）。欧阳修一生酷爱山水，每到一处都要去游览当地的风景名胜。而祖国美丽的大好河山也待欧阳修不薄，大凡他所到之处，都有一片优美的景色在那等待着他。北宋时期的颍州虽然算不上名都望郡，但气候温和，风景优美，城西北一方圆

十余里的颍州西湖,更似一方明镜镶嵌在颍州大地上。欧阳修后来曾写下一些词来赞美颍州西湖美丽的风光:

堤上游人逐画船,拍堤春水四垂天。绿杨楼外出秋千。
白发戴花君莫笑,六幺催拍盏频传。人生何处似樽前!

欧阳修于宋仁宗皇祐元年(1049年)回朝,先后任翰林学士和史馆修撰等职。宋仁宗皇祐五年(1053年)八月,欧阳修护母丧归葬吉安永丰沙溪龙岗。守丧期满后被朝廷召回,于宋仁宗至和元年(1054年)与宋祁一起同修《新唐书》。宋祁也是北宋时期著名的词人,他的那首《木兰花》更是广为人知:

东城渐觉风光好,縠皱波纹迎客棹。
绿杨烟外晓寒轻,红杏枝头春意闹。
浮生长恨欢娱少,肯爱千金轻一笑。
为君持酒劝斜阳,且向花间留晚照。

这之后,欧阳修又自修《新五代史》。宋仁宗嘉祐二年(1057年)二月,欧阳修以翰林学士身份主持进士考试,录取了苏轼和曾巩等人。北宋文风由唐末的注重形式转变到了注重平实,欧阳修倡导的诗文革新对此起到了极大的作用。后来苏轼成为一代旷世文豪,其实也和欧阳修的慧眼识英以及诗文教化有莫大的关系。

宋仁宗嘉祐三年(1058年),欧阳修以翰林学士兼龙图阁学士身份权知开封府。嘉祐五年(1060年),官拜枢密副使,于次年转户部侍郎参加政事，成为举足轻重的朝臣。此时的欧阳修已身患重病，白发苍苍，但他仍然与宰相韩琦一起尽心辅政。特别是在立宋仁宗侄子赵曙为皇太子这件事上，欧阳修更是倾尽心力。后来又相继担任北宋刑部尚书和兵部尚书等职。

宋仁宗嘉祐八年（1063年）三月，仁宗病逝，宋英宗赵曙继位。但是欧阳修做梦也没想到，这位由自己一手扶持当上皇帝的宋英宗反而给自己制造了不少麻烦。宋英宗怎么看怎么没有当皇帝的命，好不容易被欧阳修等人扶上了皇帝的宝座，屁股还没坐热就忽然患上了重病，语无伦次，精神失常。这样，欧阳修等人就只得请皇太后垂帘听政，与英宗共同处理朝政。可是这个宋英宗生病也不好好生，病情时好时坏，整得太后郁闷不已。当他病情好转的时候，欧阳修等人就去劝太后撤帘还政。这样，欧阳修也算是把太后得罪到家了。宋英宗带给欧阳修的另外一个麻烦就是北宋著名的濮议之争。原来宋英宗并不是宋仁宗的亲生儿子，而是宋仁宗赵祯的从兄弟赵允让的儿子，他继位后就想把自己的父亲尊为皇考，朝中对此争执不下，是为濮议之争。最终虽然以欧阳修为首的这一派胜利了，但是也让欧阳修得罪了朝廷中不少官员，他将要为此付出更为惨痛的代价。我们现在来看这些所谓的宫廷之争也确实够无聊的，不好好治理国家，为了这个不知所谓的尊号在那争得你死我活，居然还导致许多忠臣被贬，这样的历史确实让我们感到很无奈。

宋英宗治平四年（1067年）三月，一次异常恶毒的风波降临到了欧阳修头上。历史上历朝历代的奸邪小人总是让我们痛恨不已，他们兴风作浪，陷害忠良，手段低劣卑鄙到了简直是人神共愤的地步，我们真恨不能食其肉寝其皮。我这里必须提到两个名字，哪怕这两个名字一提起来就让我愤怒不已——薛宗孺和蒋之奇。薛宗孺是欧阳修妻子的堂弟，蒋之奇是欧阳修的门生，按道理来说这两人和欧阳修的关系都应该还不错，毕竟是亲戚和学生嘛。但是正是这两个人几乎让欧阳修身败名裂含恨而死。薛宗孺这个人心术不正，在任水部郎中时曾举荐一个人当了京官，但是很可惜这个人因贪污而获罪，薛宗孺也因此受到牵连。薛宗孺希望自己的姐夫援手，让自己化险为夷，不料欧阳修却上书朝廷要求秉公办理，结果薛宗孺被免官。从此薛宗孺就对自己的姐夫欧阳修恨之入骨，总想找机会除掉他。于是他就以亲戚的身份捏造了一个谎言，说欧阳修与他的长媳吴氏关系暧昧，有伤风化。

我无法用语言来形容此时的心情，什么恶毒的语言用在此处都无法解除我心头对这些奸邪小人的仇恨。这则凭空捏造的绯闻终于传到了蒋之奇那里。这蒋之奇本是欧阳修的门生，传到他那里也应该没有什么严重的问题吧，况且作为学生，蒋之奇也应该知道自己的老师是一个什么样的人啊！其实我们都错了。这个蒋之奇的人品其实一点儿都不比薛宗孺强，甚至有过之而无不及。蒋之奇作为欧阳修的学生，一直受到欧阳修的器重，在濮议之争平息后，更是被举荐为监察御史。当了大官的蒋之奇不仅没有感激师恩，反而觉得欧阳修给自己带来了不尽的麻烦。因为蒋之奇是欧阳修的门生，所以被在濮议之争中失败的朝廷官员所不容，觉得他是奸邪之徒。蒋之奇为此非常郁闷，决心改变这种尴尬的处境。当他听到薛宗孺这个关于欧阳修的传闻后，心情为之一振，觉得机会来了，于是连夜写下弹劾奏章，请求朝廷将自己的恩师欧阳修处以极刑，暴尸示众，以表明自己和欧阳修已经彻底划清界限。

愤怒！无法抑制的愤怒！这都是一些什么人哪！古代那些正直的

文人们就是在这样一群宵小面前贬谪流放甚至失去自己的生命。但好在宋神宗并不是一个糊涂到顶的皇帝，他命令中书省彻查此事，结果发现此事纯属子虚乌有。蒋之奇和薛宗孺自然得到了应有的惩罚，但是欧阳修也因此彻底厌倦了朝中的勾心斗角和互相倾轧，于是三次上书请求离开朝廷。

宋英宗治平四年（1067年）三月，宋神宗免去了欧阳修的职务，让他以观文殿学士和刑部尚书的身份出知亳州（今安徽亳州）。这已是欧阳修第三次遭贬谪了。时年六十一岁。欧阳修这次请辞出来，实际上意味着他已经深深厌烦了这种无聊的仕途生涯，希望在迟暮之年过上一种清静悠闲的田园生活。于是到任亳州不久，他就递交了辞职申请，希望退隐田园。然而事与愿违，朝廷不但没有批准他的退隐要求，而且在宋神宗熙宁元年（1068年）八月，又诏令他转任兵部尚书，改知青州（今山东益都），充京东东路安抚使。

青州是当时有名的望郡，而欧阳修又身兼京东东路安抚使，统辖八州一军，可谓责任十分重大。尽管自己年老体衰去意已决，欧阳修受命后还是以自己一贯的作风将青州治理得井井有条。我真的很纳闷！在中国历史上像欧阳修这样时刻为百姓着想的好官怎么就一直得不到公正的待遇呢？他们的命途总是那么悲惨，他们的境遇总是那么哀伤。欧阳修在青州以自己异常宽广仁爱之心对待百姓，得到了百姓的极大拥护。古代这些文人，不管他们到哪里为官，都能造福一方百姓，得到百姓的极力拥护，但就是在朝中怎么也立不了足。这是怎样一种奇怪的现象啊！

宋神宗熙宁二年（1069年）二月，宋神宗起用王安石为参知政事，开始了历时十八年的熙宁变法。熙宁变法涉及到社会生活的各个方面，一定程度上达到了富国强兵的目的。在王安石熙宁变法里有一条主要内容："青苗法"。"青苗法"就是在每年青黄不接的时候，农民可以直接向官府贷款度过饥荒，待到秋收之时再本息偿还。这一法案本来是非常先进的法案，但是在实施过程中却变了味。一些地方官吏为了自己的利益把其变成了强制性措施，不管老百姓需不需要，一律按田亩人口核实下去，强迫民众被动接受国家的贷款，使得百姓深受其害。

时任青州的欧阳修看到青苗法的实施给贫苦百姓带来了极大的害处，于是接连上书对此提出异议，并且在没有得到朝廷批复的情况下，擅自做主命令在自己所辖的八州一军停止发放青苗钱。本来欧阳修的这一做法的出发点是为了百姓，但是却在无形中触犯了朝廷禁令，因此被改知蔡州（今河南汝南）。欧阳修于宋神宗熙宁三年（1070年）九月到达蔡州，此时他已经是心力交瘁百病攻心了。病中的欧阳修多次上书朝廷请辞，直到宋神宗熙宁四年（1071年）六月，终于得到朝廷的恩准以太子少师的身份请辞。这以后，欧阳修回到颍州归隐，结束了自己那坎坷的仕途。宋神宗熙宁五年（1072年）闰七月二十三日，一代文豪欧阳修在颍州逝世，谥号文忠。

欧阳修在晚年仍然坚持著文章，给后世留下了宝贵的资料。在他第三次被贬亳州，年老多病，眼疾日益恶化的情况下，他将数十年来收集的金石碑刻加以整理编成了《集古录》，开创了我国金石学研究的先河。归隐颍州后，他又以惊人的毅力写下了一部新作《六一诗话》来记录诗坛的轶闻掌故，提出自己对诗歌的见解和议论。从此，诗话作为一种独特的文学批评形式正式诞生。"生命不止，奋斗不息。"文章太守欧阳修以自己的亲身经历准确地诠释了这句话的深刻含义。

欧阳修走了，带着浓浓的醉意走了。俗话说一醉解千愁。不知道欧阳修那满腔愁怨能不能在这醉意中得到解脱。我此时在这乡野凉夜下追寻千年前的往事，眼前是连绵不断的群山，一切都显得那么的古远和苍凉。月光渐渐上来了，柔柔地洒向大地。放眼望去，一片清辉。我的思绪渐渐飘去了，飘过千山万水，飘过雨雪风霜，一直飘到了那遥远的北宋。在苍茫的天地间，我看见欧阳修手捧酒杯静静地站立，满脸愁容，任凭夜风撩动那冉冉长须，独自面对无尽的苍穹黯然神伤：

　　画阁归来春又晚，燕子双飞，柳软桃花浅。细雨满天风满院，愁眉敛尽无人见。
　　独倚阑干心绪乱，芳草芊绵，尚忆江南岸。风月无情人暗换，旧游如梦空肠断。

　　欧阳修他醉了，醉在了优美的山水间。欧阳修他醒了，醒在了平实的文章中。欧阳修他愁了，愁在了杨柳堆烟的溪桥边。欧阳修他走了，走到了平芜尽处的春山外。我此时正暗下决心：有机会一定要去看看那片山水……那座亭台……

## 夜读苏东坡

夜阑人静之际,窗外淅沥声渐起。雨,就这样飘飘洒洒,缠缠绵绵而至。深夜难以成眠,伴着昏黄的灯光,手执一卷东坡词伏案沉思。朦胧夜色中,苏东坡穿越千年风雨飘然而立,青衫灰暗,神情悲伤,寂寞的灵魂若月下飘渺的清影。他手执青青的竹杖,脚穿芒鞋,漫步蒙蒙细雨中,呈现给世人一个孤独的背影。曾几何时,他也在黯然神伤。他原是寂寞沙洲上的寒枝,却也会一梦十年,为失去的亲人痛哭一场,如一阵吹过北宋的风,即便是过去了,也会让整个大地保留着对它的深刻记忆。他的诗词,几许伤怀,几许无奈,但更多的是旷达,若天际的流云,如此真实地存在过,却又让我感到不可触摸,而他却如纷飞在空气中的落叶,乘着风归去了。

北宋仁宗景祐三年(1037年),在天府之国的四川眉山,伴随着一声响亮的啼哭,苏轼来到了这个世界上,从此开始了他那传奇的一生。苏轼有着显赫的家世,是名门望族之后,祖上曾有著名抗匈名将苏建,更有传奇的牧羊人苏武,还有盛唐时期著名诗人苏味道。自古以来,忠臣的命运都比较坎坷,苏轼的祖先在盛唐时期被贬偏远的四川,从此在此驻扎生息,但朝廷万万没想到这一贬,却令蜀中的文风大振,造就了一代旷世奇才。

苏轼的父亲苏洵年轻时游手好闲,后来发愤读书潜心学术,年近半百的时候一举成名,可谓大器晚成的典型。苏洵给儿子取了一个很内敛的名字:苏轼。什么是轼?轼就是车厢前面有着扶手的没什么用的横木。父亲希望苏轼收敛锋芒,做一个对国家对百姓有用的普通人。苏轼后来做到了,而且是彻彻底底地做到了,他把他的一生都奉献给了国家,奉献给了百姓,奉献给了这片生他养他的古老土地。苏轼的母亲本是大理寺丞陈文应之女,喜欢读书,识得大体更明得大义,为了苏轼的成才,她放弃了很多爱好,勇挑家庭重担,对苏轼更是严格要求,甚至连吃东西都严格控制。苏轼的母亲以一种特殊的方式表达着对儿子的爱,让少年苏轼懂得艰难,知道珍惜,更能经历磨难。少年的苏轼是聪明的,更是勤奋的:当其他孩子在追逐打闹时,他在背诵韩愈的诗词;当其他孩子在嬉戏玩耍时,他在模仿欧阳修写作。为了读书,少年苏轼几乎断绝了一切活动和娱乐:"我昔家居断往还,著书不复窥园葵。"

和古代其他的读书人一样,苏轼和弟弟苏辙从小也是寒窗苦读,希望有朝一日能为国效力。此时,他们的父亲苏洵正在科举的道路上苦苦地挣扎。或许是对苏洵以前荒废学业的惩罚,苏洵虽然有着满腹的才华,但是怎么也考不中科举。前后考了三次,结果三次都名落孙山。自己考不上,那就寄希望于自己的孩子吧。望子成龙是天下所有父母的心愿。于是苏洵准备带着两个儿子出川应考。宋仁宗嘉祐元年(1056年)春天,苏轼和弟弟苏辙跟着父亲苏洵一起离开四川进京赶考。这是苏轼第一次踏上征途去迎接人生路上的挑战。

在出川应考前,苏轼还经历了自己的第一次婚姻。宋仁宗至和元年(1054年),时年十九岁的苏轼迎娶了邻县乡贡进士王芳的女儿王弗。王弗当时十六岁，比苏轼小三岁，正值青春年华，而且家教良好，端庄稳重，结婚之后默默陪伴丈夫读书，对苏轼十分体贴。苏轼自己对这桩婚姻也是十分满意，婚后两人感情甚好。

宋仁宗嘉祐二年（1057年），苏洵、苏轼、苏辙父子三人进京赶考。鉴于自己以前的失败，进京之前，苏洵先到成都求见了益州太守张安道。张安道看了苏洵带去的文章，十分欣赏他们的才华，于是就写信推荐给当时的文坛领袖欧阳修。

苏洵拿着介绍信就去拜见了当时的主考官欧阳修，并且得到了欧阳修的赏识，于是写信上奏朝廷推荐。宋仁宗嘉祐二年（1057年）正月，科举考试按照惯例在礼部举行，苏轼和苏辙两兄弟在这次考试中双双奏捷。苏轼在这次考试中得了第二名。据说苏轼本来可以拿第一名的，但为什么只得了第二名呢？这里有一个颇有意思的小插曲。当时的考官梅尧臣看见了苏轼的卷子，觉得文章写得非常好，于是就赶紧推荐给了主考官欧阳修。欧阳修看了这份卷子，也是非常欣赏，但总是觉得这篇文章的文风很像自己的学生曾巩，而且曾巩也参加了这次考试。为了避嫌，欧阳修最终忍痛割爱，把这份卷子判为了第二名。这一年的上榜名单中于是出现了这样三个著名的名字：苏轼、苏辙和曾巩。后来这三人都在文学上取得了巨大的成就，成了"唐宋八大家"中的人物。这在中国历代的科举取仕中实属难得。

同年四月，二十二岁的苏轼又通过了殿试，成为了新科进士，并且在近四百名考生中名列前茅。

从这以后，苏轼的人生道路到底会发生什么样的变化呢？他在仕途上会一帆风顺地走下去吗？

按照当时的规定，中了进士以后是可以直接进入仕途的。正当苏轼父子准备大干一场的时候，从老家四川眉山传来了一个噩耗。苏轼的母亲程氏去世了。想起母亲从小对自己的关爱，苏轼带着异常悲痛的心情回到了家乡料理丧事。在家丁忧期间，苏轼怎么也没有想到在她妻子的堂姐妹中有一位二十七娘与他终身有缘。

宋仁宗嘉祐四年（1059年），丁忧期满。苏洵接到了北宋朝廷的征召，于是一家人包括苏轼的妻子王弗和长子苏迈在内举家搬迁。这一次大家心情都很好，一路上有说有笑，沿着长江顺流而下。长江沿岸人文景观极多，自然引起了苏轼的思古情怀，在途中写下了许多诗篇。如这首写于奉节的为刘备兵败失利而叹息的《永安宫》：

> 千年陵谷变，故宫安得存。
> 徘徊问耆老，惟有永安门。

古时不比现在，交通十分落后。经过了两个月的水上旅行，苏轼一家终于到达了江陵（今湖北荆州）。在荆州过完春节，宋仁宗嘉祐五年（1060年）正月，苏轼一家取道陆路北上，于二月抵达北宋都城汴京。

苏洵被朝廷任命为校书郎。苏轼被任命为河南府福昌县主簿。苏辙被任命为河南府渑池县主簿。不过兄弟俩都没去上任，而是在欧阳修的推荐下于次年参加了一次特别的制科考试。这次考试，兄弟俩再次双双报捷。苏轼的成绩更好，他以《王者不治夷狄》等文章被评为三等。大家可不要小看这个三等，自宋朝开国以来还只有两个人中三等，苏轼就是其中之一。苏轼在此文中全面阐述了自己的政治观点，比如抑制豪强、加强法治等等。但苏轼的这些政治观点也埋下了他今后在宋神宗和宋哲宗时期屡屡被贬的根源。

这年年底，苏轼被任命为大理评事和凤翔府（今属陕西）签判。这标志着苏轼正式踏上了仕途。时年二十六岁。

初次踏上仕途的苏轼，理想远大、血气方刚。他到任之后，关心百姓疾苦，上书宰相韩琦，免除赋税，但是残酷的现实往往让他极度失望，他的努力奏效甚微。这让苏轼初次感受到了官场的黑暗和无奈。宋英宗治平元年（1064年）十二月，苏轼在凤翔任期已满，调回京城。在凤翔任内，苏轼已经表现出了敢为百姓说话，关心民生疾苦的高尚品德。他在凤翔百姓中威望很高，被称为"苏贤良"。苏轼返京之后，任职登闻鼓院，这是一个接受臣民申诉和建议的政府机关。这时宋仁宗赵祯已经驾崩，宋英宗赵曙继位。宋英宗早闻苏轼的才名，便要委以重任。当时的宰相韩琦认为苏轼还需要逐步培养，于是建议进一步加以考试。于是苏轼参加了馆阁考试，成绩优异，被授直史馆之职。这年苏轼正值而立。

对一个男人来说，而立之年正该是他大展宏图的时候，但是对于苏轼来说，而立之年未免残酷了点。正当苏轼被授予直史馆之职的时候，不幸的事接踵而来。先是苏轼的结发妻子王弗在汴京不幸病逝，年仅二十七岁，苏轼悲痛不已伤心欲绝。接着在第二年即宋英宗治平三年（1066年）四月，父亲苏洵也逝世了。接二连三的打击使得苏轼骤然苍老了很多。父亲去世，苏轼和弟弟苏辙停职丁忧，一起扶柩还乡安葬父亲，在家守丧。

在苏轼守丧的最后一年，即熙宁元年（1068年），苏轼经历了自己的第二次婚姻，娶的是结发妻子王弗的堂妹，在娘家排行二十七的王闰之。服丧期满，苏轼再次离开家乡进京。但苏轼做梦也想不到这次竟然是他与故乡的永别,他更不知道等待他的是一场决定他一生命运的巨大政治风暴。

宋神宗熙宁二年(1069年)四月,苏轼返京任职官诰院。这是一个负责颁发官吏身份文书的机构。此时的北宋朝廷已经是今非昔比了,宋英宗赵曙驾崩,宋神宗赵顼即位。此时的宋神宗年方弱冠,血气方刚,他看到北宋积贫积弱,决定变法图强,于是他起用王安石为相,进行了继范仲淹庆历新政之后的大规模变法:熙宁变法。王安石变法的目的是富国强兵巩固统治,对朝政实行全面的改革。变法的主要内容包括青苗法和保甲法等。新法将斗争的矛头指向了某些豪强地主和大官僚,自然引起朝廷内外很多大臣不满。于是朝臣也就迅速地分为两派:以王安石为首的变法派,其后台是神宗皇帝;以司马光为首的反对派,其后台是元老重臣韩琦和欧阳修等。

王安石熙宁变法没人能置身事外,苏轼兄弟自然也不例外。苏辙因反对青苗法,被外放为河南府推官,也就是说被赶出了京城。苏轼的政治立场和弟弟是一致的,同时他和当时的反对派交往甚密,经常为被贬的反对派官员送行,如送曾巩去浙江等。苏轼这样的态度和做法自然引起当权者的不满,于是被除去官诰院的职务,改任开封府推官。

王安石变法的出发点是好的,但是在变法过程中没有知人善用,导致在新法实施过程中漏洞百出,如果坚持下去必定天下大乱。在这样的形势下,宋神宗熙宁四年(1071年),苏轼接连写奏章说明了新法里的一些弊端,建议停止新法的实施。苏轼自幼就有以天下为己任的志愿,他自然不会置身事外。

于是悲剧就从苏轼上书正式开始了。

本来苏轼在开封的政绩是很好的,但是变法派官员谢景温却诬告苏轼，说苏轼在家乡守丧期间曾贩卖私盐来获取暴利。这件事虽然最后无证可查不了了之，但让苏轼认识到了官场险恶，于是主动要求外放。宋神宗和王安石答应了苏轼的外放请求，任命苏轼为杭州通判。于是在熙宁四年（1071年），苏轼再一次离开朝廷。苏轼时年三十六岁。

在赴杭州的路上，苏轼先去探望了弟弟苏辙，然后再一同去颍州（今安徽阜阳）探望了阔别多年的恩师欧阳修。此时的欧阳修也因为反对青苗法而告老退休，过着隐居山林的生活，苏轼的到来让欧阳修十分高兴，师徒二人游山玩水唱和诗词不亦乐乎。

熙宁四年（1071年）十一月二十八日，苏轼抵达杭州，开始了他一生中在杭州的第一个三年。杭州风物灵秀山水优美，自古就有人间天堂的美称。苏轼一来就把这里当成了自己的第二故乡，而苏轼的浪漫豪情和诗情画意也给杭州留下了千年的风雅。如今当我们泛舟西湖，还是依然能够感受到苏轼那份旷达的情谊。

在杭州期间，苏轼做的最多的事就是结交有道僧人，和他们参禅谈佛。这些佛家思想从此走进了苏轼的人生，伴随着苏轼以后的悲惨经历。可以说苏轼之所以能够在后来那么艰难困苦的环境中，不管遭受怎样的打击都能一直保持乐观旷达的心态，与这些佛家思想对他的影响是分不开的。在这些和尚中，最为有名的是佛印和尚。佛印是江南著名的诗僧，自幼饱读经书准备考取功名，但不知道怎么回事，皇帝认为他有佛缘，就御赐他当了和尚。后来不仅精通佛法而且擅长诗词，成为江南著名的诗僧。苏轼一生和佛印交往甚密，留下了许多轶闻趣事。

江南山水优美，江南女子更是如水般温柔。江南的灵山秀水赋予了她们一种独具特色的清新雅洁的气质。熙宁七年（1074年）的一天，苏轼在欣赏歌舞的时候遇到了一个歌女，这个歌女聪明伶俐，能歌善舞，气质优雅，苏轼一见之下就甚为喜欢，于是就买做了侍婢。这就是后来相伴苏轼一生不离不弃的王朝云。王朝云，字子霞，钱塘人氏，因家境贫寒不得不沦落为歌女。如果说王弗是苏轼的贤内助的话，王朝云则是苏轼的贴心知己。在苏轼的所有侍妾中，王朝云是最懂苏轼的心的，从豆蔻年华跟随苏轼开始，直到病死南荒，一直都没有离开过苏轼的身边。王朝云死后，苏轼把她葬在惠州西湖的松林中，并在墓上筑六如亭以纪念她。亭柱上还刻有一副楹联：

不合时宜，惟有朝云能识我。
独弹古调，每逢暮雨倍思卿。

在杭州，苏轼依旧是个受百姓爱戴的好官。他虽然反对新法，但是在具体工作中，还是执行朝廷颁布的新法，而且在自己职权允许的范围内还总是给百姓以方便。苏轼在工作的过程中，看到了新法在具体实施中暴露出来的种种弊端，于熙宁六年（1073年）春天写下了组诗《山村五绝》：

其一

竹篱茅屋趁溪斜，春入山村处处花。
无象太平还有象，孤烟起处是人家。

### 其二

烟雨濛濛鸡犬声,有生何处不安生!
但令黄犊无人佩,布谷何劳也劝耕?

### 其三

老翁七十自腰镰,惭愧春山笋蕨甜。
岂是闻韶解忘味?迩来三月食无盐。

### 其四

杖藜裹饭去匆匆,过眼青钱转手空。
赢得儿童语音好,一年强半在城中。

### 其五

窃禄忘归我自羞,丰年底事汝忧愁。
不须更待飞鸢坠,方念平生马少游。

这五首绝句忠实地记录了苏轼的所见所闻所感,对王安石新法进行了辛辣的讽刺。我这里把其全部摘录下来,是因为这几首诗对苏轼的一生影响实在是太大了。我们都知道苏轼一生最大的转折点就是发生在元丰二年(1079年)的乌台诗案。而苏轼的这组诗后来就成为了乌台诗案有力的罪证。

在公务之余，苏轼经常到处游玩。杭州风景优美，苏轼曾写下了一系列诗词来赞美这里的风景，其中比较著名的有这首《忆江南》词：

江南忆，最忆是杭州。山寺月中寻桂子，郡亭枕上看潮头。
何日更重游？

还有这首《饮湖上初晴后雨》（之二）绝句：

水光潋滟晴方好，山色空蒙雨亦奇。
欲把西湖比西子，淡妆浓抹总相宜。

宋神宗熙宁七年（1074年），苏轼在杭州的任期将满。因为弟弟苏辙当时在山东济州任职，所以苏轼向朝廷呈请调到山东任职。这年五月，朝廷任命苏轼为密州（今山东诸城）太守。

苏轼在接到消息后于九月离开杭州，一路旅途劳顿，历经四十多天，于十一月到达密州。苏轼到达密州之后，立刻把注意力集中到了公事上，因为此时山东密州发生了极其严重的蝗灾，百姓捕杀的蝗虫足足埋了两百多里。严重的自然灾害暴露了新法存在的弊端，苏轼为了减轻百姓的痛苦，向朝廷建议免除密州当年的夏税，并在朝廷下诏废除部分新法前就早已停止执行。为了百姓的利益，苏轼敢于据理力争，早已抛开了个人的安危。

苏轼心里始终装着百姓，完全没有在乎自己的处境。为了让百姓有一个风调雨顺的好年成，苏轼曾经到密州附近的常山祭神祈雨，当路过一个叫铁沟的地方时,苏轼和随从进行了一次小型的狩猎活动,这次狩猎活动激起了苏轼的豪情壮志,于是他写下了那首著名的《江城子》来表达自己渴望上前线建功立业的愿望:

  老夫聊发少年狂,左牵黄,右擎苍,锦帽貂裘,千骑卷平冈。为报倾城随太守,亲射虎,看孙郎。
  酒酣胸胆尚开张,鬓微霜,又何妨!持节云中,何日遣冯唐?会挽雕弓如满月,西北望,射天狼!

这首词豪迈异常,体现出了苏轼立志报国的豪情壮志。但是此时的苏轼只能居于偏僻的密州,独自咀嚼那情感的孤独。岁月已老,年华不在。苏轼此时已经四十几岁了。人到中年,地处荒僻,苏轼想起了自己已逝的妻子,情不自已,泪洒笔端:

  十年生死两茫茫。不思量,自难忘。千里孤坟,无处话凄凉。纵使相逢应不识,尘满面,鬓如霜。
  夜来幽梦忽还乡。小轩窗,正梳妆。相顾无言,惟有泪千行。料得年年肠断处,明月夜,短松冈。

这是一首读来让人痛彻心扉的悼亡词。苏轼结合自己十年来不幸的遭遇,抒发了对亡妻深切的怀念和真挚的感情。

宋神宗熙宁九年(1076年)八月,寒风习习,月亮在不知不觉中已经圆如铜镜,中秋节如约而至。中秋佳节是中国的传统节日,亲人们一起喝茶赏月,共叙亲情。苏轼看着夜空圆圆的月亮,不禁悲从中来,通宵畅饮直至大醉。醉了的苏轼想起了在济南为官的弟弟苏辙，情难自禁，挥毫泼墨写下了那首著名的《水调歌头》来抒发自己心中的郁闷：

> 明月几时有？把酒问青天。不知天上宫阙，今夕是何年？我欲乘风归去，又恐琼楼玉宇，高处不胜寒。起舞弄清影，何似在人间。
> 转朱阁，低绮户，照无眠。不应有恨，何事长向别时圆？人有悲欢离合，月有阴晴圆缺，此事古难全。但愿人长久，千里共婵娟。

在密州任太守的三年，苏轼在词的创作上跨出了具有划时代意义的一步，开拓并扩大了词的题材范围，创新了词的表现手法，促成了豪放词风的形成。从此，我国词坛分为了两大流派：婉约派和豪放派。苏轼自然成了豪放词派的典型代表。

得知苏轼密州三年任期一满，便返回京城述职。但是苏轼做梦也想不到，等待自己的竟是这辈子最大的一次灾难。

知道苏轼回京的苏辙异常高兴，特地赶来迎接，于是兄弟俩一起共赴京城。不知道什么原因，当他们到了陈桥驿的时候，忽然接到了朝廷的诏书，让苏轼改任徐州太守，并且莫名其妙地阻止兄弟二人进京。我此时想到了这么一句话："人在江湖，身不由己。"古代文人的命运不是掌握在自己手里的，而是掌握在统治阶级手里的。他们想让你怎样你就得怎样。唯一不同的是一些文人在这样的命运中怨天尤人消极避世，而苏轼却在这样的命运中尽己所能造福百姓。

苏辙这次陪着苏轼一起到了徐州并且盘桓了三个多月。几年没有见面了，兄弟俩都非常珍惜这次相处的机会，他们在一起登临山水，共叙兄弟情谊。这次的中秋就不像几年前的中秋了，兄弟俩在一起度过，其乐融融。过完中秋，苏轼送走了弟弟苏辙，刚想安定下来，就碰上了一场铺天盖地而来的洪水。黄河决堤，淹没了很多地方，眼看就要淹没徐州城了。城内人心惶惶，动荡不安。苏轼见形势不对，于是就穿上草鞋，拄着木杖，一身泥水，亲自去向附近的禁军求援。禁军首领见太守情系百姓，十分感动，于是带领士兵一起抗洪。经过徐州人民和禁军齐心协力的抢险，在徐州城外迅速筑起了一道近万尺的长堤，终于使徐州脱险。经过徐州这次抗洪抢险，一个正直干练为民造福的太守形象逐渐丰满起来。

由于有着和徐州共存亡的感情，苏轼已经打算在徐州终老。但元丰二年（1079年），朝廷改命苏轼为湖州太守。临行前徐州百姓从四面八方赶来送别苏轼，场面极其感人。百姓的拥护其实是对一个官员政绩最好的评价和肯定。苏轼以自己的人格魅力赢得了赞誉，赢得了百姓。

苏轼抵达湖州上任才三个月，就遭受了一次严酷的政治打击。苏轼在湖州上任不久就写了一篇《湖州谢上表》，里面有这么几句牢骚话：

陛下知其愚不适时，难以追陪新进。察其老不生事，或能牧养小民。

什么意思呢？其实就是说自己又老又愚笨，跟不上时代节奏了。这其实也没什么啊！但是你要知道，苏轼是生活在中国，而且是生活在古代的中国，最可悲的是生活在有着一群宵小的中国。苏轼是谦谦君子啊！怎么可能斗得过小人呢？小人缠上你了，你就自认倒霉吧！我现在用悲愤的心情写下这几个人的名字：监察御史何正臣，御史中丞李定，御史舒亶，国子博士李宜之。

让我们永远记住这四个人吧！让我们永远唾弃这四个人吧！正是这四个小人对苏轼进行了弹劾。他们说苏轼妄自尊大愚弄朝廷，包藏祸心谩骂皇上，无所顾忌诋毁新法……罪证是什么呢？罪证就是苏轼的《湖州谢上表》和前文提到的《山村五绝》。我们现在返回来看看到底苏轼在诗中表达了什么，怎么会让这群宵小抓住不放，还罗列了这么大这么多的罪名。苏轼《山村五绝》中的第二首讽刺了当时的劝农官吏，告诉他们如果老百姓家里有牛就自然会去耕种，没必要去劝。第三首说老百姓三个月都吃不到盐，七十岁的老翁都还要用镰刀去挖野菜充饥。其实我们明白，这些也仅仅是苏轼依据当时的真实情况而写的，是真实社会现象的反映而已。其实我在说这些的时候总是觉得自己多余。历史上那些小人只要想整你，他会想方设法地找你的错误，你没有错误他都会找出一大堆错误来。中国历史上这样被冤枉致死的忠臣还少吗？

我真是为我们古代的读书人而悲愤。同样是读着圣贤书长大的，同样是读着圣贤书走上官场的，为什么他们之间的区别就那么大呢？依据古代的取仕制度，我相信上面提到的这四个人也一定是经历了十年寒窗苦读的。但是他们为什么就这么不待见苏轼呢？苏轼到底做错了什么会让他们这么愤怒呢？我不明白。

面对接二连三的弹劾，宋神宗于是下令御史台将苏轼押到京城进行审查。北宋的御史台是专门负责对官吏进行纠察弹劾的。因《汉书·朱博传》中有着这样的记载："又其府中列柏树，常有野乌数千栖宿其上，晨来暮去，号曰朝夕乌。"所以后人都称御史台为"乌台"。

驸马王诜与苏轼交情甚好，得知消息后迅速通知了在商丘的苏辙。苏辙拜托王适兄弟昼夜兼程赶到湖州报信，并嘱咐他们将苏轼的家人接到商丘安置。同时向朝廷请求除去自己的官职用以赎兄长之罪。苏轼得到消息，事先有了一定的思想准备。他自觉此去凶多吉少，便写信给苏辙交代了后事，然后在长子苏迈的陪同下进京。湖州通判曾目睹苏轼被押时的情形，说当时苏轼堂堂一位太守，一介文弱书生，被两个狱卒像驱逐鸡犬一样押解出城。城中前来送别苏轼的百姓都泪如雨下。

一代旷世文豪，一个清官廉吏，就这样被一群无知的小人肆无忌惮地押着奔走。这是北宋王朝的耻辱，这是中华文明的耻辱。

苏轼被押解到汴京后，马上就被送进了御史台监狱中，残忍的审问也由此开始。主持审问的就是御史中丞李定。他因不守母孝曾被苏轼讽刺过，一直怀恨在心，存心要置苏轼于死地。苏轼知道自己凶多吉少，就买了一些青金丹（相当于现在的安眠药）准备在身边，一旦定死罪就服药自尽。

对苏轼的审问开始了，他们找来了许多苏轼的作品，然后不分青红皂白地一概判定为攻击新法和讥讽朝廷。李定等人还采取指使人诬陷和伪造文字等手段，千方百计要置苏轼于死地。此时我感到很可笑，中国的文字真的是太神奇了，不仅可以形成流传千古的美文，甚至还可以拿来置人于死地。此时苏轼被关押在监狱中，过着那种生不如死的生活。这时，李定和何正臣等人竟对苏轼进行威胁，威逼苏轼承认自己的叛逆罪。他们无所不用其极，能想到的方法都用上了，目的只有一个，那就是置苏轼于死地。我相信大家都看过古代的电视连续剧，看到过里面审问犯人的情景,也看到过审问犯人时所用的那些刑具。我们现在来想一想,这些残酷的刑具都是怎样一件一件地用在我们一代文豪苏轼的身上的。一个文弱书生,一个心里只装着百姓的好官,平时都是读书作词关心民生疾苦,哪里能够受得了如此的酷刑。我此时想用世界上最恶毒的语言来咒骂这些奸佞小人,但是我实在是找不到一个合适的词语,因为我觉得此时已经无法用语言来表达对他们的痛恨了。

在北宋朝廷上,群臣围绕苏轼一案也展开了激烈的争论。苏轼的案件甚至还惊动了内宫,由于苏轼声名远播,宫廷里上上下下都知道苏轼这个人。在太皇太后病逝前,宋神宗为了使祖母的病情好转,想在全国范围内进行一次赦免。太皇太后对宋神宗说:"不用赦免天下凶恶,只须放了苏轼就够了。"由于苏轼曾经在杭州和湖州做过官,百姓都深感大德,杭州和湖州一带的百姓都纷纷为苏轼摆起了解除噩运的道场,时间长达一个多月,希望通过这样的方式来帮助苏轼渡过难关。这里我还得提一个人,那就是王安石。本来苏轼是因为反对王安石新法而遭此重罪的,按理说他和苏轼是势不两立的,但是此时闲居金陵的王安石也觉得不应该对苏轼这样,于是替苏轼上书辩解。真正的文人都是经得起考验的,王安石毕竟是一个值得我们敬仰的真正的文人,他与那些宵小不同,在关键时刻,他还是能够保持住中国古代文人那应有的节操的。

其实就宋神宗本人而言,由于他努力推广的新法没有收到预期的效果,自然十分恼怒。但从内心出发他也并不想置苏轼于死地,只是想给苏轼一点儿苦头吃吃,同时要惩一儆百。所以不管李定何正臣等人怎样想法要杀苏轼,他最终都没有接受。

李定等人对苏轼进行了长达五个多月的残酷审问，软硬兼施，手段用尽。最终给苏轼加上了一个罪名："讥讽政事。"苏轼也因此写了一篇长长的检讨书表示服从惩罚。这是中国文学的悲哀。让苏轼这么一代旷世文豪去写这么一个检讨书，这本身就是一个天大的笑话。面对这个天大的笑话，我们真的笑得出来吗？

　　轰动一时的"乌台诗案"终于尘埃落定了。李定等人通过这次案件利用御史职权对凡是与苏轼亲近的人进行了一次大范围的打击，很多官员包括苏辙、王诜等人都遭到了贬谪。苏轼本人则被贬为黄州团练副使，从此开始了他在黄州的劫后余生。

　　苏轼的"乌台诗案"打开了中国历史上以诗治罪的先例，同时也拉开了中国"文字狱"历史的黑幕。文字狱！我在写下这几个字的时候心里都是疼痛的。中国古代不知有多少文人因为这几个字而最终付出了自己的生命。

　　元丰三年（1080年）正月初一，苏轼在御史台差吏的押解下离开汴京前往黄州。黄州这片古老的土地从此将要永久地载进中华文化史了。当时，苏轼的家眷都在商丘苏辙家中，身边只有长子苏迈陪同。经过一个月的艰难行程，苏轼于这年的二月一日抵达黄州。到达黄州之初，苏轼居住在定惠院中，院里的住持非常欢迎苏轼的到来，特意腾出一间竹屋给他。在此住了三个月，苏辙护送苏轼的家眷来到了黄州，苏轼于是从定惠院搬到了江边的一个驿亭临皋亭里。

　　古代这些正直的文人，生活条件都是如此的艰苦，杜甫白居易如此，苏轼陆游同样如此，这到底是怎样一种奇怪的现象啊！为了渡过难关，苏轼制订了一个非常节俭的生活计划，规定了每天的支出费用。

　　黄州州府的东门外有一块五十亩的荒地，此处杂草丛生荆棘遍布。

在苏轼到达黄州的第二年,他的好友马正卿为他求得了这么一块荒地,用来开垦以增加一点儿收入。我们可以想象当时苏轼的生活有多艰难,就这么一块荒废已久的营地都还要靠朋友的帮忙才能得到。苏轼性格豪迈豁达,对此毫不在意,决心用自己的劳动来养活全家。于是苏轼带领全家终于把这块荒地开垦了出来,有的地方种菜,有的地方栽竹,还辟出了一块地方养鱼。在中国古代文人中,苏轼是最让我佩服的,不管他的处境有多困难,他始终能保持一种乐观旷达的心态,这非常难能可贵。在苏轼的身上,我看到了一种精神,一种包容宇宙万物的精神。

这块荒地开垦出来后,苏轼还专门给它命了一个名字:东坡。从此之后,东坡居士也就成了苏轼的号。人们很快将它传开来,喜欢叫苏轼为苏东坡。苏轼时年四十七岁。

初到黄州时,由于"乌台诗案"的打击太大,苏东坡不时地流露出伤感和颓废的情绪,但随着时间的推移,一向乐观旷达的苏东坡终于平静了下来,他开始把自己的一部分情感倾注到了大自然身上,从山川草木身上获得宁静。苏轼所居住的临皋亭本就在江边,这让苏轼十分迷恋江水映衬下的风雨云月。苏轼还时常到田野里去漫步,以寻求美的感受,领略人生的哲理,于是苏轼心中那根深蒂固的浪漫主义个性开始张扬起来。一次出行,途中遇到大雨,没有带雨具,同行的人都狼狈不堪,只有苏轼浑然不觉,依然漫步雨中,从容淡定:

莫听穿林打叶声,何妨吟啸且徐行。竹杖芒鞋轻胜马,谁怕?一蓑烟雨任平生。

料峭春风吹酒醒,微冷,山头斜照却相迎。回首向来萧瑟处，归去，也无风雨也无晴。

面对凄风苦雨，胜似闲庭信步，苏东坡正是靠着这种旷达的性格，冲破了苦闷和感伤，对人生和哲学有了新的追求。

元丰五年（1082年）七月十六日，苏东坡在家闲居，突然来了一些客人。苏东坡很高兴，和这些客人一起泛舟于黄州赤壁之下。当是时，秋江夜色十分迷人，微风吹得苏东坡兴致大发，于是便开怀畅饮，顺风而歌。客人杨世昌见状也马上吹起洞箫应和着苏轼的歌声。洞箫呜咽，歌声凄凉。苏轼想到自己泛舟之处乃是八百多年前三国时期诸葛亮和周瑜大破曹操的赤壁，前辈英雄意气风发，而自己空负满腔报国热情却壮志难酬，不禁悲从中来，于是写下了那首流传千古的经典之作《赤壁怀古》：

> 大江东去，浪淘尽，千古风流人物。故垒西边，人道是，三国周郎赤壁。乱石穿空，惊涛拍岸，卷起千堆雪。江山如画，一时多少豪杰。
> 
> 遥想公瑾当年，小乔初嫁了，雄姿英发。羽扇纶巾，谈笑间，樯橹灰飞烟灭。故国神游，多情应笑我，早生华发。人生如梦，一尊还酹江月。

词作以空前的气魄塑造了一个英气勃发的英雄形象，透露了苏轼怀才不遇壮志难酬的感慨。不仅成为了苏东坡整个词作中最为重要的一首，也成为我国词史发展上的一座里程碑，从而确立了豪放派在我国词史上的地位。这首词也被誉为豪放词的代表作。

苏东坡在黄州闲来无事就喜欢到江中去泛舟,也因此写下了许多有关长江的诗词散文。在黄州,苏东坡的词达到了一个新的高度,同样,他的散文也达到了一个新的高度。这其中最具代表性的就是那著名的前后《赤壁赋》。

在黄州,作为政治家的苏东坡死了,死得彻彻底底。在黄州,作为文学家的苏东坡活了,活得轰轰烈烈。苏东坡在黄州整整生活了四年零两个月,一般来说是五个年头。在这五年里,苏东坡的创作呈现出全面繁荣的景象,因此我们说,黄州谪居时期是苏东坡文学创作上最为重要的一个时期。

元丰七年(1084年)四月,宋神宗下诏让苏轼调至汝州(今河南临汝)为团练副使。苏轼一路慢慢走去,在路上写了著名的散文《石钟山记》和蕴含哲理的绝句《题西林壁》:

横看成岭侧成峰,远近高低各不同。
不识庐山真面目,只缘身在此山中。

苏东坡路过金陵(今江苏南京),在那里拜会了王安石。从苏东坡上书神宗反对新法开始,苏东坡和王安石这两个北宋文坛上的领军人物的关系一直处于恶化之中。但毕竟在文学上他们都是同路人,都是欧阳修古文复兴运动旗帜下的得力干将。随着时间的推移和年纪的增大,变法初期两人的交恶可以说已经烟消云散。此时,因政治立场不同而十四年没来往的两大文豪终于又走到了一起。这真是中国文学界的幸事。

其实苏东坡并不想去汝州,而想去常州,因为他在那里买了地,便于安排生活。于是他请求宋神宗让自己在常州居住。这个请求很快得到宋神宗的批准,让他任检校尚书水部员外郎团练副使,不得签书公事,在常州居住。虽说没什么实权,不能实现自己的政治理想,但苏轼对此已经很满意了。

元丰八年(1085年),宋神宗赵顼去世,宋哲宗赵煦继位,年仅十岁。于是宋神宗的母亲高太后听政,处理军国大事。不久之后,改元元祐。高太后一直以来就反对变法,她掌权后立即开始起用保守派元老,北宋政治发生了重大的变化。苏东坡的从政生涯也因此发生了变化。苏轼在常州接到诏命,出任登州(今山东蓬莱)太守,但上任才五天,就被召回中央,任礼部郎官。半个月后,又擢升为起居舍人。三个月后,又升为中书舍人。不久又被提升为翰林学士,专门草拟诏令。翰林学士这一职位是皇帝的近臣,有内相之称。在如此短的时间内,苏东坡数易其位,可见当时北宋朝廷对他的重视。

随着政治地位的改变,苏东坡的社会地位也悄然发生了变化。他身为翰林学士,实际上已成为当时北宋文坛的领袖人物。苏东坡非常爱惜人才,并愿意大力提拔后进。在欧阳修逝世后,他便把培养文学新生力量作为自己的责任。在苏东坡的提拔下,他们逐渐成长起来,成了北宋文坛的中坚力量。这其中最为著名的当数"苏门四学士"和"苏门六君子"了。黄庭坚,秦观,晁补之,张耒四个人因名列苏东坡门下,在各方面与苏东坡的关系都极为密切,因此被称为"苏门四学士"。这四个人加上苏东坡培养的另外两位新人陈师道和李鷹一起被称为"苏门六君子"。苏东坡和自己的这些门人一起,为北宋文学的繁荣作出了巨大的贡献。

苏东坡在元祐年间还朝,连升三级而出任要职,从表面来看是一件大好事，但实际上苏东坡一贯的中间立场，使他和司马光为首的保守派之间很快就产生了矛盾。司马光做宰相八个月就病逝了。司马光去世后，苏东坡与保守派之间的矛盾更为激烈了。他和旧党的中坚人物程颐势如水火，两人的门生故吏也各随其师。于是在当时就形成了两个派别：以苏东坡为首的蜀党和以程颐为首的洛党。因为苏东坡是四川人而程颐是洛阳人而得名。此后苏轼就一直卷进了蜀洛党争之中。元祐二年（1087年）八月，谏臣孔文仲上书弹劾程颐，程颐被罢职。洛党自然不会善罢甘休，他们就不断地上书弹劾苏东坡。如当时的御史赵挺之（著名词人李清照的公公）就找来了苏东坡的一些文章对其断章取义进行诬蔑。在这种情况下，苏东坡深深感到官场险恶，名利虚无，于是萌生了退隐之念。这时，苏东坡多次上书朝廷请求离京外放，但都没有得到朝廷的准许。元祐三年（1088年）秋天，苏东坡再次上书坚决要求外放，几个月后，终于得到批准，以龙图阁学士的身份再次来到杭州，出任杭州太守。

元祐四年（1089年）春，苏东坡在阔别杭州十五年后，再一次来到了熟悉而亲切的西子湖畔。杭州人民知道苏轼要来，个个欢呼雀跃高兴得不得了。上天好像专门要为难苏轼一样，他每到一个地方都要遇上一些困难的事情。此时苏轼刚刚到任，就遇上了大灾荒，先是水灾再是旱灾，米价狂涨，百姓民不聊生。苏东坡于是上奏朝廷，报告灾情，请求减免赋税，抑制米价，帮助百姓度过灾荒。灾荒之中，疫情开始蔓延。苏东坡从官府中拨出款项，同时自己还捐出个人积蓄，在杭州市中心建立了我国最早的公立医院：安乐坊。后来搬到了西湖边上，改名"安济坊"，一直为百姓服务。

元祐五年（1090年），苏东坡开始了他在杭州期间最大的德政：

疏浚西湖。作为著名的风景名胜，西湖是杭州的一个象征，也是杭州人民生活用水的一个来源。古时的西湖可不像现在，那时西湖经常堵塞，给百姓生活带来极大的不便。当年唐代大诗人白居易在杭州任刺史时就已经修整过一次西湖了。但是到了苏东坡这个时候，白居易修建的工程已全部损坏不能使用。苏东坡为了造福人民，于是决定疏浚西湖。四个月以后，工程竣工了，挖出来的河泥堆成了一道长堤，由南而北横跨西湖，把整个西湖分成了两部分。苏东坡在长堤上遍植桃花柳树，构成了迷人的景观。杭州人民为了纪念苏东坡的德政，把这道长堤命名为"苏公堤"，简称"苏堤"。"苏堤"与白居易当年任杭州刺史所建的"白堤"遥遥相对，流芳千古。直到现在，"苏堤春晓"还是著名的西湖十景之一。

元祐六年（1091年）春，苏东坡被召回京师，任职吏部尚书兼翰林学士和知制诰，而这时苏辙也任尚书右丞。苏轼兄弟皆任要职，这引起了洛党的恐慌，他们又以类似"乌台诗案"的卑劣手段欲置苏东坡于死地。虽说这次风波以洛党的枉费心机而告终，但苏东坡一朝被蛇咬十年怕井绳，便主动要求离京。在京师待了四五个月左右的苏东坡于是出知颍州。苏东坡到了颍州，又逢颍州闹灾荒，苏东坡自然忙于救灾。元祐七年（1092年）三月，苏东坡移知扬州。元祐七年（1092年）八月，苏东坡又被召回京师，任兵部尚书。回朝的苏轼自然再一次遭到洛党的排挤，苏东坡已经厌倦了这样的生活，决定到杭州西湖附近去归隐终老。苏轼的愿望还没有实现，残酷的打击又接踵而至了。元祐八年（1093年）八月，苏轼的第二任妻子王闰之逝世，年仅四十七岁。年近花甲的苏东坡命途多舛，现在又第二次遭遇丧妻之痛，心境的灰暗是可想而知的。

元祐八年（1093年）九月，高太后逝世，宋哲宗新政。苏东坡于是被外放知定州（今河北定县），在苏东坡到定州不到半年，又以诽谤先帝的罪名贬谪到英州（今广东英德）。英州位于岭南，在交通极其不便的古代，无异于远在天边了。被贬往英州的官员也基本不抱什么生还的希望了。但是，这样都还没算完，前面还有更大的灾难在等着他。在苏东坡赶赴英州的途中，朝廷又三传谪令，将他贬谪为宁远军节度副使，在惠州（今广东惠阳）安置。苏轼知道，自己的政敌不把自己置于死地是不会善罢甘休的。

苏轼自己此去也没抱任何生还的希望，在临走的时候，他向长子苏迈交代了后事并且打算一个人去岭南。家人自然不放心，最后苏轼决定带着小儿子苏过一同前往。在苏轼人生中最为艰难的时期，侍妾王朝云坚决要求同往，表现出了难得的节操。一行人历经千难万险，花了半年多的时间，终于到达了惠州。

远谪天涯，苏轼的生活基本没有了任何希望，此时他人生观中旷达的一面又开始引领着苏轼的生活。在苏轼看来，惠州虽然偏僻，但还是能够让他安身立命的。好一个旷达的苏东坡！

苏轼到了惠州，惠州的那些官员敬佩他的才华，同情他的遭遇，和他的关系都还不错。苏轼在这蛮荒之地过得也还有滋有味。都这种情况了，当权者还是不放过苏轼。他们想置苏轼于死地，于是就派遣与苏家有仇的程正辅（苏轼姐姐八娘的丈夫）任广东提点刑狱，想让他暗地里加害苏轼。

但是这次想加害苏轼的人却失望了，程正辅到任之后并没有加害苏轼，反而和苏轼握手言和了。平时无事，苏轼就游山玩水品尝瓜果，于是岭南的景物纷纷出现在了苏轼的生花妙笔之下：

罗浮山下四时春，卢橘杨梅次第新。

日啖荔枝三百颗，不辞长作岭南人。

好一个"不辞长作岭南人"！身处如此境地还能如此乐观旷达，苏轼的豪迈情怀纵使千年之后也能让我们陡生敬意。

贬谪惠州的苏轼没有什么事可以做，于是就把更多的时间用在了文学创作上，在此期间，他写了很多诗词，给我国的文学史留下了许多宝贵的财富。同时，出于对百姓一贯的关心，苏轼还将一些先进耕作方法推广到了岭南，大大加快了岭南蛮荒之地的文明进程。

苏轼在惠州就这样安闲地生活着，在此期间，苏轼最大的安慰就是有侍妾王朝云的陪伴。王朝云能歌善舞，自十二岁进苏府后就一直与苏轼同甘共苦不离不弃。尤其在王闰之去世后，实际上已经成了苏轼唯一的精神寄托。而且王朝云是最为理解苏轼的，她能够走进苏轼的精神世界，给予苏轼最大的安慰。这里我先叙述一个小故事。有一次苏轼退朝回家，吃完晚饭，手摸肚皮在院子里散步。他随口问众位侍女："你们说说我这肚子里装的是什么啊？"一个侍女答道："先生满肚子的锦绣文章。"一个侍女说："先生满腹经纶。"苏轼摇摇头表示不对。只有王朝云一鸣惊人："先生是一肚子的不合时宜！"此话当真是说到了苏轼的心坎上，因为他被夹在朝廷新旧两党之间，无论哪一派当权他都要受气贬官。故而苏轼闻王朝云一语而把她当成了自己的知己。

王朝云在苏轼最为困难的时候主动要求到岭南陪伴，给苏轼带来了莫大的安慰。闲暇时，朝云常常唱苏轼的作品为他解闷：

花褪残红青杏小,燕子飞时,绿水人家绕。枝上柳绵吹又少,天涯何处无芳草。

墙里秋千墙外道,墙外行人,墙里佳人笑。笑渐不闻声渐悄,多情却被无情恼。

每当王朝云唱罢此词的时候就泪流满面,哽咽难言,唱的人和听的人都被勾起了流落天涯的悲怆之感而伤心欲绝。

上天对苏轼真的是太不公平了。天妒红颜。绍圣三年(1096年)七月,惠州一带流行疫瘴,病死者无数,王朝云因为体质比较弱,不幸也染上了此疾,带着满腔的不舍离开了苏轼。年仅三十四岁。王朝云的逝世对苏轼的打击太大了,苏轼悲痛万分,他从此不再听那首王朝云经常唱的曲子,也再没有娶妻妾。苏轼安葬了王朝云,并题写了一副楹联于其墓上,这就是前文提到的那副楹联。

打击还没有完。绍圣四年(1097年),苏轼又被当权者流放到了更为遥远的海南岛,责授琼州(今海南海口)别驾,安置在今海南省儋州市。古代的海南是一个什么地方啊!那时的海南岛居民大多数是黎族人,只在北部沿岸有少数汉族人,海南岛在当时被视为是蛮荒外化之地。在元祐数百个大臣中,只有苏轼一个人被贬谪到此处。于是苏轼再一次踏上了征程,他把全家都留在了惠州,只带着小儿子苏过继续往中国的最南端前行。此时,苏轼已经六十岁了。这么一个老人踽踽于荒凉的路上,任谁看了都觉得黯然神伤。弟弟苏辙送他到海边,望着哥哥那瘦弱的身影渐渐消失在茫茫大海上,他泪流满面。此次一别,竟成了兄弟俩的永诀。

经历了海上的风浪,苏轼平安抵达了海南省儋州市中和镇。当地县令张中对苏轼佩服得是五体投地，对苏轼的照顾还算周到。这也算是苏轼唯一的一点儿安慰吧。但是有些事情的发展真的是让我们出离愤怒。朝廷中不待见苏轼的小人见到张中如此优待苏轼，于是下令革职，最终还招来了杀身之祸。苏轼因此也被赶出了张中为他准备的官舍。还能说什么呢？语言在此时显得那么苍白无力。

苏轼自己开始盖房子，海南的百姓纷纷前来帮忙，新居很快落成了。海南岛上的生活十分艰苦，粮食也没有，语言也不通，但苏轼依然没有消沉，拖着苍老的身体在此思考人生。同时，苏轼还以自己绝世的才名和处变不惊的超然旷达影响着海南的百姓，尽心尽力地为海南的百姓做了许多好事。挖井，治病，培养人才。据说海南岛历史上第一个举人姜唐佐就是苏轼精心培养出来的得意弟子。我再也叙述不下去了。这是一种怎样的超然啊！这是一种怎样的伟大啊！这又是一种怎样的人生境界啊！我抬头仰望那湛蓝湛蓝的天空，上面几朵白云飘浮其间，深邃悠远，那是苏轼的灵魂。注目凝视，不觉有一滴眼泪滑落，涩涩的如苏轼那悲壮苍凉的人生。

元符三年（1100年）正月，宋哲宗驾崩，端王赵佶继位，是为宋徽宗。朝廷照例大赦天下。六十五岁的老诗人苏轼终于熬到了离开海南岛的日子，但是当他真要离开这生活了三年的海南岛的时候，他还是有些恋恋不舍。离开海南岛时，苏轼写下了著名的《六月二十日夜渡海》一诗来表达自己内心对海南的感情：

参横斗转欲三更，苦雨终风也解晴。
云散月明谁点缀，天容海色本澄清。
空余鲁叟乘桴意，粗识轩辕奏乐声。

九死南荒吾不恨，兹游奇绝冠平生。

诗的最后两句道出了苏轼的心声，他说海南岛的风光是他平生所见最美丽的风光，即使是死在了这里也不后悔。虽然苏轼是被贬谪到此，但那广阔的胸襟和非凡的气度足以使我们崇敬不已。

离开海南岛的苏轼最先被朝廷移知廉州（今广西合浦），后又接到诏书改授舒州（今安徽安庆）团练副使，接着又接到圣旨，被告知可以任意选择居住地。这标志着苏轼的流放生活彻底结束了，苏轼重新获得了人生自由。苏轼感慨万千！苏轼在想自己到底到哪儿去安度晚年呢？最后，他于建中靖国元年（1101年）回到了常州。苏轼的影响实在是太大了，在他返归北上的一路上，出现了万人空巷的奇观。苏轼每到一处都有地方官和老百姓自发地迎送。

北归的路途实在是太遥远了。年近古稀的苏轼一病不起，于1101年7月28日在常州逝世，终年六十六岁。一代旷世文豪，从此长眠安息。

叙述完苏轼的故事，夜已经很深了，外面漆黑一片。遥望无尽的夜空，我心潮起伏思绪难平，总是感觉苏轼还没有离开我们一样，他就在我们的周围，在一个不起眼的角落里默默地注视着我们。夜色迷茫。苏轼是适合在夜里来阅读的，只有在深夜我们才能感受到苏轼的艰难人生，只有在深夜我们才能感受到苏轼的悲惨遭遇，只有在深夜我们才能感受到苏轼的阔大胸襟，只有在深夜我们才能感受到苏轼的坚定豁达……

我轻轻地闭上眼睛，静静地感受着这无边夜色带来的宁谧，安详而惬意。夜色恍惚中，我看见一个老人手持竹杖缓缓走来，目光淡定，面色从容……

## 夜阑卧听风吹雨

深秋的江南早已失去了草长莺飞的惬意而变得寒气袭人了。1125年11月13日这天早上,狂风肆虐,大雨倾盆。淮河上一条破旧的小船在风雨中飘摇不定。一声响亮的啼哭从小船上穿越风雨清晰地传来。此时风停雨住,陆游出生了。陆游的出生颇具隐喻:风雨伴随着陆游的出生而停息。南宋与金国又恰好以淮水为界,中原沦陷,淮水见证了这段耻辱。陆游似乎命中注定要承受这耻辱。

陆游的母亲在生陆游的前一夜做了一个梦。她梦见了北宋的大文学家秦观。秦观,字少游,乃是大名鼎鼎的苏东坡的学生,位列"苏门四学士"之一,溢于文辞,其词风格婉丽而富于情致,很得苏东坡赏识。陆游的父亲陆宰听说妻子梦见了秦观,很是高兴,马上给儿子取了一个名字:陆游。意为取秦观的字做孩子的名,取秦观的名做孩子的字。这样,秦观的名字改动一下就成了陆游的名字。陆游,字务观。陆宰的意思很明显,就是希望自己的儿子长大之后能像秦观一样有出息,殊不知陆游后来的成就远远超过了秦观。陆游一生六十余年,创作诗歌万余首,至今尚存九千三百余首,是我国现存诗作最多的诗人,也被誉为"南宋诗人之冠"。

陆游出生的时候,北宋王朝风雨飘摇。当时的皇帝宋徽宗赵佶无意于做皇帝，整天都在写写画画研究书画艺术，想要成为著名的书画艺术家。皇帝画画去了，那朝政怎么办呢？宋徽宗赵佶想来想去决定重用蔡京、童贯等人来主持朝政。蔡京、童贯可是历史上著名的奸臣，在他们主持朝政期间，把本来就处于风雨飘摇之中的北宋朝廷搞得是乌烟瘴气，民不聊生。这一年，女真族建立的金国大举进攻北宋。朝政如此腐败的北宋朝廷哪里是金国的对手，金兵迅速以摧枯拉朽之势直逼北宋都城汴京。在这个国难当头的危急时刻，宋徽宗赵佶做出了两个重大决定：一是与金求和。二是让位于儿子宋钦宗赵桓。宋钦宗赵桓在极不情愿之下被迫继位，改年号为靖康。这一年，也即是1126年，发生了北宋历史上最耻辱的事件——"靖康之耻"。

宋钦宗靖康二年，强大的金国军队攻破北宋都城开封，在城内搜刮数日，抢掠宋徽宗、宋钦宗二帝以及后妃皇子等数千人后北撤，北宋灭亡。这就是"靖康之耻"。宋钦宗这位苦命的皇帝，只做了一年多皇帝就被金人掳了去，受尽折磨终身监禁达三十年之久。

陆游就是出生在这么一个黑暗的社会，在他还在襁褓中的时候就随着家人颠沛流离，饱尝了亡国之苦。因受社会现实及家庭环境的影响，陆游从小就立下了远大的志向："上马击狂胡，下马草军书。"

陆游出生在官宦之家，祖先无一不是名噪一时而且在为文为学为官上都是为人称道的贤人。陆游的高祖是宋仁宗时的太傅陆轸。陆游很崇拜他的这个高祖。因为自唐灭以后，陆家无人为官，是陆轸中了进士以后，改变了陆家的家世。陆轸为官四十年，生性秉直，两袖清风，后来挂印辞官，归隐山林，颇有些靖节先生陶渊明的风范。陆游的祖父陆佃是北宋著名诗人王安石的学生，性情刚直。王安石因为变法失败受到司马光排挤，死后无人敢去祭奠，陆游的祖父陆佃前去祭奠,还因此被贬回家。陆游的父亲陆宰也是一位很有民族气节的官员,朝廷南渡后,他便从此回家著书不过问世事了。

陆游的这些祖先对陆游的影响都很大,可以说陆游这一生的高尚品格都是在他们的影响下形成的。传统的儒家思想里有这么一句名言:"穷则独善其身,达则兼济天下。"这成了中国历朝历代读书人共同的精神追求。陆游做到了,他为官三十年,始终坚持抗金,虽然不断受到主降派的打击,但是依然不改初衷,爱国之志至死不渝,直到死时都还念念不忘祖国的统一:

死去元知万事空,但悲不见九州同。
王师北定中原日,家祭无忘告乃翁。

陆游的一生也像他出生的时候一样风雨飘摇,仕途浮浮沉沉,到晚年的时候生活过得尤其清贫:

偶然得肉思共饱,吾儿苦让不忍违。
儿饥读书到鸡唱,意虽甚壮气力微。

这是一种怎样的生活啊!陆游父子两人相依为命,穷得连饭都吃不起了,偶然在饭里发现了一粒肉,竟然都舍不得吃,你推过来我让过去。儿子勤奋读书直到凌晨,虽然意志坚定,却因饥饿而有气无力。这就是我们伟大的爱国主义诗人陆游晚年的生活!那么贫困交加,那么让人不可思议,更是那么让人出离愤怒。

这时我想到了一个词语——生不逢时。陆游的确生不逢时,以他的能力和才干，如果出生在一个政治清明的朝代的话，或者说就算出生在风雨飘摇的宋朝，只要统治者给他以报效祖国的机会的话，陆游一定能够成就一番大事业的。但是这一切都是不现实的，只是我们的美好愿望。想起陆游那坚强不屈的身影孤单地立于南宋王朝的凄风苦雨中时，我不禁潸然泪下：

　　当年万里觅封侯，匹马戍梁州。关河梦断何处？尘暗旧貂裘。
　　胡未灭，鬓先秋，泪空流。此生谁料，心在天山，身老沧洲。

　　宋徽宗赵佶有一个儿子叫赵构，是宋徽宗的第九个儿子，宋钦宗赵桓的弟弟，在北宋时被封为"康王"。在靖康之耻后，因为父兄都被掳走了，所以赵构在大臣的推举下在应天府登基称帝，后迁都于临安，恢复宋国号，建立了南宋，赵构即是宋高宗。

　　赵构继位初期，任用主战派李纲为相，以著名将领宗泽为东京留守，发动抗金战争。本来赵构任用李纲为相就只是想利用李纲的声望来重振朝纲支撑局面，并不是想真正抗金。赵构本来胆小，害怕金人，从1127年到1138年的这十余年间，赵构一直辗转东南沿海各地躲避金军，只想偏安一隅了此残生。所以李纲坚决抗金和反对投降的主张，就和赵构的初衷是相违背的。于是李纲仅仅任职宰相七十五天就被驱逐出朝廷，不久被贬鄂州，继而又被流放到海南岛的万安军。赵构在罢免李纲之后，起用了投降派的黄潜善等人，从而使抗金形势发生大逆转，金军轻易就渡过了黄河，并在不到三个月的时间之内即占领了西自秦州、东至青州一线之广大地区。

宗泽是南宋著名的抗金将领。他在1127年以七十岁高龄留守东京抵抗金军,招募义军近200万与金军隔河对峙。后来著名的抗金将领岳飞就是在此时来投奔宗泽的,在宗泽的部下南征北战。宗泽能征善战,多次打败金军,威震天下,金军畏之如虎蛇,称其为"宗爷爷"。从1127年起,宗泽一年上书24次力劝宋高宗赵构还都东京,以图恢复北方失地,这就是著名的《乞回銮殿疏》,但每次都被奸佞所阻,而且赵构对此置之不理。宗泽忧愤成疾,郁郁而终。宗泽在临终之前还念念不忘请求赵构还都开封,誓师北伐,直至断气,宗泽无一语及家事,只听见他连呼:"渡河!渡河!渡河!"然后悲愤而逝。

岳飞同宗泽一样都是南宋著名的抗金将领,他精忠报国的故事流传千古,为国人津津乐道,每每提及都会流露出一种景仰之情。岳飞是南宋中兴四将之一,他坚决反对议和,主张抗战到底。岳飞在南宋危难当头时无异于是朝廷和老百姓的一座靠山,金军甚至流传这样一句哀叹:"撼山易,撼岳家军难。"岳飞带领军队北伐中原,收复很多失地,严重动摇了金军军心,金军著名将领金兀术甚至已经准备连夜从开封撤离了。此时南宋的抗金斗争在岳飞的努力下已经有了根本的转机,只要再向前跨出一步,沦陷十多年的中原,就可望收复了。正在此时,赵构和遗臭万年的宰相秦桧唯恐有碍和金国的议和,连下十二道金牌急令岳飞班师回朝。岳飞一回到临安就被解除兵权,并被诬陷以"谋反"的罪名关进大理寺。1142年,岳飞以"莫须有"的罪名与儿子岳云和部将张宪一起被冤杀于临安大理寺风波亭。岳飞虽然被奸臣所害,但他那精忠报国的思想,处于危难坚持斗争的精神,崇高的民族气节一直影响着一代又一代的中国人。他那首《满江红》更是气壮山河:

怒发冲冠，凭栏处，潇潇雨歇。抬望眼，仰天长啸，壮怀激烈。三十功名尘与土，八千里路云和月。莫等闲，白了少年头，空悲切。

靖康耻，犹未雪；臣子恨，何时灭。驾长车，踏破贺兰山缺。壮志饥餐胡虏肉，笑谈渴饮匈奴血。待从头，收拾旧河山，朝天阙。

贬谪，流放，诬陷，残杀。这些残酷的字眼总是伴随着中国历代忠臣那悲惨的一生。他们无法逃离，无法选择，更无法反抗，因为他们是忠臣。我们现在也没有必要再来讨论他们是否是愚忠了。此时，他们都是当之无愧的英雄，他们的精神和气节足以使我们几千年的中华文明熠熠生辉。

南宋建立的那一年，陆游三岁。这些著名的抗金英雄对陆游的影响很大，可以说陆游此生坚持抗金矢志不渝，在很大程度上都是由于从小听着这些抗金英雄的故事长大造成的。这辈子陆游最崇拜两个人：宗泽和岳飞。这两人都是南宋抗金将领中的灵魂人物，忠贞不渝、浩气长存。

中国古代文人很多都走上了仕途，陆游也不例外，而且陆游是想走仕途的，因为陆游明白，想要实现自己爱国忧民的远大抱负，就必须走仕途，只有走上了仕途才有机会一展自己的才能，为国请命、为民出力。于是陆游在绍兴十三年也即1143年参加了进士考试，这年陆游十九岁。此时的陆游已经是满腹才华了。陆游的卷子交上去之后，陆游自己是信心满怀啊，认为应该十拿九稳了。但是结果出来以后，陆游去看皇榜，到处都找不到自己的名字，结果这次考试没考上。什么原因呢？难道说陆游的文章写得不够好，还是陆游的才华还不够呢？朝廷给陆游的批语是："喜论恢复，语触秦桧。"陆游一辈子的志向就是力主抗金，恢复中原，所以陆游在自己的考卷里面对这个问题进行了详细的阐述，文章是写得呱呱叫啊。当时可是赵构和秦桧的天下，人家是主和派，最看不惯力主抗金的人，连抗金英雄岳飞都敢杀，你陆游一个十几岁的小毛孩算个啥啊？所以这次陆游很自然地名落孙山了。

陆游是打定主意一定要取仕当官的，所以他又积极地准备下一次的科举考试。但是很不幸的是，陆游的父亲陆宰在此时去世了。根据宋代礼法规定，守孝三年期间，是不能够参加科举考试的，所以这次陆游又没能实现自己的理想。在绍兴二十三年也就是1153年，陆游再一次来到都城临安参加进士考试。本来在这次考试中陆游是名列第一的，但是却再次名落孙山，这次又是什么原因呢？文章是没得说的，学问也是没得说的，就凭人家陆游到了我们今天都还享有这么大的名声来看，没有真才实学那是绝对办不到的。问题出就出在陆游这个人身上。陆游出生于一个特殊的官宦世家，受祖先的影响很深，所以陆游的性情就特别耿直，心里想什么就说什么。在这次考试之中，陆游又是喜论恢复，力主抗金。陆游很可爱，都十年过去了，他居然一点儿教训都不吸取，上次考试不是因为这个原因没被录取吗？你就不能改个话题，写点儿别的什么东西？哪怕是暂时委屈一下，等考中做官了再来实现你恢复中原的远大抱负也行啊。但是陆游办不到。也正因为陆游办不到，才更显出他的可爱。如果陆游他办到了，他就不是陆游了。当时的主考官是两浙转运使陈阜卿，这个人也是主战派之一，为人也非常正直。他看了陆游的文章之后，高兴得不得了，所以就把陆游点为了第一名。但是陆游的运气确实也差了一点儿，这次和陆游同场考试的考生当中有这么一个特殊的人,那就是秦桧的孙子秦埙。有了这个人,你陆游还能当第一吗?你陆游当了第一,人家秦桧的脸面往哪儿搁?所以陆游的这次考卷又被批上"喜论恢复"四字给枪毙了,还顺便把陆游给罢黜回了家乡。

　　这次罢黜对陆游的打击很大,陆游回乡之后,寄情山水,了解了很多民间疾苦,在此期间写下了很多忧国忧民的爱国诗篇。绍兴二十八年秋天也即1158年,时年三十四岁的陆游再一次来到临安,出任福州宁德县主簿。这是陆游第一次正式踏上仕途之路,而且此时南宋朝廷中的主战派逐渐抬头,纷纷力主抗金,要求收复失地。这时陆游那积存心中许久的爱国理想再次萌发,因为对宋高宗赵构存有抗金的幻想,所以向赵构提出了许多爱国的建议。在陆游为赵构提出的这许多建议中,有这么一条:"罢黜宠臣杨存中。"这下可把赵构惹急了,这杨存中可是赵构最宠幸的大臣,你陆游算个什么东西,还敢要求废了杨存中。所以没过多久,陆游又被罢黜了。陆游为什么敢于向赵构提出罢黜杨存中呢?我们说中国古代有骨气的文人其实都很可爱,他们大都性情耿直,不善于官场逢迎,所以也特别看不惯在官场上曲意逢迎的人。这个杨存中就是一个特别喜欢逢迎的人,而且谁的官大他就逢迎谁。其实最主要的原因还是杨存中是岳飞被害风波亭时的监斩官。陆游这辈子是很崇拜岳飞的,是把岳飞当成了心中的偶像的,这个杨存中逢迎秦桧把自己的偶像监斩了,陆游当然不满意他了,就要求宋高宗赵构把杨存中罢黜了。虽然最终杨存中被罢黜,但是陆游也因为这件事被赵构遣送回乡了。

　　绍兴三十二年即公元1162年,宋孝宗赵昚继位。陆游也因此迎来了他仕途上最春风得意的时期。宋孝宗继位之初是很有一番抗击金兵恢复失地的心志的，所以他特别欣赏陆游，还御赐了陆游进士出身。但是陆游这个人生性太过耿直，对奸臣始终就是看不惯。我们读中国历史，会发现古代大部分被贬的文人都有这么一个毛病，但我们能说这是毛病吗？一次一次直言进谏，一次一次被贬流放，我们见证了太多这样的故事。中国历史就是在这一次又一次的反反复复中慢慢走到了现在。这个时候陆游又发现了宋孝宗身边的两个奸臣：龙大渊和曾觌。发现了就发现了吧，陆游就忍不住了，又去给赵昚说应该怎么样做才对。这下好了，皇帝的脸面挂不住了，怎么办呢。罢黜吧！这样，陆游在自己处于仕途比较春风得意的时候又被罢免回乡了。这时候陆游已经是第四次被贬了。陆游被罢免之后在家乡一直待到了四十五岁，才被任命为夔州通判。

乾道八年也就是1172年，四十几岁的陆游来到了主战派将领四川宣抚使王炎幕府，投身军旅生活，想要把自己那忧国忧民誓死抗金的爱国思想切实地通过自己的行动实现出来。这段时期是陆游一生中最兴奋的时期，他终于来到了边关，和边关将士一起生活，一起打猎，一起戍守祖国的疆土。这段时期陆游创作激情高涨，写出了大量的热情奔放的爱国诗篇。"飞霜掠面寒压指，一寸丹心唯报国"就是其中的典型代表。

不久之后，南宋朝廷把王炎召回去罢免了，陆游也被改任为成都府安抚司参议官。此时的陆游就只能怀着"三秦父老应惆怅，不见王师出散关"的深深遗憾和"有时登高望鄠杜，悲歌仰天泪如雨"的激愤离开了边关。从此陆游的仕途生涯就飘忽不定了，其抗战复国的志向也一直得不到伸展了。由于这些原因，陆游此后生活得很郁闷，所以就经常喝酒用喝醉来寻求精神麻痹。陆游的这些行为被同僚指责为

"不拘礼法,恃酒颓放",于是陆游干脆给自己取名"放翁",还写了这样一首诗解嘲:"名姓已甘黄纸外,光阴全付绿尊中。门前剥啄谁相觅,贺我今年号放翁。"从此,"放翁"这个名号就一直和陆游一起流传千古了。

陆游一生仕途坎坷,命运多舛,但也写下了许多山水田园诗歌。陆游笔下的山水田园诗是他穿过了人生的风风雨雨,见惯了人世间的悲欢离合,感受了生命的大起大落后的大彻大悟。如那首著名的《游山西村》:

莫笑农家腊酒浑,丰年留客足鸡豚。
山重水复疑无路,柳暗花明又一村。
箫鼓追随春社近,衣冠简朴古风存。
从今若许闲乘月,拄杖无时夜叩门。

恢复中原是诗人陆游这一辈子的伤痛,他还有另一个伤痛,这个伤痛是和一个名字联系在一起的——唐婉。这个伤痛六十年不能消,伴随着陆游走过了他的一生。可以这样说,我们现在看到的应该有两个陆游:一个时时不忘祖国,一个念念不忘唐婉。

宋高宗绍兴十四年(1145年),二十岁的陆游和自己的表妹唐婉结为夫妇,开始了他们的婚姻生活。唐婉是陆游舅舅唐闳的女儿,自幼文静贤淑,才华横溢,琴棋书画样样精通,而且善解人意,是当时小有名气的才女。陆游和唐婉青梅竹马,两情相悦,长大成婚后更是相敬如宾,生活过得非常美满幸福。然而好景不长,唐婉和陆游结婚不到三年,就被逐出了陆家大门。陆游的母亲有四个儿子,但是她最爱陆游,认为陆游最有出息。陆游与唐婉结婚后,两人感情很好,经常在一起吟诗作对甚是亲密。这时,陆游的母亲就见不得了,认为陆游和唐婉过于缠绵,唐婉耽误了陆游的学业,还把陆游没考中进士怪罪到了唐婉身上。于是就强迫陆游休弃唐婉,不准继续往来。陆游心中纵然有一万个不愿意,但是母命难为,素来孝顺的他只得与唐婉分手。其实陆游和唐婉分手还有一个更重要原因就是唐婉不孕。陆游有这么一首诗说出了唐婉不孕这么一个事实:

　　所冀妾生男,庶几姑弄孙。
　　此志竟蹉跎,薄命来谇言。
　　放弃不敢怒,所悲孤大恩。

　　陆游与唐婉结婚后,唐婉数年都没有生育。在中国古代不孝有三,无后为大。唐婉不能生育,这是陆家怎么都不能容忍的,所以陆游和唐婉分手也就顺理成章了。陆游和唐婉分手之后,都各自组建了自己的新家庭。陆游娶了一个姓王的女子为妻,而唐婉也嫁给了一个叫赵士程的皇室传人。

　　陆游的家乡绍兴有一个风俗,就是每年的三月五日大家都会来逛庙会。庙会的旁边有一个园林叫沈园,大家经常到这里来休息。进士考试失利之后,陆游回到了家乡,家乡风景依旧,人面已新,陆游睹物思人,心中备感凄凉。为了排遣心中的忧愁,陆游在一个繁花盛开的春日午后来到了沈园。沈园是一个风景优美的园林,园内百花争艳,石山耸翠,曲径通幽,风景宜人。陆游正在低头沉思时,沈园幽静的小路上缓缓走来一个娴静的女子,陆游猛一抬头,惊呆了,这女子竟是唐婉。

一刹那，时光与目光都凝滞了。陆游和唐婉面对面站着，竟一时不知说什么好。四目相对，陆游和唐婉都感觉迷茫恍惚，不知道眼前是梦是真。两双清澈的眼睛里，饱含的不知是怨，是情，是怜，是思。一时间，万千情愫涌上心头，千般心事，万般柔情却不知从何说起。陆游和唐婉就这样静静地站着，谁也没有说话，任凭四目相对，无语凝噎。深深一瞥之后，已为人妻的唐婉终于提起沉重的脚步慢慢走远，留下了孤独的陆游面对着繁花在那怔怔发呆。一阵和风袭来，吹醒了沉醉在过往岁月中的陆游，他不由得向着唐婉离开的地方追寻而去。陆游和唐婉虽然已经分手了，但是感情还是那么深厚，两人都还在深深地思念着对方。此时，唐婉派人给陆游送来了酒和果品，然后转身慢慢离开。陆游情不能自已，往日情怀，今日痴怨，缠绕心头，感慨万千，于沈园的墙壁上题词一首：

  红酥手，黄縢酒，满城春色宫墙柳。东风恶，欢情薄，一怀愁绪，几年离索。错！错！错！
  春如旧，人空瘦，泪痕红浥鲛绡透。桃花落，闲池阁，山盟虽在，锦书难托。莫！莫！莫！

这就是那首著名的《钗头凤》。此词饱含深情，写出了陆游内心的伤感内疚和对唐婉的一片深情以及对母亲拆散他们婚姻的强烈不满。

在陆游怅然离开之后，怀抱一种莫名的憧憬，唐婉再次来到沈园，徘徊于曲径回廊之间，忽然发现陆游题于墙上的《钗头凤》词。唐婉反复吟诵，想起往日二人诗词唱和的情景，不由得泪流满面，心潮起伏。

于是也题了一首和词：

  世情薄，人情恶，雨送黄昏花易落。晓风干，泪痕残，欲笺心事，独语斜阑。难！难！难！
  人成各，今非昨，病魂常似秋千索。角声寒，夜阑珊，怕人寻问，咽泪装欢。瞒！瞒！瞒！

  唐婉是一个极重情谊的女子，她与陆游的爱情本是十分完美的结合，却毁于世俗风雨中。赵士程虽然重新给了她感情的抚慰，但她与陆游的那份刻骨铭心的情愫却始终留在她情感世界的最深处。自从她看到了沈园里陆游的题词，唐婉的心就再也难以平静。最后由于过度忧郁，在秋风萧瑟的时节化作一片落叶悄然逝去。

  此后陆游北上抗金，又辗转川蜀任职，几十年的风雨生涯，依然无法排遣陆游心中对唐婉的那份柔情和眷念。陆游七十五岁时，住在沈园附近，这时唐婉已经去世四十年了。陆游重游故园，难抑内心感情，挥泪写下《沈园》诗：

  城上斜阳画角哀，沈园非复旧池台。
  伤心桥下春波绿，曾是惊鸿照影来。

  烟雨沈园中，恍恍惚惚间，一位白发苍苍的老诗人，正缓步踱过伤心桥，踯躅在满地落叶中。已无蝉声，也无画角，只有一个默然凝望断墙的老人。诗人陆游临终前一年，已达八十四岁高龄了，再次重游沈园，写下了最后一首思念唐婉的诗：

沈家园里花如锦，半是当年识放翁。

　　也信美人终作土，不堪幽梦太匆匆。

　　陆游与唐婉这对儿苦命鸳鸯，用自己的一生写下了一段流芳百世、凄美感人的爱情悲剧，至今回忆起来都让人觉得异常凄凉。

　　陆游的一生是悲苦的一生。他想通过仕途来实现自己恢复中原的远大志向，却屡屡失意。想极力维护好自己和唐婉的美满婚姻，却又最终阴阳相隔。陆游的一生又是伟大的一生。他仕途失意屡次被贬，却矢志不渝，爱国之情至死不变。他把自己忧国忧民的满腔热情融汇成一篇篇脍炙人口的诗歌，流传至今。

　　陆游已经离我们远去，可是当我们偶然回望一下千年前的风雨时，我们总会发现一个立于风雨之中的孤独老人。陆游生于风雨中，又一辈子经历着风雨，可以说风雨已经浸透在了陆游心灵的最深处了。听着夜里的风雨声，我仿佛看见了一个老人，这个老人孤独地躺在村庄里的一张破床上，嘴里念念有词：

　　僵卧孤村不自哀，尚思为国戍轮台。

　　夜阑卧听风吹雨，铁马冰河入梦来。

## 落日楼头登临意

在中国历史上,文武双全的词人恐怕没有几个,能够把文和武结合得恰到好处的更是屈指可数。如此说来,南宋大词人辛弃疾真的是非常难能可贵了。

东风夜放花千树,更吹落,星如雨。宝马雕车香满路。
凤箫声动,玉壶光转,一夜鱼龙舞。
蛾儿雪柳黄金缕,笑语盈盈暗香去。众里寻他千百度。
蓦然回首,那人却在,灯火阑珊处。

每当我们在读这首词的时候,是否会想到这么柔美的词竟然是出自和苏东坡一起被誉为豪放派词人的辛弃疾之手呢?词中见人生。这就是辛弃疾,豪放与柔美并存,刀剑与笔墨同在。南宋那个灯火阑珊处的背影留给了我们太多的故事,一直延续到几千年后的今天。

辛弃疾,字幼安,号稼轩,山东历城(今山东济南)人,南宋时期著名词人。现存词作六百二十六首,是两宋时期现存词作最多的词人,其词表现出强烈的爱国主义思想,风格慷慨悲壮,具有极高的艺术价值。

宋高宗绍兴十年(1140年),辛弃疾出生在山东济南一个叫遥墙镇的地方。辛弃疾出生的时候，宋朝北方的广大土地早已被金人攻陷。由于父亲辛文郁早逝，辛弃疾自幼就跟随祖父辛赞一起生活。辛赞在"靖康之变"时因为家族人口众多，无法脱身随宋室南渡，不得已而留在了金国做了谯县守令等一些小官。所以辛弃疾从小是在金人统治下的北方长大的，这也使得辛弃疾较少受到一味循规蹈矩的传统儒家文化教育，而在其身上体现出一种燕赵奇士的侠义之气。这对辛弃疾以后的词风有一定的影响。辛弃疾的祖父虽然在金国任职，但是一直心忧宋朝，希望有朝一日能够收复河山报仇雪恨，所以常常带着辛弃疾登高望远指画山河。那莽莽苍苍的华夏大地在辛弃疾眼前铺展开来，辛弃疾心潮起伏，一股强大的爱国热情顿时弥漫全身。辛赞将自己的全部希望都寄托在了孙子身上，为其取名"弃疾"。"弃疾"正是"去病"之意。西汉时期有一个著名将领霍去病，曾经六次率军击败匈奴，解除了自汉初以来匈奴对汉朝的威胁。辛赞也希望孙子能够像当日的霍去病一样，为今日之宋朝驱除金兵，解除危难。同时，辛弃疾目睹了汉人在金人统治下所受的屈辱和痛苦，使得他从小就立下了恢复中原、报仇雪耻的伟大志向。

金皇统九年（1149年），海陵王完颜亮杀死金熙宗篡位称帝，继而迁都长城以南的燕京（今北京），大兴土木，加征赋役，严重加大了人民的负担。哪里有压迫，哪里就有反抗。山东济南人士耿京因不堪忍受金人的赋役剥削，聚结李铁枪等人，占据济南东山，组成了一支几十人的抗金武装。不久他们进驻泰安和莱芜等地，队伍不断发展壮大。这时蔡州人贾瑞率领数十人投奔耿京，进而到各地召集民众，使抗金武装迅速发展到数万人。宋高宗绍兴三十一年（1161年），海陵王完颜亮强征各族人民大举攻宋，耿京率领二十几万人起义抗金。

这时，二十二岁的辛弃疾也在济南南部山区聚集了一支两千多人的队伍参加抗金斗争，后来率众投奔了耿京，在军中担任掌书记一职。有一次，起义军中出现了一个叛徒，将印信偷走，准备投靠金国。辛弃疾手提利剑单枪匹马追赶叛徒两日，第三天提回一颗人头。从此声名大振，得到耿京重用。

宋高宗绍兴三十一年（1161年）十一月，海陵王在南下侵宋不久，金人就发生内讧，完颜亮被部下杀死，金兵撤回北方，成立了新的统治集团，金世宗继位。面对起义军即将被金军各个击破的危险境地，辛弃疾劝耿京和南宋朝廷联系，在军事上配合行动，与宋军共同抗金。次年正月，辛弃疾奉耿京之命和贾瑞一起南下去归附南宋，宋高宗赵构在建康（今南京）接见了他们，承认了义军的合法性，并封耿京为天平军节度使。正当耿京踌躇满志准备对金兵采取大规模军事行动的时候，部下张安国叛变，杀死了耿京，并劫持了部分起义军投降了金人。叛徒永远是可恨的，但中国历史上总是在不断上演着一幕一幕的叛变事件。

辛弃疾在北归途中闻听此讯勃然大怒，随即率领部下五十多人疾驰数百里，突袭济州（今山东巨野）大营，于五万金兵中活捉了张安国，并说服了金兵营中耿京旧部上万人起义。辛弃疾带着这上万人，成功摆脱了金兵的追赶，昼夜疾驰到达建康归附了南宋。同时在建康将叛徒张安国斩首示众。辛弃疾在晚年的时候曾作了一首《鹧鸪天》词来追忆这件事：

　　壮岁旌旗拥万夫，锦襜突骑渡江初。燕兵夜娖银胡䩮，汉箭朝飞金仆姑。

追往事，叹今吾，春风不染白髭须。却将万字平戎策，换得东家种树书。

年轻的辛弃疾一战成名，成为传奇英雄，南宋朝野为之震惊："壮声英概，懦士为之兴起，圣天子一见三叹息。"这是怎样一种英雄气概啊！直可追赶三国时期长坂坡单枪匹马救阿斗的赵子龙。然而赵子龙是三国时期著名的武将，而辛弃疾却是以文名流传于后世的词人。好一个忠肝义胆的辛弃疾！好一个豪气万丈的辛弃疾！

这之后，宋高宗赵构任命辛弃疾为江阴签判，由此开始了他在南宋的仕途生涯。这一年，辛弃疾二十三岁。这个并不理想的开头，似乎已经预示了辛弃疾后半生倾尽全力，始终壮志难酬的悲剧命运。

1162年，宋孝宗赵昚继位。宋孝宗是南宋的第二个皇帝，也被普遍认为是南宋最杰出的皇帝。继位之初立志光复中原，收复河山。重用张浚主持北伐，但是遭遇了符离之败，南宋军队损失惨重。宋孝宗隆兴二年（1164年），被迫与金朝签订了隆兴和议。从此南宋朝廷里主和派重新当权，在以后长达四十多年的时间里，南宋朝廷对金国一直俯首称臣，不敢言战。辛弃疾的大半辈子，就生活在这悲哀的四十多年里。这对辛弃疾来说，无异于一种痛苦的折磨。

在南宋如此低迷压抑的政治环境中，辛弃疾的抗金主张和复国言论始终不被统治者采纳。不仅如此，辛弃疾还不断受到朝廷中奸诈小人的猜疑歧视和排挤。南宋统治者明知他才识超群，却不肯重用。这样，辛弃疾南归后的第一个十年始终沉于仕途的底层，先后担任江阴签判和建康通判等一系列无关紧要的职位。辛弃疾满腔热情投归南宋，却遭到如此待遇，这是他始料未及的。辛弃疾无奈，只得把自己的满腔悲愤化作诗词：

> 楚天千里清秋，水随天去秋无际。遥岑远目，献愁供恨，玉簪螺髻。落日楼头，断鸿声里，江南游子。把吴钩看了，栏杆拍遍，无人会，登临意。
>
> 休说鲈鱼堪脍。尽西风，季鹰归未？求田问舍，怕应羞见，刘郎才气。可惜流年，忧愁风雨，树犹如此！倩何人唤取，红巾翠袖，揾英雄泪。

这首词是辛弃疾在建康通判任上登临赏心亭所作，抒发了自己英雄失意和壮志难酬的郁闷之情。尽管自己职位卑微，辛弃疾却始终关心着国家大事。这期间，辛弃疾凭着对南北政治军事形势的深刻了解，不断为朝廷北伐之事献计献策。其中最著名的是他于乾道元年（1165年）上书给宋孝宗的《美芹十论》和乾道六年（1170年）上书给宰相虞允文的《九议》。这两篇政论文章全面分析了当时的战争形势和进取方略，提出了一系列具体的强国措施，显示了辛弃疾经邦济世的非凡才能。然而，这些策论并没有引起统治阶级的重视，已经不愿意再打仗的朝廷反应冷淡，只是对辛弃疾在建议书中所表现出的实际才干很感兴趣，于是先后把他派到江西和湖南湖北等地担任转运使和安抚使一类重要的地方官职，治理荒政，整顿治安。这显然与辛弃疾的理想大相径庭，虽然他干得很出色，但由于深感岁月流驰和人生短暂而壮志难酬，内心越来越压抑和痛苦。

宋孝宗乾道八年（1172年），辛弃疾出任滁州知府，开始了他南归后第二个十年的仕途生涯。辛弃疾到任滁州后，宽征薄赋，招收流民，恢复生产,训练民兵,实行屯田,使荒凉落后的滁州很快就面貌一新。在这之后,辛弃疾又连续担任了好几个州府的行政长官,职位较前十年有了一些提升。

辛弃疾和其他古代文人一样,不管到了哪里都能恪尽职守。任江西提点刑狱时,三个月平息茶商武装叛乱。任江陵知府兼湖北安抚使时,讨平农民暴动。辛弃疾在任上曾上书朝廷,指出老百姓上山为盗的真正原因是官逼民反,要想平息人民的暴动,就必须严肃官纪。这给当时黑暗的南宋朝廷带来了极大的震动。面对辛弃疾卓著的政绩,南宋朝廷反而加强了对他的防范,频频调动其职务,以免他在一个地方时间久了,会培植起个人势力。湖北任上两年后,辛弃疾被调到湖南,任潭州(今长沙)知府兼湖南安抚使。这时,辛弃疾想到自己因坚持抗金而屡遭打击和迫害,感慨万千,写下了那首传诵千古的《摸鱼儿》一词:

　　淳熙己亥,自湖北漕移湖南,同官王正之置酒小山亭,为赋。

　　更能消几番风雨,匆匆春又归去。惜春长恨花开早,何况落红无数。春且住!见说道,天涯芳草迷归路。怨春不语。算只有殷勤,画檐蛛网,尽日惹飞絮。

　　长门事,准拟佳期又误。蛾眉曾有人妒。千金纵买相如赋,脉脉此情谁诉?君莫舞,君不见,玉环飞燕皆尘土。闲愁最苦。休去倚危栏,斜阳正在,烟柳断肠处。

辛弃疾那满腹的愁怨到底能够向谁倾诉?是偏安江南一隅的南宋

朝廷呢？还是那遥挂西边的灿烂斜阳？

辛弃疾到了长沙后，兴修水利，赈济饥民，整顿乡社，创建了飞虎军，不仅对内起了治安作用，而且成为长江沿线一支重要的防御力量。一年之后，又被调离长沙，改任南昌知府兼江西安抚使。

辛弃疾的这些做法很显然触动了南宋某些特权阶层的利益，引起了不少官僚的嫉恨和打击。宋孝宗淳熙八年（1181年），辛弃疾被人诬陷罪名，弹劾免职。罢官后的辛弃疾在江西上饶带湖闲居，自号稼轩居士。他在这里一住就是十年。这十年是作为英雄的辛弃疾失意的十年，也是作为词人的辛弃疾艺术创作大丰收的十年。

辛弃疾初离官场，置身于悠闲的乡村生活中，心情颇为舒畅。他喜爱带湖风光，觉得这里的一切都那么亲切宜人。在带湖闲居期间，辛弃疾体验到了农村社会的淳朴，为清新的田园风光所愉悦，写下不少山水田园诗词，这些诗词以朴素清新的语言描绘出一幅幅自然风景画和农村风俗画。如那首著名的《西江月》：

明月别枝惊鹊，清风半夜鸣蝉。稻花香里说丰年，听取蛙声一片。

七八个星天外，两三点雨山前。旧时茅店社林边，路转溪桥忽见。

回顾辛弃疾南归以来，虽然一心抗金复国，却被束缚在后方的大小事务上。虽然在地方尽职尽责，准备有所作为，却遭诬陷弹劾，不得不闲居度日。报国无门，壮志难酬，这怎能不叫他愤恨叹息？他不能像陶渊明那样躬耕田园，悠然自得。也不能像苏东坡那样看透宇宙人生,坦然相待。虽然在带湖的生活表面上淡泊平静,但辛弃疾的内心却时时块垒难平,因为他始终无法忘记国家的危难和人民的痛苦,也无法忘记自己年少时立下的雄伟志向。于是,填词便成了他最好的抒情方式。他将自己的爱国热忱和英雄情怀以及壮志难酬的悲苦怨愤,都一并寄托在词中。辛弃疾的词不是无病呻吟,而是他痛苦灵魂的真实再现。当代著名作家梁衡在自己的散文中说,辛弃疾的词不是用笔写成的,而是用刀和剑刻成的,不是用墨写成的,而是蘸着血和泪涂抹而成的。我觉得正是说出了辛弃疾的词的内在精神和灵魂。尽管辛弃疾在自己的一生中创作了不少脍炙人口的词篇,但我可以这样说,只有在带湖的十年中,他才真正从一个政治家和军事家变为了一个文学家。这期间他含英咀华,熔铸古今,对词的题材进行开拓,形式上各体兼备,风格多种多样,实现了宋词创作的一次大飞跃。我们来看辛弃疾作于宋光宗绍熙元年(1190年)闲居带湖期间的这首《踏莎行》词:

夜月楼台,秋香院宇。笑吟吟地人来去。是谁秋到便凄凉?当年宋玉悲如许。

随分杯盘,等闲歌舞。问他有甚堪悲处?思量却也有悲时,重阳节近多风雨。

上片写带湖秋夜的幽美景色,突出秋色之可爱,说明古人悲愁没有多少理由。下片最后两句突然作了一个笔力千钧的反跌:"思量却也有悲时,重阳节近多风雨。"这一反跌,跌出了这首词悲秋的主题思想,到此我们才知道,一代豪杰辛弃疾也是在暗中悲秋的。但是他悲秋的理由却是重阳节快来了,那凄冷的风风雨雨将会破坏人们的幸福和安宁。辛弃疾所谓的"风雨",一语双关,既指自然气候,也暗喻政治形势之险恶。闲居带湖的辛弃疾在密切注视着南宋政坛的情况变化,想到边塞的情况。此词实际上表达了作者对当时政局的忧虑之情,寄托了作者的政治感想。

宋光宗绍熙三年(1192年),经过十年等待的辛弃疾突然被南宋朝廷起用为福建提点刑狱。辛弃疾本就不是自愿闲居,得此任命后他便欣然前往上任。辛弃疾到任半年后,因原任安抚使去世,他又受命兼任福建安抚使。宋光宗绍熙四年(1193年)春,辛弃疾奉诏到达临安,受到宋光宗召见。于这次召见中,辛弃疾就长江上游的军事防御布置问题提出了自己的精辟见解,但依然没有受到朝廷重视。这之后,辛弃疾被留在临安做太府少卿。为期仅半年,便又被派回福建,任福州知州兼福建安抚使。

辛弃疾回到福建后,全力改革弊政,并开始扩军练军,准备把福建地方军队建成像当年湖南飞虎军一样的雄师劲旅。这一系列措施自然又招来了既得利益者的不满。重回福州不到一年,辛弃疾再度被人诬陷弹劾罢官。时年五十五岁的他只能带着悲愤异常的心情又回到了江西农村。

上天对辛弃疾未免过分残忍了点,宋宁宗庆元二年(1196年),在辛弃疾回到江西不久,他在带湖的住宅不幸失火被毁。于是辛弃疾就将家迁到上饶铅山县瓢泉。他在瓢泉的这段生活中,与以前闲居带湖时差不多,终日游山玩水纵酒填词。辛弃疾在瓢泉的第二次退闲生活,长达八年之久。这期间,他留下了大量词作,数量和带湖时期差不多,唯一不同的是,此时的辛弃疾更加失望悲愤,作品的感情基调也更加沉郁忧伤。他时常在作品里回忆自己青年时代的抗金经历,缅怀自己的壮志豪情。虽然对现实充满了怨恨,但他抗金复国的理想却依然没有破灭。

宋宁宗嘉泰三年(1203年),时年六十四岁的辛弃疾再次被起用为绍兴知府兼浙东安抚使。接到诏令后,他立即赴绍兴就任。这次起用他的是当时的宰相韩侂胄。为了筹划北伐,韩侂胄需要起用一些主张抗金的元老重臣以造声势,这样,辛弃疾便成了他的一枚重要棋子。嘉泰四年(1204年),辛弃疾应召入朝。然而,宋宁宗和韩侂胄召见辛弃疾,并没有打算把他留下来主持用兵大计,只是采其名望为北伐装点门面。于是,辛弃疾很快就被派往镇江任知府。辛弃疾虽然对自己不能参与前线抗金战事愤愤不平,但在到达镇江后,仍在这一对敌用兵的战略要地积极备战,很快建立起一支万人劲旅。辛弃疾对韩侂胄等人不作充分准备就急于出兵北伐深感忧虑。在担任镇江知府期间,辛弃疾登上镇江城外的北固亭写下了那首著名的《永遇乐·京口北固亭怀古》来表明自己的态度:

千古江山,英雄无觅孙仲谋处。舞榭歌台,风流总被雨打风吹去。斜阳草树,寻常巷陌,人道寄奴曾住。想当年,金戈铁马,气吞万里如虎。

元嘉草草,封狼居胥,赢得仓皇北顾。四十三年,望中犹记,烽火扬州路。可堪回首,佛狸祠下,一片神鸦社鼓。凭谁问,廉颇老矣,尚能饭否?

不管辛弃疾抗金复国的意愿多么强烈,对国对民用心多么良苦,朝廷始终没有真正信任过他。在镇江任上仅仅一年多，又被人诬陷第三次弹劾免职。宋宁宗开禧元年（1205年）初秋，辛弃疾孤独凄凉地返回了铅山瓢泉。

宋宁宗开禧二年（1206年）五月，南宋正式下诏讨伐金国。不出辛弃疾所料，宋军很快全线溃败。山穷水尽的南宋朝廷只好再次向金国求和。金人提出，以韩侂胄项上人头作为议和条件。韩侂胄恼羞成怒，准备再次对金国用兵，于是他又想到了辛弃疾。开禧三年（1207年），韩侂胄奏请朝廷任命辛弃疾为枢密院都承旨，令其立即到临安供职。可惜诏令到达铅山时，辛弃疾已经一病不起，于是赶紧上奏请辞。就在这一年（1207年）的九月十日，辛弃疾这位杰出的民族英雄带着忧愤的心情和没有实现的遗愿含恨而逝。相传他在临终之际，还大喊数声："杀贼！杀贼！"陆游临终之际不忘北定中原，辛弃疾临终之际不忘报国杀敌。一个陆游，一个辛弃疾，遥远的南宋总是带给我们无限的伤痛。

一个英雄生活在一个怯弱平庸的朝代，是一种可怕的悲哀。而对于辛弃疾那凄凉的一生来说，这种悲哀又更深了一层。辛弃疾饱含热泪，血洒笔端，为后世留下了那一首首动人词篇：

郁孤台下清江水，中间多少行人泪？西北望长安，可怜无数山！

青山遮不住，毕竟东流去。江晚正愁余，山深闻鹧鸪。

——《菩萨蛮·书江西造口壁》

青山欲共高人语，联翩万马来无数。烟雨却低回，望来终不来。

人言头上发,总向愁中白。拍手笑沙鸥,一身都是愁。

——《菩萨蛮·金陵赏心亭为叶丞相赋》

美丽的湖光山色中,辛弃疾漫步其中,他在寻找什么?是那个自己一生都在追逐的梦吗?那孤独的影子在夕阳下被拉得老长老长。远处的山峰在苍茫的暮色中显得影影绰绰,苍凉的古道绵延于山路之中,驼铃声声由远及近,多少个日日夜夜艰难的行程,走弯了月又走圆了月,辛弃疾终于走到了我们的眼前,他神色异常孤伤,眼里饱含泪光。辛弃疾醉了,醉倒在了苍茫的夜色中,醉倒在了自己那个缥缈的梦里面,醉倒在了南宋那片刀光剑影中。

醉里挑灯看剑,梦回吹角连营。八百里分麾下炙,五十弦翻塞外声。沙场秋点兵。

马作的卢飞快,弓如霹雳弦惊。了却君王天下事,赢得生前身后名。可怜白发生!

时光飞逝,往事已千年,面对那片平静的湖泊,我仿佛看到辛弃疾正朝我们走来,一袭青衫,满头白发……灯光昏暗,夜色茫茫,醉意朦胧的辛弃疾手持利剑,斜倚危楼,坚毅的脸上神情忧郁,锋利的长剑直指北方……

## 浩然正气动天地

当我写下这个题目的时候,顿时感觉胸中充盈着一股悲壮豪迈的英雄气概,瞬间流遍全身,让我热血沸腾。握笔的手不由自主地颤抖,深恐自己笔力不够,刻不出这惊天动地的浩然正气。带着惶恐的心情,我还是写下了这个让千千万万中国人为之动容的名字——文天祥。

文天祥,字履善,号文山,南宋末期著名的抗元大臣。宋理宗端平三年(1236年)六月六日,文天祥出生于吉州庐陵(今江西吉安)。文天祥出生的时候,南宋朝廷已经危在旦夕。人们指望他能力挽狂澜,但他终其一生也没能保住偏安江南一隅的南宋江山,于四十七岁那年壮烈牺牲了。从此,中华民族的精神世界陡地竖起了一根擎天立柱,历经风雨万世不倒。

光阴似箭。在风雨飘摇的南宋朝廷,文天祥已经生活十九个年头了。从小刻苦努力的文天祥参加了庐陵乡校考试获得了第一名,于翌年即宋理宗宝祐四年(1256年)进江西白鹭洲书院读书。同年即中选吉州贡士,然后跟随父亲一起到南宋都城临安参加殿试。在殿试中,宋理宗亲自点为第一名,成为状元。得中状元的文天祥完全没有那春风得意马蹄疾的欣喜,而是时刻准备着为国家倾尽自己的绵薄之力。命运之神对文天祥似乎太残忍了点儿。在文天祥得中状元的第四天,他的父亲就不幸因病去世，于是文天祥不得不回家守丧三年。宋理宗开庆初年（1259年）丁忧期满回到朝廷。

正当南宋朝廷固守江南一隅的时候，北方的蒙古族在其首领成吉思汗的带领下迅速强大起来，并于开庆初年（1259年）开始攻打湖北武昌。南宋真算得上是中国历史上一个奇怪的朝廷，从其第一任皇帝宋高宗赵构开始，就一直是以主降为其行为准则。不管是谁当皇帝，只要是遇到外敌进犯，一律是以投降求和为主，这好像成了南宋的光荣传统一样。真是让人憋屈。面对蒙古大军的进犯，宦官董宋臣请宋理宗迁都以避其锋芒，宰相贾似道则以割地称臣和岁纳银绢为条件暗中屈膝求和。文天祥眼见这些贪生怕死之徒，怒不可遏，于是上书请奏问斩董宋臣以振人心。同时献上御敌良策，可惜在以求和为主的南宋没有被采纳。在这之后，文天祥历任刑部郎官和江西提刑以及尚书左司郎官和湖南提刑等职。宋度宗咸淳六年（1270年），因得罪奸相贾似道而遭到罢黜。

1271年，蒙古族结束了内部争夺皇位自相残杀的局面，建立了元朝。元朝建立后，统治者把侵略矛头直指偏安江南一隅的南宋。1273年，丞相伯颜统领二十万大军攻下襄樊等地，并以此为突破口顺江而下。当年的蒙古铁骑是何等威风，甚至打到过今天的欧洲去了，偏安江南苟且偷生的南宋朝廷自然不是其对手，在不到两年的时间里，就打到了南宋都城临安的附近。蒙古军所过之处，尸横遍野，血流成河，农田荒废，百业凋敝。这是一场空前残暴和野蛮的侵略战争，南宋面临着亡国灭种的严重威胁。

宋恭帝德祐元年（1275年）正月，元军大举攻宋，宋军的长江防线全线崩溃，元军将贾似道的十三万大军消灭殆尽，南宋朝廷便再无可用之兵。此时南宋是年仅四岁的宋恭帝在位，太皇太后谢氏临朝听政，不得不发出诏命，号召各地组织兵马勤王。文天祥当时正担任赣州知府，他手捧诏书泪流满面，并立即行动，捐出了自己的家产充当军费，同时招募当地豪杰，在两三个月内便组织了一支三万余人的勤王队伍，然后带领勤王队伍几经周折，终于赶到了南宋都城临安。南宋朝廷委任文天祥知平江府，命令他发兵援救常州，随后又命令他驰援独松关。由于元军攻势猛烈，文天祥带领的江西义军虽然作战英勇，然而最终因为孤立无援而抗争失败，到最后只剩下了六个人。

宋恭帝德祐二年（1276年）正月，伯颜兵临南宋都城临安，文武百官叛变的叛变，出逃的出逃，整个朝廷一片混乱。谢太后任命文天祥为左丞相兼枢密使，派他出城与伯颜谈判，企图与元军讲和。文天祥到了元军大营，希望以谈判的方式来刺探元军军情。在谈判过程中，文天祥据理力争，怒骂伯颜。但就在此时，发生了一件让文天祥做梦也想不到的事。这件事的发生，足以让文天祥气得肝胆俱裂。南宋朝廷为了求和，在文天祥出去谈判的时候，就派人前往文天祥的军营，在其毫不知情的情况下宣布解散了他的军队。伯颜得知文天祥的军队已经被解散，于是下令逮捕了他。凶残狠毒的敌人不曾使文天祥受困，昏庸无能的南宋朝廷和厚颜无耻的投降派却让他遭到了一次致命的打击。面对此情此景，我们还能说什么呢！我们还能保持无动于衷吗？郁闷，愤怒，仇恨，到底要用一种什么样的语言才能表达我此时的痛彻心扉啊！

逮捕文天祥的时候元军已经占领了南宋都城临安，但两淮和江南等地还未被元军完全控制和占领。于是，伯颜企图诱降文天祥，想利用他的声望来尽快收拾残局。文天祥宁死不屈，伯颜只好将他押解回北方。当文天祥被押解到镇江的时候，得当地义士相救脱险。此时的南宋朝廷已经奉表投降，宋恭帝被押往元朝大都（今北京）。在陆秀夫等人的拥护下，时年七岁的宋端宗在福州即位。景炎元年（1276年）五月，文天祥奉诏进福州，任枢密使，同时都督诸路军马，往南剑州（今福建南平）建立督府，派人赴各地募兵筹饷以继续抗元斗争。这年秋天，元军攻占福建，宋端宗被迫逃往海上，在广东一带乘船漂泊。此时，文天祥号召四方英雄豪杰起兵，开始收复失地。景炎二年（1277年）三月，文天祥领兵进军江西，收复南部数十州县，同时围困赣州，湖南湖北等地皆起而响应，震撼了江南，鼓舞了人民的反抗意志，使元朝统治者大为惊慌。元朝连忙调来四十万大军解赣州之围，另派兵五万追击文天祥。此时，文天祥部不过五千余人。这年八月，空坑一战，文天祥兵败，部将数人牺牲，妻子和子女都被元军俘获，部将赵时赏在紧急关头假扮文天祥，吸引了元军，文天祥才得以乘间逃脱。赵时赏随即被杀。这是文天祥在一年多时间里遭到的第二次重大打击。但是文天祥并没有灰心丧气，他下定决心坚持抗元到底。

祥兴元年（1278年）夏，宋端宗已死，弟弟赵昺继位，移驻崖山。文天祥被任命为少保和信国公。这年十一月，文天祥收拾残军加以扩充，移师广东潮阳。同年十二月二十日，元军大举进攻，文天祥在率部向海丰撤退的途中遭到元将张弘范的攻击，兵败，文天祥自度难以逃出重围，于是吞下随身携带的冰片企图自杀，免得遭到污辱，但是并没有死，而是昏迷了过去，在昏迷当中，文天祥被元军俘虏。这是文天祥遭遇的最后一次也是最为严重的挫折了。从此以后，他再也不能统领部队在战场上与元军拼杀了。

那是1279年的农历正月，云雾惨淡，烟雨迷茫。张弘范将文天祥押往崖山,并让他写信招降南宋张世杰。英雄末路!文天祥正色道:"我不能保护自己的亲人,难道还能叫别人背叛亲人吗?"张弘范不听,硬是要强迫文天祥就范。浊浪排空!在这生死关头,文天祥选择了与国家民族共存亡。满腔忠烈由胸中喷薄而出,这就是那首光照千古的《过零丁洋》一诗:

辛苦遭逢起一经,干戈寥落四周星。
山河破碎风飘絮,身世浮沉雨打萍。
惶恐滩头说惶恐,零丁洋里叹零丁。
人生自古谁无死?留取丹心照汗青!

诗成落笔。仰天长啸。张弘范读完此诗,深感震撼。罢了!罢了!我张弘范不再逼你了。就在此诗写成的二十天后,南宋在崖山海战中遭到惨败,陆秀夫背着年仅八岁的幼帝赵昺跳海而亡。至此,一直以来偏安江南的南宋王朝最终走向了灭亡。

张弘范向元世祖忽必烈请示如何处理文天祥,元世祖被文天祥的忠义行为所感动,命令张弘范对文天祥以礼相待,将文天祥送到大都(今北京)关押。文天祥抱着舍生成仁的决心,路上绝食八日,以求一死,但没想到的是竟然不死。文天祥被押解到大都后,关押在北京府学胡同。

在这里,元世祖开始了那无休无止的诱降。诱降是一场看不见刀光剑影的战争,是考验一个人灵魂和人格的致命搏击。从某种意义上来说,诱降比杀头更为严峻。其实,元世祖也是真爱其才,才舍不得杀文天祥的。于是,致命的杀招便使出来了。

这里第一个上场的便是文天祥当初的同事留梦炎。留梦炎是谁?

这个人可来历不小。当初南宋还没有灭亡的时候，此人正在担任南宋的左丞相亦即宰相。正是这个南宋的宰相，早在宋恭帝德祐元年（1275年）的临安保卫战中，就暗地里策划降元。于是他极力干扰文天祥的抗元军事行动，而后又弃城逃跑。待到都城临安陷落的时候，他又拿家乡衢州作为献礼，摇身一变成为了元朝的臣属。我们其实应该记住他，记住这个遗臭万年的小人。留梦炎一见到文天祥，就使出自己的浑身解数来进行诱降。这文天祥是什么人？岂容得这等小人在自己面前挤眉弄眼聒噪不已。于是指着留梦炎就开始痛骂："你这个卖主求荣的奸贼！"面对大义凛然的文天祥，留梦炎只好悻悻而去。

　　元世祖心想，你文天祥不是忠诚吗？那我就以忠诚对你的忠诚，看你怎么办？于是就打出了自己认为万无一失的王牌——宋恭帝赵㬎。此时的宋恭帝赵㬎已经降元。一个时年九岁的小孩子实在是过不惯那种苦难的日子，于是就到了元朝继续他的锦衣玉食。宋恭帝出现在了文天祥面前，文天祥稍稍一愣，随即抢步上前挡住赵㬎，然后向南而跪痛哭流涕："圣驾请回。"赵㬎被文天祥这一哭就给哭晕了，完全不知道该怎么应对。于是也就迷茫地回去了。

　　这一次元世祖真是急了。他想既然南宋降臣无法诱降文天祥，那么我就让我们元朝的得力干将出马，于是他找来了中书平章政事亦即宰相阿合马。阿合马趾高气扬地来到了牢房。文天祥见到他，抱拳作了一揖算是行礼。阿合马满脸不悦，命令文天祥下跪。文天祥平静地说："我是南朝宰相，你是北朝宰相，南朝宰相见北朝宰相，凭什么要下跪？"阿合马傲慢地嘲笑道："你既是南朝宰相，那么何以至此呢？"待到阿合马笑够了，文天祥才略带嘲讽地说："要是南朝早用我做宰相，你就去不了南方了，我也就根本不会到你这里来，你有什么好神气的?"阿合马气得吹胡子瞪眼:"你的生死现在是掌握在我的手里,你说话小心点。"文天祥正气凛然:"亡国之人,要杀便杀,要剐便剐,还说什么由不由你。"阿合马实在无法,灰溜溜地走了。

元世祖忽必烈大怒,下令把文天祥的双手捆绑起来,并且戴上木枷,关进兵马司牢房。在牢房里一直关了十几天,狱卒才给文天祥松开了绳索,又过了半个月,才给他退去了木枷。元世祖估计文天祥被折磨得受不了了,于是就让丞相孛罗亲自出马。

据历史资料记载,这一日天寒地冻漫天飞雪。文天祥被狱卒押到了枢密院大堂,然后就昂然而立,只对孛罗行了一个拱手礼。孛罗喝令左右强制让文天祥跪下,文天祥竭力挣扎,坐在地上,始终不肯屈服。孛罗问文天祥:"你现在还有什么话可说?"文天祥两眼射出凛凛威光回答道:"天下事有兴有衰。自古以来帝王将相因为亡国而遭杀身之祸的,历朝历代都有。我今日为宋朝尽忠,只愿早死!"孛罗大发雷霆:"你要求死,我偏偏不让你死,我就是要关押你,让你求生不得,求死不能!"文天祥仰天长笑声振寰宇:"我愿为正义而死,死且不怕,你关押我又能把我怎么样!"

漫长的牢狱生涯开始了。在狱中,文天祥曾收到了女儿柳娘的来信,得知妻子和两个女儿都在宫中为奴,过着囚徒般的生活,文天祥心如刀割。此时,文天祥深知女儿的来信是元朝的暗示,只要投降,家人即可团聚。然而,文天祥力克内心疼痛,始终不愿因妻子和女儿而丧失气节。他在写给自己妹妹的信中说:"收到柳娘的信,痛割肠胃。谁无妻儿骨肉之情?但事至今日,舍生取义而死,是我文天祥的命啊。"

提到文天祥的浩然正气和崇高人格,我们不得不提到他那著名的《正气歌》。狱中的文天祥生活过得极其艰苦。时间定格在1281年夏末的一个晚上，牢房里酷热难当，文天祥怎么也无法睡眠。于是他翻身坐起，点亮案上昏暗的油灯，摊开纸笔，奋笔疾书：

  天地有正气，杂然赋流形。
  下则为河岳，上则为日星。
  于人曰浩然，沛乎塞苍冥。
  皇路当清夷，含和吐明庭。
  时穷节乃见，一一垂丹青。
  在齐太史简，在晋董狐笔。
  在秦张良椎，在汉苏武节。
  ……
  是气所磅礴，凛烈万古存。
  当其贯日月，生死安足论。
  地维赖以立，天柱赖以尊。
  三纲实系命，道义为之根。
  ……
  悠悠我心悲，苍天曷有极。
  哲人日已远，典刑在夙昔。
  风檐展书读，古道照颜色。

  写完最后一个字，文天祥掷笔长啸。外面，大雨倾盆，夹杂着摧枯拉朽的电闪雷鸣，天地似要崩裂。文天祥岿然不动，身形俨然一尊山岳。

  元世祖至元十九年（1282年）三月，阿合马被刺，元世祖任命和礼霍孙为右丞相。和礼霍孙提出以儒家思想治国，得到了元世祖的赞同。元世祖问议事大臣："南方和北方的宰相，谁最为能干？"群臣回答："北人无如耶律楚材，南人无如文天祥。"于是，元世祖下了一道命令，打算授予文天祥高官显位，遭到文天祥的严词拒绝。这里我得简单说说元世祖忽必烈了。说得简单一点儿，他就是那个一代天骄成吉思汗的孙子。就历史事实而言，元世祖确实也算是一个人物，他不仅识得弯弓射大雕，更懂得治国平天下。他深知光凭蒙古人的力量是不能接管汉室江山的，需要借助汉族人来个以汉治汉才行。他深知文天祥在汉室中的地位，于是他召见文天祥，准备亲自劝降。文天祥对元世祖仍然是长揖不跪。元世祖也没有强迫他下跪，只是说："你在这里的日子久了，如果能改变心意，用效忠宋朝的一片忠诚来对我，那我可以在中书省给你一个位置。"文天祥回答道："我是大宋的宰相，现在国家灭亡了，我只求速死。"元世祖问："那你愿意怎么样？"文天祥回答："但愿一死足矣！"元世祖十分气恼，于是下令处死文天祥。

文天祥被押解到刑场。监斩官问："丞相还有什么话要说？回奏能免死。"文天祥答道："死则死矣，还有什么可说的？"他问监斩官："哪边是南方？"有人给他指了指方向，文天祥面向南方，虔诚地跪拜于地："我的事情完结了，心中无愧了！"于是引颈就刑，从容就义，年仅四十七岁。后来文天祥的妻子在收尸时在其衣带中发现绝笔诗：

孔曰成仁，孟曰取义，唯其义尽，所以仁至。

读圣贤书，所学何事？而今而后，庶几无愧。

这是何等的光照日月！这是何等的气壮山河！这是何等的浩然正

气！文天祥带着让后世敬仰的高尚节操走了，他无愧于时代的英雄，无愧于千古忠烈的名声，无愧于中华民族精神的象征。

　　我驻足窗前，天地一片苍茫。长江日夜不息。时值傍晚，晚霞已经上来了。远山含着夕阳，映出那片暗红。好美的景色！但是我无法去欣赏。我停驻在这苍茫的天地间，深深地怀念着那个不朽的生命。辛苦遭逢。山河破碎。在那么一个动荡的年代，他完成了生命的永恒。在那么一个悲惨的年代，他完成了灵魂的升华。在那么一个黑暗的年代，他完成了精神的万古流芳……

## 雨花台随想

南京雨花台风景区东侧的僻静处有一座坟墓，此处芳草萋萋，人迹罕至。但就是这处荒凉僻静之地却是大名鼎鼎的明朝大儒方孝孺的墓地。面对荒芜的墓地，内心油然而生的是一种强烈的崇敬之情。眼前这片杂草丛生之地，让我想起了那段遥远的历史。方孝孺那不羁的灵魂正穿越千年从这片荒草中缓缓向世人走来。

1357年，浙江宁海人士方克勤的夫人林氏为其产下一子，方克勤异常高兴，给此子取名孝孺，字希直，一字希古。方孝孺出生在一个战乱的年代，时值元朝末年群雄并起。此时朱元璋已经攻克了婺州并聘请了宋濂为府学教授，而刘伯温正蜗居在青田家中静观天下局势。方孝孺自幼聪慧，三岁时就智力超群能识数目。四岁时不趋不苟，持重如成人，就连父亲方克勤也觉得奇怪。五岁的时候就能读书辨章句，并在父亲的指导下开始读书。六岁的时候曾写下了一首《题山水隐者》的诗：

栋宇参差逼翠微，路通犹恐世人知。
等闲识得东风面，卧看白云初起时。

人们惊异于他的才华，称其为"小韩子"。长至八岁的时候读书，见书中所载圣贤的名字或是圣贤的相貌，就牢记于心，决心以后一定以圣贤为榜样，这对方孝孺后来的品格形成起了很大的作用。

1368年，朱元璋经过连年征战，灭了元朝，在南京称帝，建立明朝，年号洪武。时年方孝孺十二岁。在方孝孺十五岁那年，父亲方克勤被朝廷调任济宁知府，方孝孺就随父北上励志攻读。方克勤在为官任上，做事认真，奉公爱民，但古往今来在官制文化盛行的中国，这样的做法往往是行不通的，虽然很奇怪，但却是现实。和方克勤共事的一些官员见捞不到什么好处就诬告他，结果被朱元璋押解来京打入监狱。方孝孺担心父亲安危，就写了一封信给朱元璋，表示自己愿意以身从军，代赎父罪，但不知什么原因此信终未到达朱元璋手中。方克勤在身陷冤狱大约一年以后，被贬往江浦为吏。这一年，方孝孺二十岁。也是在这一年，方孝孺拜师一代名儒宋濂。宋濂是何许人：明朝开国元勋，被誉为"开国文臣之首"，也是明初诗文三大家之一，我们大家都比较熟悉的《送东阳马生序》就出自他手。方孝孺在宋濂的众多弟子中，是最受宋濂器重的，也是深得宋濂真传的，可谓宋濂最得意的门生。

正在此时，明朝发生了著名的"空印案"。何为"空印"呢？根据当时朝廷的规定，户部也就相当于今日的财政部须每年审核各地方政府例行上报的财务报表，且要求非常严格，稍有不合便立即作废重报。于是，各地进京申报报表的财务人员为了少折腾，就便宜行事，在进京时携带多份盖好了本地公章的空白报表，以便在与户部反复核对数字后，即可重新填制。于是就造成了"空印"，也顺理成章地成了一部分官员徇私舞弊相互勾结的手段。人是一种很奇怪的动物，在面临利益的时候总是喜欢做出一些与道德相违背的事，以前心里所残存的那些道德观念在瞬间也会化为乌有。按理说中国古代的官员都是经过了十年寒窗三更灯火的读书人,所接受的也都是儒家思想的熏陶,但是当巨大的利益摆在自己眼前的时候,他们早就把那些伦理道德抛到九霄云外去了。这些读着圣贤书长大的人们,通过圣贤们的学问做了官员的人们,却在功成名就之后干着圣贤们所深恶痛绝的事。

明太祖朱元璋偶然知道了这件事后,认为此是个惊天大案,于是皇威震怒,下令将全国十三个省一百四十一个府一千多个县的主印官共一千三百多人,不论清贪良莠全部处死,副职以下官员打一百棍后充军流放。朱元璋还不傻,他知道这是一个巨大的漏洞,但朱元璋也够残忍,这么多的大小官员,他竟能够忍心全部处死。我有时也真的为中国古代的读书人感到悲哀,他们在求取功名的同时实际上也走上了一条充满艰难险阻的不归路。他们的生命随时掌握在那个自诩为天子的人的手中,有时竟会死得莫名其妙。这条路有着太多的诱惑,也有着太多的危险,但古往今来的读书人照样义无反顾地走下去,哪怕前面尸横遍野也走得那么坚定决绝。在中国几千年的历史上,这真的是一条充满悲壮和惨烈的血泪之路。

方克勤在此案中再次遭衙吏诬陷,于1376年被逮进京师诛杀。方克勤为官五年,执政为民,却没有得到好报,最终惨死异乡。方孝孺目睹父亲的冤屈撕肝裂胆,护送父亲的灵柩回故乡埋葬。明史中用"扶丧归葬,哀恸行路"来描述,可见方孝孺内心的悲愤。

方孝孺安葬父亲之后回到宋濂身边继续自己的学业,寒暑不断,历时四载,终有所成。这一年也即1380年,发生了明朝历史上著名的胡惟庸案。明太祖朱元璋因丞相胡惟庸谋反诛杀了大量的功臣宿将,牵连三万余人,前后持续达十年之久。谋反不谋反,大家心知肚明,其实说白了就是朱元璋为了巩固皇权至高无上的地位而大开杀戒,想把开国功臣一网打尽。宋濂也在此案中受到牵连,全家被流放茂州,途中病死于今重庆奉节。朱元璋之残忍,在中国历代皇帝中是出了名的,甚至比西汉的刘邦有过之而无不及,他几乎把帮助自己打下江山的明朝开国元勋全部都杀光了。

文种之于勾践,韩信之于刘邦,徐达之于朱元璋……兔死狗烹,鸟尽弓藏。中国历史就是在这么一个个血淋淋的故事下向前发展的。遥隔千年,回想起中国历史上这些苦命臣子的命运,心情实在是有些沉重不堪。

方孝孺闻听老师宋濂逝世,悲痛不已,作《祭太史公》文以悼念宋濂。洪武十五年也即1382年,因东阁大学士吴沉等起荐,方孝孺应征至京,在奉天门奉旨写下了《灵芝》和《甘露》二诗,甚合朱元璋心意,高兴之下,特赐宴款待。朱元璋有意试其为人,故意命人欹斜几具,方孝孺正之而后坐,朱元璋对此大加赞赏。方孝孺因其举止端庄,学问渊博得到朱元璋的赏识,准备日后用其辅佐子孙,特厚礼遣送回乡。此后的十余年时间,方孝孺就在家乡读书写作,著《周易考次》《宋吏要言》等篇。此间1387年,仇家因坐事被逮,词连孝孺,官府抄没其家,械押至京师问罪。朱元璋见方孝孺的名字在列,特命开释。洪武二十五年,再次受荐,因其志存教化,朱元璋授其汉中府学教授。深为朱元璋十一子蜀献王朱椿赏识,聘为世子师,并于成都题其读书处为"正学",所以世称"正学先生"。

1398年,朱元璋在当了三十年皇帝后,于这年闰五月的初十在南京驾崩。朱元璋驾崩后,遗诏传位于皇长孙朱允炆,八天之后朱允炆即位,是为明朝第二位皇帝明惠帝。朱允炆是太子朱标的儿子。朱标为朱元璋长子，乃朱元璋结发妻子马皇后所生。可惜这个人寿命不长，于洪武二十五年病逝，年仅三十八岁。朱标死后，朱元璋的精神受到重创，但摆在朱元璋面前的还有一个更重要的问题，那就是谁来继承大统。经过再三考虑，朱元璋决定不选自己的众多儿子作继承人，而是选择了太子朱标的第二个儿子朱允炆来继承皇位。朱允炆生于洪武十年，在他六岁时，哥哥虞怀王朱雄英就已经死了，所以他就顺理成章地成了皇长孙。朱允炆是朱元璋看着长大的，深得朱元璋的喜爱，但是朱元璋也深知朱允炆儒雅仁柔，难以担负起治理国家的重任，如果让朱允炆继位的话，肯定难以服众。本来当时朱元璋也打算从自己的几个儿子中选继承人的。二子秦王此时年纪最长，但他实在是不成器，荒唐成性，朱元璋自然不放心把皇位交给他。四子燕王朱棣文韬武略有许多地方都与朱元璋很相似，是个非常不错的人选，朱元璋甚至多次在心腹面前流露出立燕王的可能性，但是此时朱元璋已经分封了诸王，而且各人都是驻守边境重镇，手握重兵，一旦出现争储内讧，后果将不堪设想。权衡再三，朱元璋还是立了朱允炆为皇位继承人，这样既能避免皇子内讧，又能为朱家后代定下"嫡长继大统"的规矩。这样，时年二十一岁的朱允炆就轻轻松松甚至是莫名其妙地接过了朱元璋大明王朝的权杖。

朱允炆继位之后，迅速培植自己的势力。任命齐泰为兵部尚书，黄子澄为太常寺卿兼翰林学士。齐泰是朱元璋比较欣赏的兵部官员，黄子澄则是朱允炆的老师。这二人一人主武一人主文，迅速成为了朱允炆的左膀右臂。1398年7月，正在汉中府学担任教授的方孝孺，突然接到来自京城吏部的文书，让他火速进京，方孝孺还没搞清楚是怎么回事，就被调任翰林侍讲学士。所谓侍讲，就是给皇帝讲授学问的官员，相当于皇帝的老师。当时建文帝朱允炆年纪尚轻，缺乏治国治军的本事，所以一遇国家大事，就来请教老师方孝孺。从此方孝孺就成了建文帝最亲近的大臣，同时方孝孺也视建文帝为知遇之君，忠心不二，全力扶持。

朱元璋在位时，把自己的儿孙分封到各地做藩王，各藩王拥兵自重，势力日益膨胀。朱允炆继位后，害怕叔叔们势力过大难以控制，采纳了齐泰等人的削藩建议，对各藩王进行了势力限制和剥夺，遭到了势力强大的燕王朱棣的反对。此时方孝孺为建文帝起草了一系列征讨燕王的诏书和檄文。

朱允炆刚刚继位不久的建文元年七月，坐拥北平的燕王朱棣开始起兵反抗朱允炆，以诛"奸臣"齐泰黄子澄，为国"靖难"为名，挥师南下，于1402年攻破明朝都城南京，自立为王，是为明成祖。这就是明朝历史上著名的"靖难之役"。

南京陷落后，方孝孺闭门不出，日日为建文帝穿丧服啼哭，明成祖朱棣派人强迫他来见自己，方孝孺穿着丧服当庭大哭。朱棣大怒，欲除之而后快。此时朱棣的第一谋士姚广孝跪求朱棣不要杀方孝孺，说如果杀了他的话，天下读书的种子就绝了。朱棣强迫方孝孺为自己起草即位诏书。方孝孺反对朱棣篡权，宁死不从，并掷笔于地说："死即死耳，诏书不草。"燕王大怒："诏不草，灭汝九族。"方孝孺针锋相对："莫说九族，十族何妨！"朱棣反复劝说："我本欲效法周公辅佐成王。此事非先生不可。"方孝孺从地上捡起笔来大书四字："燕贼篡位。"朱棣大怒，恨其嘴硬，便命人拿刀来把方孝孺的嘴角割开，撕至耳根。方孝孺血涕纵横，仍然喷血痛骂。朱棣厉声道："汝焉能遽死，当灭十族！"朱棣一面将其关至狱中，一面搜捕其家属，押解至京，当其面一一杀死。方孝孺强忍悲痛，始终不屈。方孝孺在慷慨就义前曾作了一首绝命诗："天降乱离兮，孰知其由？奸臣得计兮，谋国用犹。忠臣发贲兮，血泪交流。以此殉君兮，抑又何求！呜呼哀哉，庶不我尤！"此诗情真意切，读来让人潸然泪下。朱棣在处死方孝孺后，仍然不解心头之恨，下令灭了方孝孺的十族。方孝孺的九族加上他的朋友门生也算上一族，共计873人全部凌迟处死，行刑就达七日之久。充军流放者更是多达数千人。

文章叙述到此的时候，我的手都是颤抖的，心里面更是像被什么东西堵住了难受之致。这是怎样一种场面啊！这又是怎样一种命运啊！在那么一个特殊的时代，中国文人的命运是如此悲哀，中国文人的精神又是如此高尚。方孝孺一介书生，以自己柔弱之躯，横亘在封建专制君主的屠刀面前，视死如归，抗节不屈。这种气节，在中国历史上实在是不多见，真可谓感天动地泣鬼神。我有时候在想，中国文人的气节到底是从哪里来的呢？到底是什么让那看似柔弱的身躯却能蕴藏如此巨大的精神力量呢？文人和武士比较起来，文人大都显得比较柔弱，但每当国家危亡之时，以身殉国的文人却要比武士多得多。这是一种气节，一种文人特有的气节，一种蕴含了中华民族精神的气节。中华民族自古以来崇尚的就是"富贵不能淫，贫贱不能移，威武不能屈"的民族气节，那些面临险境忠贞不屈之士向来就是中华民族的脊梁，正是他们挑起了民族道德的重担，延续着中华文明的血脉。

方孝孺的身影渐行渐远，但又越来越清晰。当我们回首几百年前的岁月，去感悟那份动人的情怀时才发现，他正在那片坟茔之中注视着你。当我们回首几百年前的岁月，去追寻那个高洁的灵魂时才发现，他正在那座午朝门内影响着你。方孝孺乘着大明王朝的风归去了，留给了我们无限的崇敬和思考。

  伫立良久,当我转身离开这片荒凉的墓地的时候,我仿佛看到了:一座孤村……一泓清泉……一些背影……